寻寻根根漫游记

◎ 高路 著

商务印书馆

2009·北京

图书在版编目(CIP)数据

寻寻根根漫游记/高路著. —北京:商务印书馆,2009
ISBN 978 - 7 - 100 - 05412 - 6

Ⅰ.寻… Ⅱ.高… Ⅲ.长篇小说—中国—当代
Ⅳ. I247.5

中国版本图书馆 CIP 数据核字(2007)第 027141 号

所有权利保留。
未经许可,不得以任何方式使用。

XÚNXÚN GĒNGĒN MÀNYÓUJÌ

寻寻根根漫游记
高　路　著

商　务　印　书　馆　出　版
(北京王府井大街36号　邮政编码100710)
商　务　印　书　馆　发　行
北京市白帆印务有限公司印刷
ISBN 978 - 7 - 100 - 05412 - 6

2009 年 8 月第 1 版　　　　开本 880×1230　1/32
2009 年 8 月北京第 1 次印刷　印张 11⅜
　　　　　定价:28.00 元

目　录

引子 / 1
第一章　在过去当学生 / 9
　　一　庠 / 12
　　二　学 / 22
　　三　塾 / 42
　　四　校 / 56
第二章　在过去当兵 / 69
　　一　军 / 76
　　二　帅 / 92
　　三　阵 / 106
　　四　兵 / 122
第三章　在过去过节 / 135
　　一　年 / 140

　　二　阳 / 160
　　三　阴 / 178
　　四　节 / 196
第四章　在过去感受图腾 / 211
　　一　龙 / 218
　　二　凤 / 236
　　三　虎 / 252
　　四　龟 / 270
第五章　在过去做人 / 285
　　一　信 / 292
　　二　孝 / 310
　　三　忠 / 326
　　四　勇 / 342

要知道你从哪里来,请读《寻寻根根漫游记》。

引 子

让穿上魔鞋的寻寻和根根
带你到中国历史文化中漫游吧!

一个男孩双手叉腰站在房屋中间,胖乎乎的脸上一双圆滚滚的眼睛在屋里扫来扫去。房间被翻得乱七八糟,柜子门敞着,桌子抽屉拉开,书架上的书东倒西歪。他在找一本书,书名是《三字经》。前几天它还在书架上,怎么就没了?他的同学寻寻要借这本书,他都答应了,等会儿寻寻就来取书,可是现在书却找不到了,这不是失信于人吗?"砰"的一声,男孩放了个屁。别人着急摸后脑勺,他一急就放屁,越急屁越响。

"叮叮当,叮叮当",《铃儿响叮当》的曲子奏响了,有人按门铃。男孩穿过门厅,鼻子贴在门上,从猫眼里往外瞧,本来就塌的鼻子挤得更扁了。然后打开门,一个女孩站在面前。她的个子比男孩高一点点,脸圆得像皮球,鼻子尖尖的,嘴里正嚼着什么,咧嘴一笑,露出兔子一样的大板牙,本来又长又细的眼睛随着笑容变得更细了,好像皮球上面裂开了一道缝。

"你好,根根。"她打了个招呼。原来男孩叫根根。"你好,寻寻。"男孩也笑着问好,厚嘴唇后面是两颗又尖又白的虎牙。

根根把寻寻让进屋。她的尖鼻子抽了抽,"什么味呀……书呢?""找了半天也没找到,也不知道它跑哪儿去了。"男孩脸有点红,因为屋里的不良气味正是他制造的。

"那怎么办?过几天我还要在小组会上谈课外阅读

心得呢。"两道亮晶晶的液体从尖鼻子下面流出来。寻寻和别人也不一样,她一急就流清鼻涕,越急鼻涕越多。

"明明记得在书架上,怎么就没了?"根根又想放屁,可寻寻就站在对面,当着女孩多失面子啊,咬咬牙,忍住了。

寻寻使劲吸了下鼻子,变戏法似的,鼻涕倒流回去了。"你们男生都是小粗心,书又没长腿,还能自己跑哇?我帮你一块儿找。"

"好吧,我给你拿拖鞋。"根根看了看,门口只有两双拖鞋,爸爸一双,妈妈一双。寻寻问:"你们家再没鞋了?"根根眼珠一转,目光落在写字台上。那儿放着一只木头盒子,是刚才快递公司送来的。当时他打开看了一眼,里面是一双海蓝色的拖鞋。

根根打开盒子,拿出拖鞋,奇怪,怎么那么重啊?他掂了掂,还是把它放在寻寻面前。寻寻脱掉旅游鞋,把一只脚伸进拖鞋,试了试,说:"颜色挺好,就是太大了,没别的鞋啦?"根根说:"凑合穿吧,哪儿那么多讲究呀。"

"请发出指令。"一个略带沧桑的声音说。寻寻抬头惊讶地瞧着根根,"你的声音怎么变了?"根根莫名其妙地看着寻寻,"发什么指令?"两人互相对望着,突然察觉到刚才的声音来自脚下。他们的目光一起聚在拖鞋上。

寻寻又小心地把另一只脚伸进拖鞋,"请发出指令。"没错,是拖鞋在说话。寻寻赶快把双脚从拖鞋中退出来。没想到,拖鞋竟自己动了起来,围着寻寻一个劲地蹦。"啊呀,拖鞋活了!"寻寻大叫一声,哧溜一下钻进桌子底下,只把屁股和脚丫露在外面。

根根弓下腰,瞪大眼睛,看准了猛地扑上去,按住了一只鞋。然后又扑过去,另一只鞋一跳,朝寻寻追去,根根扑了个空。那只鞋围着寻寻的脚丫乱转,桌子下寻寻发出一声又一声尖叫。一阵手忙脚乱,根根终于抓住了另一只。但是拖鞋像两条生猛的鱼,在他手里扭来扭去地挣扎。"快,快发指令啊,要不它不干,快点呀,我——我抓不住了。"根根向寻寻求援。

"快——快把它拿走——肯定是——是它把书拿走了,让——让它还书!"寻寻吓得都结巴了,脚丫直哆嗦。"您要什么书?"拖鞋又问。"三——三字经,"寻寻回答。

拖鞋不跳了。寻寻的脚丫也渐渐不抖了。过了半天,寻寻从桌子下爬出来,手里攥着一本书。她惊魂未定地斜了一眼根根手中的拖鞋,把书拿给他看,"瞧,我说的吧,就是它把书藏起来了。"根根把鞋放回盒子,说:"它拿书干吗?又不谈心得体会。"寻寻担心地望着盒子,叮嘱道:"盖严实点,可别让它蹦出来。"

"咦，书怎么变了？原来是黄皮的，现在换成蓝皮了。"根根接过书说。寻寻掏出一粒话梅果塞进嘴里，边嚼边说："谁不知道你是出了名的小粗心，记错了呗。"

寻寻拿过书，翻了两页，"哟，这么多生字啊。"根根凑过来看，好多字他也不认识。他们才上初中一年级，当然认不全啦。"可以查字典。"根根出主意。

寻寻还在翻书，眉毛皱了起来，"可是，看不懂啊……你看，第一句，'人之初，性本善。'你说是什么意思？"根根摇摇头，"不明白。"

"连意思都不明白，我怎么谈心得呀？"寻寻说。

根根："问老师去。"

寻寻："老师那么忙，哪儿有时间个别辅导。"

根根："那就只好晚上问你爸妈了。"

寻寻："他们又没学过《三字经》，哪儿讲得出来呀。"

根根："那怎么办？"

"你脑瓜好使，快想个办法呀！……哎哟，几天后我就得谈心得了，怎么办呀？"寻寻鼻涕流了下来，带着哭腔说。

经寻寻一说，根根心中升起一种英雄救美的感觉，便假模假式地想了一会儿，拿腔拿调地说："要会讲《三字经》，首先必须学《三字经》；没学过的人讲不了，只有学过的人才会讲。你想想谁学过？"

"谁？我要知道了还问你！"寻寻撅起了嘴，接着又补上一句，"还不如拖鞋呢，我下个指令，拖鞋都能办到。"

根根打开盒子，取出鞋摆在寻寻脚前，赌气地说："好吧，那你就问鞋吧。"

"问就问！"寻寻把脚伸进拖鞋。"请发出指令。"拖鞋说。"能给我讲讲《三字经》吗？"寻寻问。"对不起，讲不了。""唉，"寻寻叹了一口气，她彻底失望了。

"但我可以带你们去听课。"拖鞋说。有救了，寻寻顿时来了精神，迫不及待地问："去哪儿？""快说呀。"根根也兴奋起来，在一边催道。"我能够把你们送到古代。"拖鞋回答。

"回到古时候？太夸张了吧。"寻寻和根根一块儿摇头，根本不相信。

"我是魔鞋，可以穿越时光隧道。"拖鞋解释道，"只要你们一人穿上一只魔鞋，发出指令，我马上就能让你们置身古代。"

"真的？""不信你们试试嘛。"

哇噻！太刺激了！太吸引人了！寻寻和根根高举双臂，四掌对击，决定到古代的学校去听《三字经》！

第一章 在过去当学生

寻寻刚要把脚伸进魔鞋,突然想起来没带书包,就说:"等会儿,我回家拿书包。"根根说:"对了,我也背上书包。"这时,魔鞋开口了,"古人不背书包。"

"那他们怎么上学?总不能空着手去吧?"根根问。"他们夹着一个包袱,要不就提一个篮子,里头装着书和文具。"魔鞋说。

"有了。"根根跑进房间,拿出两块妈妈的纱巾,一块给寻寻,一块留给自己。寻寻用纱巾包上《三字经》,根根找了本《千字文》包好。他俩把包袱夹在胳膊下面,脚伸进拖鞋,下达了到古代上课的指令。突然,天旋地转,他们的眼睛不由自主地闭上了,然后就睡着了。

一　庠

脚丫一阵痒痒，他们醒了，站在古代的土地上。

真干净呀，风从身上吹过就跟洗澡一样，阳光清澈透明，不像今天那样连空气都显得乌涂涂的。

寻寻惊讶地张大了嘴，指着根根说："你怎么穿上裙子啦？"

根根低头看看自己，可不是吗，下身是一条裙子。他连忙并拢双腿，觉得有股风从下面吹上来。再看寻寻，她穿得跟自己一模一样：黑色的上衣，黄色的裙子，腰上系着条带子。于是便叫道："魔鞋，弄错啦，我怎么穿上女孩服装了？"

"没错，"胳膊下面传出魔鞋的声音——原来它藏到包袱里头了，想必另一只鞋在寻寻包袱里——"你们来到了三千多年前的商代，那时的服装就是这样。男女没有多大区别，穿在上身的叫衣，下身的叫裳。黑色代表天，天在没亮时是黑色的；黄色代表地，华夏的土地是黄色的。"

"哦。"他俩明白了。根根不再扭捏了，说："我们去学校吧。""请一直往前走。"魔鞋指示道。

他俩沿着小路来到一个大院子前，院墙是用黄土垒起来的。空气中弥漫着阵阵膻味儿。寻寻抽了抽鼻子，"到了饭馆了，正做涮羊肉呢。"这时，从院子里传来几声"咩咩"声。根根仔细观察了一会儿，说："不是饭馆，是羊圈。"

"你怎么知道是羊圈？"寻寻问。"当然知道啦。我爷爷的老家在内蒙古，他家养了好多羊。爷爷闲下来就翻出他小时候的照片看，他家的羊圈就是这样的。"

"拖鞋，你怎么把我们领到羊圈来啦？"寻寻听说不是饭馆，有点失望，就从腰带里摸出一颗话梅扔进嘴中，边嚼边问。"这不是羊圈，是养老院，也是学习的地方，你们进去就知道了。"魔鞋说。

哦，原来那时的学校就设在养老院里。根根和寻寻整理了一下衣服，准备见他们来到古代的第一位老师。根根对寻寻说："当着老师吃零食不礼貌。"寻寻白了根根一眼，把嘴里的东西咽了下去，说："真事儿，我自己明白。"

他们进入院子。十几个跟他俩穿得一样的孩子围坐在地上，中间是一位老爷爷，周围是几只低头吃草的羊。看见他俩进来，羊停止了咀嚼，孩子们扭过头来，都好奇地望着他们。老人和蔼地招招手，"过来坐。"

他们恭恭敬敬地走过去，照其他孩子的样子，双膝着地，屁股贴在脚后跟上。这姿势还真不好做，根根爱踢球，协调性好，坐住了；寻寻就没那么顺当了，一个前倾，两手扶地，头触到地上。没想到老爷爷眉开眼笑，"好，好。还是女娃懂礼貌，不像那个男娃，坐下像段木头。"根根赶紧朝地面碰了下头，说："老师好！"本以为会受到表扬，不想老爷爷把脸一沉，"叫庶（shù）老。""是，庶老。"

庶老干咳一声，威严的目光扫过大家的脸，说："你们以后虽然不用亲自下田劳作，但是要指挥奴隶们干活，因此必须懂得农事。从耕地、播种、锄草、收割、打谷、入仓，都要知道，而且要会做。昨天你们学了耕地和下种，今天我考考大家。"一听说要考查，孩子们都垂下眼睛，避开庶老的目光。庶老挨个看了一遍，指着寻寻身边的一个男孩说，"你给大家讲讲，什么时候耕地？"

"杏花开放之前！"可能是新来了一个女孩的缘故，男孩挺直了腰，精神抖擞，声音嘹亮。"嗯，不错。"庶老满意地点点头。男孩得意地朝寻寻挤挤眼睛。

"耕地都用哪些工具？你回答。"庶老的手朝根根指过来。"拖——拖拉机。"根根说。"没问你。问到你，你再说；没问你，别插嘴。连这点礼貌都不懂，以前怎么学的？"庶老瞪了根根一眼，然后盯着他旁边的女孩。

"犁，嗯，还有鞭子。"女孩说。"还有吗？"庶老问。女孩翻着眼皮想了一会儿，忘了，就用脚悄悄碰了碰根根的脚。根根小声说："拖拉机。"女孩眼中一片茫然。拖拉机是现代农业机械，要到三千多年后才出现，她只知道家鸡、野鸡、公鸡、母鸡，哪知道什么拖拉机呀。过了半天才含混不清地嘟囔一声："还有鸡。"

"什么？"庶老没听清，侧着耳朵问。

女孩仰着脸想了一阵儿，终于说："大公鸡。"她觉得母鸡管下蛋，负责耕地的应该是公鸡。

"哈哈……"众人轰然大笑，只有庶老不笑。"有什么好笑的，你们也有答错的时候。"大家止住笑，庶老问女孩，"你想想，耕地为什么拿鞭子？""打牛啊。"女孩回答。庶老"嗯"了一声，不再说话。突然，女孩省悟过来，大声说："还有牛！"

"今天的提问就到这儿。"庶老说。大家松了一口气，纷纷交头接耳。男孩朝寻寻靠了靠，"嘿，我知道一个秘密地方，那儿有一窝野鸡，放学后我带你去打。我做了五支箭，特别好用，给你两支怎么样？""没工夫。"寻寻说。"我给你三支，"男孩不死心，提高了优惠条件。"真的不行，我还要学《三字经》呢。""学啥经呀，打猎多好玩啊。"男孩继续做寻寻的思想工作。

那边，女孩狠狠掐了根根胳膊一下。"哎哟！来真的？"根根吸了口凉气，女孩真有劲儿，手指头像钢钳。

别看根根高出她小半个头，要真打起来，肯定不是对手。那时的人经常跟野兽和敌人打交道，比现代人厉害得多。

庶老咳了一声，大家立刻安静下来。"下面演习耕地，你，"——庶老指着男孩——"带大家到田里操作一遍。"男孩应了一声，随即朝墙角喊道："过来！"一个孩子牵着两头牛，另一个孩子扛着一张犁快步走来。他俩蓬头垢面，光着身子，只在腰间围一块麻布。

大家站起身。庶老对寻寻说："你留下，我教你认字。"根根偷望一眼女孩，她双目圆睁，眼光在他的腿上瞄来瞄去，似乎正在琢磨选哪块肉下手，于是便恳求庶老，"您老也教我识字吧，我最喜欢听您老说文解字啦。"老人最爱听好话，脸上立刻现出笑容，"嗯，这还差不离儿。你也留下吧。"

女孩失望地随众人去了。男孩走了几步又返回来，趴在寻寻耳边说："我在那边地里等你，不见不散。"说罢转身要走。寻寻拉住他的衣袖，问："那两个孩子怎么不上学？""哪两个？"男孩东张西望。"就那两个，没穿衣裳的。"寻寻朝牵牛扛犁的孩子努努嘴。"你说的是他们呀，糊涂了你？他俩是奴隶，哪有资格在这里听讲！……哎，你可一定来呀。"男孩又叮嘱一遍，一溜小跑地去了。

庶老招呼寻寻和根根在他两旁坐下，拿起一根树枝在地上写了个大大的"庠"字。

"认得这个字吗?"庠老问。

寻寻摇摇头,"不认识。"

根根歪着倒三角形脑袋左看右看,"好像见过,不知道念什么。"

庠老:"念 xiáng,跟吉祥的祥一个音。念!"

寻寻和根根跟着念了两遍。

庠老:"为什么教你们认这个字呢?因为你们眼下所在的地方就叫庠。这个字由广和羊两部分组成。"他在地上画了个广字,"你们看,像什么?"

根根:"从侧面看像古代人的帽子。"根根平时就爱抢着回答老师的提问。

庠老摇摇头,"不像。"然后启发寻寻,"上边是平顶,一面是陡坡,平顶上站着个人,正往坡下瞧。是什么?"

寻寻:"山!"

庠老:"嗯,差不多。准确地说是山崖。人们常常借山崖为墙,支几根木头,上面搭个棚子,就是房屋。所以广又指围墙。"接着,他画了个方块,"这是四堵墙。"然后在里面写了个羊字。庠老得意地看看寻寻,又看看根根,"是什么?"

寻寻和根根一起答:"羊圈!"

庠老点点头,"不错,庠最先是羊圈。"

根根骄傲地哼了一声,意思是提醒寻寻,他早就说这地方是羊圈了。

庠老:"可是,你们一定奇怪,羊圈怎么变成学习的地方啦。这是因为,羊需要人来看管,人老啦,没有力气了,重活干不了,也不能上战场杀敌,但看羊还是可以的,结果羊圈就成了老人常住的地方。后来,大人们把孩子也送来了,让老人帮助照料。老人经得多,见识广,闲下来就把自己的知识讲给孩子们听,把经验传授给他们,手把手地教会他们生活技能。久而久之,庠就成了学习场所。"

"可是怎么有人说这里是养老院呢?"寻寻想起了魔鞋的话。

"问得好。"庠老赞赏地看了寻寻一眼——其实寻寻提这个问题纯粹是为了打击根根,提醒他别太得意——接着说:"老人操劳了一辈子,晚年是要别人来赡养的。早些年因为东西太少,老人也要干活,后来生产力提高了,东西渐渐多了起来,社会有能力供养老人了,庠就成了养老院。你们也看见了,如今这里还养着羊,其实也就是个意思。一来这可以使人回忆起庠的来历;二来嘛,哈哈,养羊是为了方便我们这些有地位的人享用美食。今天我就杀一只羊，请你们两个娃儿一起吃。"

一听说有鲜羊肉吃，他们嘴里顿时涌满了口水。

根根还有一个问题不明白，就是称呼，"为什么不叫您老师而叫庶老呢？"

"因为我有功劳，赢得了全社会的敬重，人们尊我为老。贡献最大的一类老人被称为国老，贡献小一些的就被称为庶老，总之，都是教你们学习的人。庶老住的地方叫下庠，也就是小学；国老住的地方叫上庠，也就是大学。你们年级小，自然先入下庠，等大一些就送你们去上庠。"庶老解释说。

听到"学习"这两个字，寻寻猛地想起了自己的任务，赶紧说："您给我讲讲《三字经》吧。"

"什么三——三字经？不知道。"庶老诧异地望着寻寻，皱起了眉头。

根根拉拉寻寻的袖子，"我们走吧。"他看见那个女孩满面怒容地走来，手指头做成可怕的钳子形状，在空中扬了扬。

"急什么，还没吃鲜羊肉呢。"寻寻说。

"快点，慢了就来不及了。"根根叫道，女孩离他就差几步了。根根迅速从包袱中拿出拖鞋套在脚上，"魔鞋，带我们去找古代最有名的老师。"另一只拖鞋也听到指令，从寻寻的包袱里飞出，套在她的脚上。

瞬间他们就消失了。

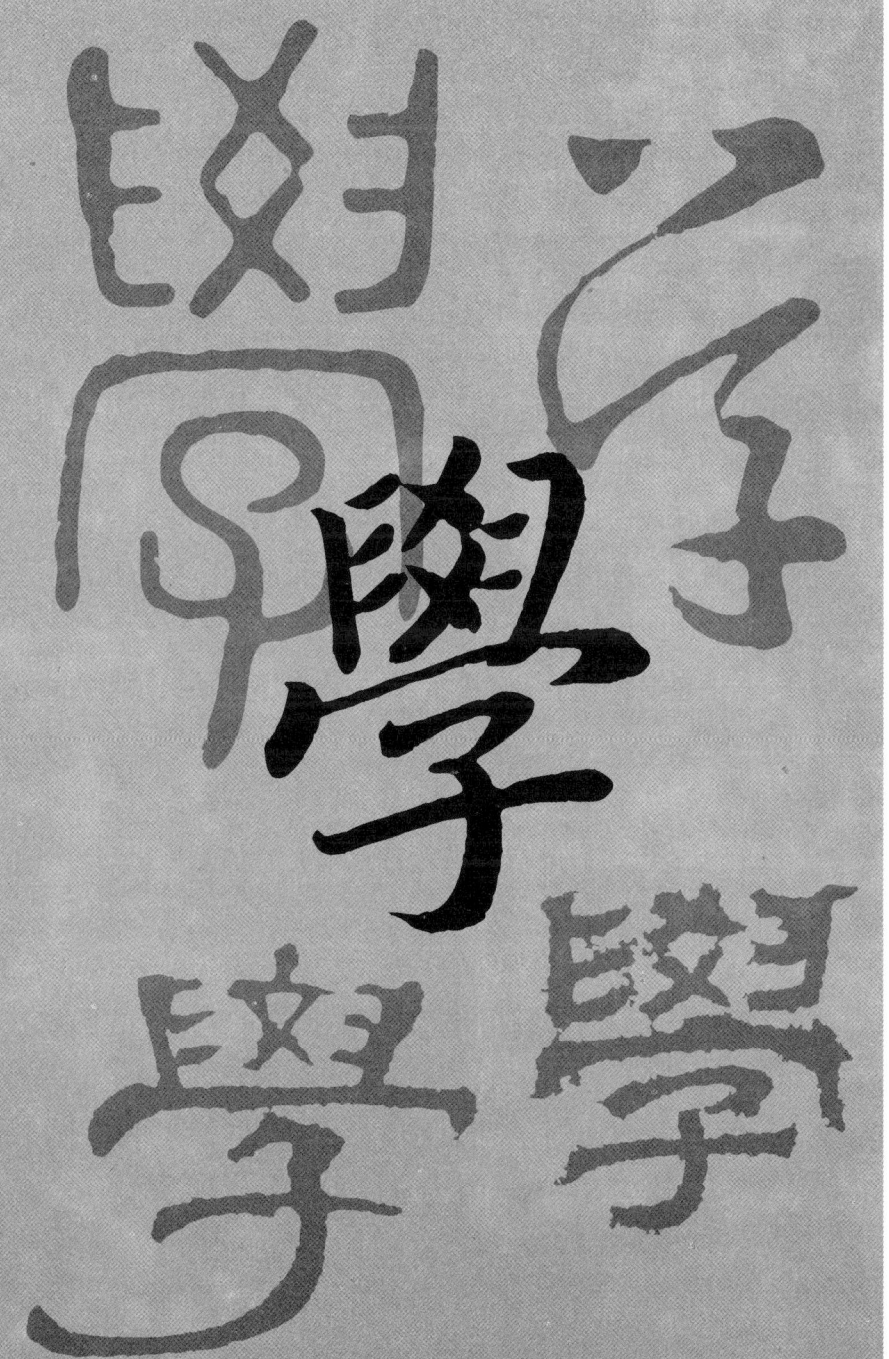

二　学

等他们睁开眼，面前的一切都变了。他们站在大路上，两边都是高墙围起来的一个个宅院，比他们在庠见到的建筑讲究多了。

"魔鞋，这是哪儿啊？"寻寻揉着眼睛问。

"曲阜，鲁国的都城。现在是公元前497年，历史上称春秋时期。"

"一睁眼，一千年过去了。"根根打了个哈欠说。他数学好，一下就算出了其中的时间间隔。

寻寻："带我们到曲阜来干吗呀？"

魔鞋："你们的指令是找古代最有名的老师，这位老师就住在曲阜。"

根根："他是谁？"

魔鞋："孔子。他叫孔丘，字仲尼。仲表示第二，他在家里排行第二，所以人们又叫他孔老二。子是古时候对别人的尊称，他成名后被人们称为孔子。晚年时他被尊为鲁国的国老。在后人的眼中，孔子是'万世师表'、'至圣先师'，是老师们的老师。历史上没有比孔子更有名的老师了。"

寻寻："啊？这么神圣呀。"

根根："老师的老师，那一定特别厉害，没准还打人呢。我听说古代的老师上课前就准备好一把戒尺，特别厚，专门打学生的手心。"

寻寻不由得张开手掌看了看，又连忙握住，"要打你可得主动接过来，谁叫你是男的呢。"

根根："那——那当然……咱们还是再换个老师吧。"

"别的老师能讲《三字经》吗？庶老就讲不了。孔子是国老，比庶老高，只有他能讲。"寻寻不同意重新找老师，老师厉害不厉害还在其次，只要能帮她完成这次学习任务就成，要是挨打的话反正有男子汉顶着。

根根无奈地叹了口气，"走吧。"

他们走了几步，寻寻突然发现根根的服装和以前不一样，原先是上身穿衣服，下身穿裙子，现在不分两截了，上下就一件长到脚面的袍子。前面分左右衣襟，左边比右边宽，左衣襟绕到右边腋下，用丝带系牢。再看看自己，穿的和根根一样。于是就问："魔鞋，我们的服装怎么变了？"

魔鞋："社会发展了，服装自然要跟着变。你们现在穿的叫深服，是春秋时期流行起来的服装。它的领子是方的，袖子是圆的。在古人看来，大地是方的，天是圆的，人是天地之间的精华，方领圆袖体现了这一观念。古人常说，没有方圆不成规矩，所以它又表示着约束，时刻提醒穿衣者是人而不是禽兽，要求人们的举止言谈一定要符合社会规范。"

根根："照这么说，学校跟以前也不一样了？"

魔鞋："当然。"

"还说发展呢，怎么男女服装还一个样儿？"寻寻不高兴了。女孩爱美，她想有自己的服装，特殊的样式，鲜艳的色彩，别总和根根混在一块儿。

魔鞋："其实这时候男女在服装上已经有区别了，装饰也不同。"

"是吗？太好啦！"寻寻拍着手说，眼睛笑成了一道缝，"我要换女孩的衣裙。"

魔鞋："不能换。"

"为什么？"寻寻的笑容凝固住了。

魔鞋："因为孔子不收女学生。所以你得女扮男装。"

"啊？这叫什么学校呀，连庠都不如，庶老还教我认字呢。这不是剥夺女童受教育的权利吗？"寻寻愤愤不平。眼睛一瞥，发现根根正偷着乐，一副幸灾乐祸的样子。就说："你高兴什么？"

"没——没有……我是想，你说的也不对，庠也不是谁都能去，小奴隶就不能入学。"根根说。寻寻没话说了。

这时，魔鞋开口了，"孔子的学校是个人办的私学，要收学费，每人十条干肉。我已经准备好了，放在你们的包袱里。"

他们找到孔子办学的地方，全是土墙土房子，看着直让人泄气。寻寻说："哟，这就是最棒的学校啊？跟电视上播的农村小学差不多，别课桌都是土台子吧？要是这样的话，咱俩就变成土孩子啦。"根根虽然也挺失望的，但为了提气，就说："硬件是差点，可人家软件强。名师教学，校风也好。听说前后共有学生3000名，在各种竞赛中获奖的数不清，名列全国各科前茅的就有72人。没准儿经孔子一指点，你一下变得特聪明，也拿个全国第一名。"

进入大门，他们被领进旁边的一间屋子。一个衣着光鲜的青年站了起来，双手抱在胸前，深深一躬，"您好！我叫子贡，是孔夫子的弟子，现奉师命负责接待。请问二位仁兄需要我提供哪些服务？"

寻寻和根根模仿子贡的样子回了礼。根根说："我们听说孔夫子是天下最有名的老师，想咨询一下有关入学的事。"寻寻的目光落在子贡背后墙上钉的一块木牌上，牌子上刻着四个大字：有教无类。就问："这是招生广告词吧？"

子贡往旁边让让，露出木牌，点头称是。寻寻歪着头看了半天，也弄不懂其中的意思。子贡笑了笑，说：

"如果二位仁兄不嫌我啰唆,我就谈谈粗浅见解。教是教育,类是类别,有教就是办教育,无类就是没有类别。"见寻寻和根根脸上现出困惑,就说:"这么说吧,不管是谁,只要愿意学习,贵族也好,平民也罢;富人也好,穷人也罢;年纪大的人也好,年龄小的人也罢;鲁国人也好,别国人也罢,在受教育上一律平等,都欢迎来我校学习。当然,要收一些学资,因为我们不是官办的'国学'和'乡学',而是私学,一切费用都是自己开支。官府开办的学校虽然不收学费,但只接纳贵族子弟。我们这儿不同,只要交费,谁都可以来。另外,学生交费也是表明对老师的尊重,是确立师生关系的一种必要手续和保证。不知二位同意否?请指正。"

根根:"什么是私学呀?"

子贡:"以往是'学在官府',也就是说,学校都是国家办的。私学不同,它是有学问、有本领的个人办的。如今办私学的不少,有教德行的,有教辩论的,有教兵法的,有教做生意的,还有教打官司的,等等,应有尽有。"

根根:"奴隶也可以入你们学校吗?"

子贡:"夫子说过,只要主动送上学费的,他从来没有不给予教诲的。没有说不收奴隶。"

寻寻:"那女子呢?你们收不收?"

子贡微微一笑,"夫子也没说不收女子。只是……

嗯，只是男女有别，本校清一色的都是男生，如收女生，需另辟教学场所，目前还不具备这个条件。所以只好谢绝啦。"

根根和寻寻打开包袱，取出干肉。子贡收了，说："现在你们就是孔门弟子了，我这就带你们去见夫子。他老人家刚从鲁国大司寇（掌管刑狱、纠察等事务的最高司法长官）位子上退下来，正好有时间。"

他们穿过院子，来到堂屋。一进门，就见一位老人正襟危坐在东墙下的席子上，对面坐着几个学生模样的人。

"啊！孔子！"根根心中叫了一声，就要鞠躬问好。子贡连忙拉住他，领他们往中间走去。

学生们往两旁挪了挪，让出位置。根根和寻寻跪坐下来，然后在子贡的带领下向孔子行礼。他们伏下身子，额头长时间挨着地面。这叫稽（qǐ）首拜，是最重的礼，学生拜师就行这种礼。

根根偷眼瞧了瞧，发现孔子正向他俩还礼。老人两手合抱，恭恭敬敬地一拱到地，然后抬起来，和蔼地望着两个小学生，并没有因为他们年龄小而有丝毫慢待。

孔子这一年55岁。他脸上微微地挂着笑意，耳垂很长，耳轮后贴，一部大胡子垂下来。看得出来，他想尽量挺直身子，可是办不到，因为他的背已经驼了。孔子尽管年纪大了，又是老师，但和学生一样跪坐着，双手拢在宽大的袖子里,端庄而安详。

看上去挺善良的呀,不像喜欢打人的样子,根根想。他的目光在孔子身边扫来扫去,想找到那根厚重的戒尺,但没有看到。他猜可能藏在席子下面。进屋时他早就侦察好了地形,他现在的位置离门差不多有5米,暗自打定主意只要孔子一掀席子,爬起来就跑。身边的这些人都是书呆子,别想追上爱踢足球的自己。寻寻怎么办?对不住了,板子打来时自顾自吧。

寻寻发现根根的目光不老实,顿时察觉到了他的鬼心思,装作活动膝盖,往他这边移了移,结结实实地挡住了他的去路。根根心说,完了,听天由命吧。

这时,孔子开口了,"你们想学哪一艺?"寻寻不明白"艺"是什么,茫然地望着孔子。根根虽然知道一些,但没有思想准备,不知道该说什么。

孔子笑了笑,问对面的学生,"谁来说说六艺?"

"六艺,"根根这回听明白了,"我知道!"举起右手要求发言。孔子"哦"了一声。根根说:"六艺就是诗、书、礼、乐、易、春秋。"说完,得意地斜了寻寻一眼,算是对刚才她的行为的报复。寻寻沮丧地低下了头,鼻涕淌了下来,"吱"的一声,又被吸了上去。

孔子:"能解说一下具体内容吗?"

根根:"嗯,诗嘛,就是诗歌,可以朗诵。书嘛,好像是书法。别的我就说不好了。"根根其实不知道具体内容,但又好面子,便按照字面意思随口说了说。

孔子脸上掠过一丝不快,目光落在一个学生身上,"颜回,你讲讲。"

颜回和子贡的年龄差不多,但看上去要大一些,衣服很旧,但非常整洁。"是。"颜回应了一声说,"六艺是本校的基本课程。六艺古已有之,夫子年轻时认真学习,精通并掌握了六艺,但也发现了其中有不少错乱重复,立志重新整理修订,使之更加完善。后来,夫子一边教学,一边收集整理典籍,这项工作现在仍在进行,但已初见成效。"

孔子点点头,"诸位要帮助我呀,也包括你们两位。别看你们年龄小,但后生可畏,谁知道将来会不会超过我们呢?"

根根碰碰寻寻,低声说:"说不定咱俩也能像颜回、子贡他们一样名垂青史。"寻寻没搭茬儿,还在生他的气。

颜回接着说:"诗是《诗经》,学习它可以加强我们表达情意的能力;书是《尚书》,学习它可以帮助我们明白事业成败的道理;礼是《仪礼》,学习它可以提高我们节制自己行为的自觉性;乐是音乐,学习它可以陶冶我们的高尚情操和铸造平和心境;易是《周易》,学习它可以引领我们窥探天地和人世的神奇变化;《春秋》是鲁国历史,学习它可以使我们通晓道义。请指正。"

大家纷纷点头。孔子也点点头,总结道:"总之,兴六艺之学就是为了把学生培养成具有完善道德的人,掌握治国安民的道理。其宗旨就是育人,为国家提供高级管理人才。"

根根听了对教学内容的介绍,说实话,一门都不想学,他数学好,对理科感兴趣。他又碰碰寻寻,"你选哪门?"寻寻的气消了,说:"乐。"她平时就爱唱流行歌曲,在学校艺术节的演出活动中还得过奖呢。"那我也选乐。"根根说。他想好了,虽然自己五音不全,但也只有这一条路可走,唱歌一般都采取口试,到考试的时候就要求参加合唱,容易蒙混过关。要是没有合唱,就说服寻寻来个二重唱,有她带着及格不成问题。

孔子放下六艺话题,问:"诸位有什么问题可以提出来,我们共同切磋。"

寻寻举起了手,她想起了《三字经》。

孔子:"请讲。"

寻寻:"'性相近,习相远'这句话我不明白,请您讲一讲。"

这是孔子曾经说过的话,后世编《三字经》的人把它列为全书的第二句。

孔子的眼中顿时精光四射,一说到学问就容光焕发。"性,就是人的先天本性;习,就是人的后天习染,也就是环境、教育的影响。性相近，说的是从本性上看，上天赋予每个人的素质基本相同；习相远，说的是从后天影响上看，人们之间的差别又很明显。所以人既一样又不一样。"

寻寻似懂非懂地点点头。想了想说："如果人的天性是一样的，可是为什么有人聪明有人笨呢？"

孔子："请举一个例子。"

寻寻："课堂提问别的同学总是比我先举手，考试我最后交卷，可成绩却不如他们。于是有人说我笨，有时候我自己都灰心了。"

孔子："人的天性并不完全一样，人们之间还是有差别的。有的人的心智发育早一点，有的人开启得迟一些，这都是很正常的。譬如地上的小草，春天来了，有的先发芽，有的后发芽。然而，差距只是一时，绝不是一世。一旦你开了窍，就会进步神速，令人刮目相看，甚至变后进为先进。所以，你切不可对自己丧失信心，因为赶上那些所谓聪明人只是早晚的事。"

寻寻："谢谢夫子，我明白了。"

孔子把目光移到根根身上，"你有什么疑惑？"

"我？"根根没有想到孔子会点名问自己，愣了愣说，"我的问题和她问的一样，您的回答我也听清楚了。"

"不然。"孔子摆摆手，"其实人的天性相差很小，甚至可以忽略不计。人们之间的差别取决于后天教育。"孔子从面前的木盘中拿起一支竹条。根根浑身一激灵,心说,原来戒尺放这儿,糟了,要打手板了。刚想起身逃跑,就见孔子在木盘上写了起来,然后把木盘调了个个儿,推到他面前。

木盘中铺了层沙子,上面写了个"學"字。"认得这个字吗?"孔子问。

"跟学字有点像。"根根说。

"是学字。"孔子说,"这个字的下半部分是'字'字,'字'有孳乳的意思,孳乳就是繁殖,也就是延续。学字的上半部分由臼和爻组成,臼表示双手的动作,爻表示相交接,意思是手把手。上下两部分合起来,说的是,知识的延续是师生之间传递的结果。换句话说,学习是师生双方的共同活动。你说是吗?"

"是。"根根点点头,这是明摆着的道理。

孔子:"既然学习的效果是由师生两个方面决定,你就要时刻知道自己的不足,老老实实地学习,否则你必将落后于人。要记住,人的天性几乎一样,谁也不比谁聪明多少!"

"谢谢,明白了。"根根说。趁着孔子取回沙盘,小声嘟囔了一句,"刚才还说人的天性不一样,现在又说一样,到底是一样还是不一样?"

孔子耳朵有点背,没听见,可是学生们听到了。子贡轻声说:"都对。这就叫因材施教,你们二人的具体情况不一样嘛。"

这时,雄赳赳走进来一个精壮的中年汉子,头上戴着一顶鸡冠形状的冠,像只好斗的公鸡。他双手抱拳对孔子鞠了一躬,说:"车驾已经备好了,请夫子上路。"他叫子路,也是孔子的学生。

孔子起身,学生们也站起来。孔子说:"我们师生就要去周游列国了,这不仅是为了宣传和推行我的政治主张,也是为我们的学习创造一个好条件。各国的情况不一样,上到政治经济,下到风俗习惯,各有各的特点。观察和研究这些情况,可以开阔眼界、丰富经验、充实知识,从而提高我们认识问题和解决问题的能力。希望诸位珍惜并利用好这次机会。"

可解放了!根根和寻寻对视一眼,不禁笑出了声。这不就是今天时兴的助学旅游吗?这种学习方式最对他俩口味了,一边玩儿一边学,学在玩儿中,比枯坐着读书听讲强上百倍。

院子里停着几辆两匹马拉的车,子路扶孔子上了前一辆,根根和寻寻随着子贡上了第二辆,其他学生上了后面的车。鞭子一甩,马车隆隆起程了。

颜回虽然很和气，又有学问，可是太刻板，整天一副沉思的模样。子路勤快，给夫子赶车的活儿他包了，还时常关照根根和寻寻。但他的眼睛老是四下踅（xué）摸，像是要找谁打架，显得凶巴巴的。根根和寻寻最喜欢子贡，他能说会道，故事特别多，还挺幽默的，管根根叫根子，管寻寻叫寻子，弄得包括孔子在内，大家都这样称呼他俩，透着开玩笑的意思。更重要的是，子贡特别活泛，他一边学习一边做生意，是学生里的大款，他们坐的这辆马车就是子贡的私家车。

本以为凭着孔子的名声，肯定一路顺风，不想刚游历了一个卫国，在去陈国的路上就出了麻烦。有个叫匡邑的地方，位于卫国和陈国之间，孔子一行经过那里时，一个学生指着城墙的豁口说："瞧，这就是当年我们鲁国的阳虎领兵攻进匡邑的地方。"有人问他怎么知道的，他说自己当时是阳虎的一名勇士。这时正好刮来一阵风，而下风处正好有一个匡人路过，结果这句话就飘进了他的耳朵。这个匡人又正好参加过匡邑保卫战。他快走几步，抢到前面一看，不由得两眼冒火，越瞧越觉得孔子像作恶多端的阳虎。于是就飞跑到官府报信。长官匡简子亲自率领一队士兵在老百姓的簇拥下来找敌人报仇。

书生哪里是兵的对手。尽管子路神勇，但好汉难敌众拳，最后大家都做了俘虏。匡简子找了城里一家围墙最高的旅店，像撵鸭子似的把他们赶了进去，又加派几个凶神恶煞般的士兵守住大门。寻寻吓得直哭，根根本想安慰她几句，但嘴唇一个劲地哆嗦，说的什么连自己都听不真。但有一个怪声听清了，那是自己身上发出来的，他一着急就放屁。

"咱——咱逃跑吧。"根根出主意。

"呜呜，关键时候自己逃跑，不管老师，呜呜，和同学，学校知道了非处分咱——咱们不可……呜呜呜。"寻寻抽泣着回答，又往嘴里放了颗话梅果。

根根："可不是，要传进我爸耳朵里，肯定抡起大皮鞋踢我屁股，就跟踢球一样。"

这时，一阵歌声破空而起：

"风雨晦暗黑夜长，

鸡鸣不止传四方。

既已见到仁君子，

我心怎能不欢畅？"

（"风雨如晦，鸡鸣不已。既见君子，云胡不喜？"）

这首歌出自《诗经·郑风》，名字是《风雨》。唱歌的是孔子，高亢的歌声中透着平和。接着，学生们跟着唱起来。本来惊慌失措的一行人顿时平静下来。

寻寻嚼着话梅果，抹抹眼泪，问："干吗唱歌啊？"根根摇摇头，"不知道。"

颜回正好在旁边，就说："诗言志，人们作诗唱歌是为了表明抱负、抒发心声。夫子是光明正大的君子，

怀着一颗仁爱之心游走四方,以感化天下苍生。听,歌声中浸透了悲天悯人的情怀,这是阳虎那类为非作歹的恶人根本唱不出来的。匡人听到了歌声就会被感动,从而辨明夫子是孔圣人,而不是阳恶徒。"

好,这回有救了。寻寻停止了哭泣,根根的身体也不发出怪声了。

然而,匡人就是不开窍。他们唱了一遍又一遍,嗓子都哑了,匡人仍然固执地认定孔子就是那个祸害他们的阳虎。

"嚎什么嚎?吵死人啦!""人还没死呢,就哭上丧啦?""让他们哭,可劲地哭,往后想哭都哭不成了。""阳虎,你当年的威风哪去了?""还我儿子的命来!""还我家房子!"高墙外传来匡人阵阵喊声。要不是有卫兵拦着,苦大仇深的老百姓早就冲进来清算他们了。

"诸位父老兄弟,我们不是阳虎一伙,你们搞错了。请听,阳虎那样的凶恶之徒能唱出这样又祥和又高雅的歌吗?"子贡站在门口一个劲地打躬作揖,但没人信他。

"还说不是阳虎?那个老头跟阳虎长得一模一样。""你说老头是孔子,那他出门游学带着两个那么小的儿子干吗?肯定是阳虎犯了事,鲁国的国君要捉拿他,逼得他带着儿子逃了出来。你们都是他的家人随从,敢说不是?"匡人反驳道。

得,我们成了证据了,根根想。寻寻又哭起来。子路望着他俩若有所思。过了一会儿，上前拉起他们的手问："二位仁兄想不想救夫子脱险？""想，"根根说。"你呢？"子路问寻寻。寻寻点点头。

犹豫片刻，子路终于下定决心，说："现在只有一个办法。你俩假冒阳虎的儿子，把你们押在这里做人质，我亲自陪着二位，让夫子先脱身。"

"不，不，我们可不当人质。"根根连连摇头。"呜呜，外面的人非把——把我们揍扁——扁了不可。呜……"寻寻哭得更凶了。

子路说："听着，当今世道以信用为第一，只要夫子回来，匡人断无伤害你们的道理。匡邑现在属于郑国管辖，夫子名气大，他可以见到郑国国君，说明真相，然后带着国君放人的命令返回，再来解救咱们。"见根根和寻寻认真听着，又说："这样大家都有救，否则咱们就会被困死在这里，一个也走不掉。你们难道不相信夫子会回来救咱们吗？"

"不，我们相信。"根根和寻寻说，他们已经喜欢上这个老人了。而且，他们突然想起了魔鞋，有它在，逃跑易如反掌。

子路点点头，走出大门外，许久才返回，一起来的还有匡简子。他们进了孔子的房间。没多大工夫，就听孔子高声说："不可！不可！"然后就是子路的声音，"搀夫子登车！"一阵儿忙乱，接着就是渐渐远去的马蹄声和车轮声。

后来的事情就简单了。估摸孔子走出匡邑地界后,根根和寻寻穿上魔鞋,发出了去找教《三字经》的老师的指令,然后就消失了。不见了两个孩子,子路只好逃命。好在他武功高强,翻墙越脊不在话下,于是瞅个空子就溜掉了。

几天后,孔子带着郑国的大臣赶来,只找到了在附近徘徊的子路,而根子和寻子怎么也找不到了。这件事孔子一直耿耿于怀,到了晚年,想起来还落泪,有次竟然失声痛哭。有人劝他别太伤心了,他说:"我是过度悲痛了吗?我不为这样的人难过还为谁伤心呢?"("有恸乎?非夫人之为恸而谁为?"《论语·先进》)

后人这样记述这段历史小插曲:孔子一行陷入匡人围困,便高歌一曲。曲调优雅中正,歌词含义深刻。匡人听后被深深打动了,一致认为只有品德高尚、志向高远、胸怀仁厚的人才能有如此举动,绝不是邪恶之徒能做得出来的,于是就放了他们。其实,歌声哪能化险为夷,救人于危难之中?如果音乐真有这么大的作用,以后双方交战就比赛唱歌好了,谁打动了对方谁就获得胜利。

然而,如果确有根根和寻寻舍己救师之事,为什么又不见记载呢?其中的原因再简单不过了。以两个小孩子作为脱身之计毕竟不是什么光彩的事情,所以就忽略不记了。

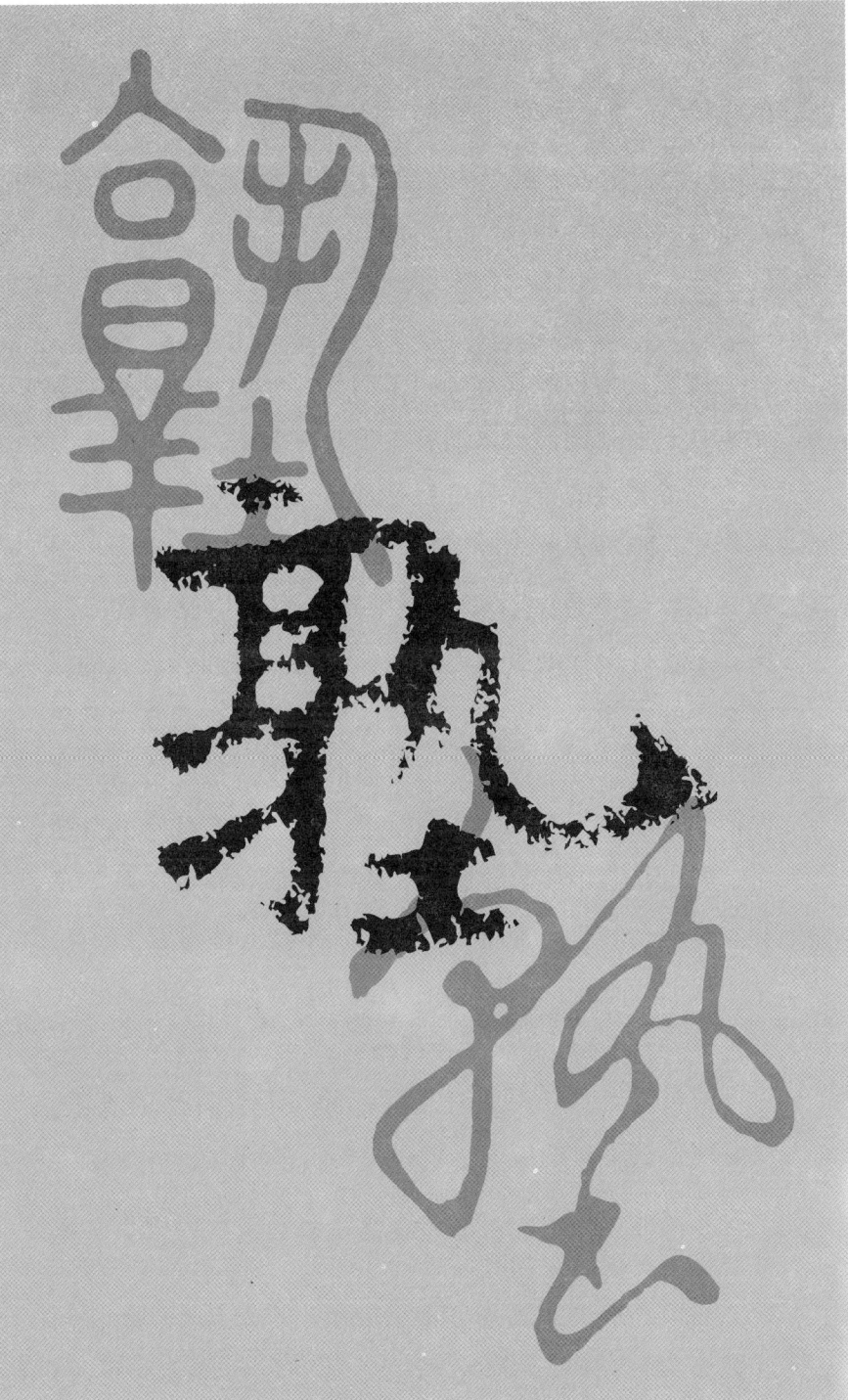

三　塾

魔鞋把根根和寻寻带到了明代。他们来的这个时候距离孔子所处的春秋末期有一千八百多年。

寻寻要做的第一件事就是观察自己的服装，她实在不愿意再穿男人的衣服了。有了前两次经历，她对服装的变化已经不再大惊小怪。她平展双臂，原地转了一圈。发现外面穿的虽然还是宽袖长袍，但和春秋时的深衣不一样。深衣是方领，现在改成了圆领；深衣垂到脚面，现在只长过膝盖，露出里面的裤子。最奇特的是这件袍子自腰部以下折了许多褶子，像今天女孩穿的百褶裙。不由得心中一喜，哈哈，终于换上女孩服装啦。再看看根根，和自己穿得一模一样，不禁有些得意。

根根发现了寻寻的表情不对劲儿，就问："怎么啦？"

寻寻："你的衣服挺合身的。"

根根听出寻寻说的是反话，低头看看自己的衣服，没发现什么不对的地方，就说："不是和你的一样吗？"

寻寻："是一样。你没发现自己穿上百褶裙了，这可是我们女孩的专利呀。"

"是吗？"根根琢磨着袍子下摆，有些心虚，嘴上却说,"不对吧,这件衣服应该是男式的呀。"

寻寻:"不信咱俩打赌。"

根根摇摇头,"我不跟你打赌。"

寻寻:"你不敢,还男子汉呢。"

根根被寻寻一激,脱口而出,"有什么不敢的,打就打。"

"好!打什么?"寻寻立即接上来。

"随你。"根根说。他早想明白了,无论怎么着他都得让着寻寻,谁让他是男生呢。

打什么寻寻一时想不出来,就说:"以后再说,说了你就得办,不许耍赖。"

根根点了下头,他想这样更好,说不定过些时候她就忘了。

寻寻:"魔鞋,我们的衣服是女式的还是男式的?"

魔鞋:"男式的。"

"什么?男式的?不对吧?你可看好了。"寻寻叫道,这也太出乎她意料了。

"没错,是明代男人的服装,它叫褶子。"魔鞋说。

根根:"哈哈,我赢了。幸亏我立场坚定,刚才差点被你唬住。怎么样?该听我的了吧,到时候你可不许哭。"

"听就听!"寻寻白了根根一眼,气哼哼地问:"拖鞋,干吗还让我穿男式衣服?"

魔鞋:"学校里不收女生,所以你还得女扮男装。"

寻寻:"什么呀,都过了快两千年了,怎么还歧视女童啊!"

根根:"没法子,走吧。"

寻寻往地上一蹲,"我不去了,这不是成心欺负人吗?"

根根:"正好,我也不想上学,咱们回家吧。"

寻寻:"那《三字经》怎么办?"

根根:"别学了呗。"

"不学怎么谈心得?"寻寻无奈地叹了口气,站起来和根根一齐朝学校走去。

学校设在一座四合院内,就一间教室,在紧挨着大门的屋子里。这所宅院是教书先生的家。全校教职工就他自己一人,校长、老师、主任都是他,全包了。

寻寻和根根站在屋门口,小心地朝里面张望。屋子不大,正对着门的地上摆了几张长条桌,十几个孩子坐在桌子后面的凳子上。他们年龄不一,小的比桌子高不了多少,大的比他俩还要高出半个头。他俩伸长脖子往里瞧,尽里面放着一张桌子,一个老先生端坐在椅子上。这让他俩很满意,终于可以坐在凳子上了,以前都是坐在自己的脚后跟上,膝盖又酸又痛,别扭死了。

可是,当他俩的目光落在先生的桌子上,就再也高兴不起来了。桌子上除了书、纸、砚台和笔外,还有两样东西赫然映入眼帘,一样是细竹棍,另一样是厚竹板。打人的戒尺就摆在明处,看来这位先生经常用它。根根突然觉得手心热辣辣的。

孩子们发现了他们，纷纷朝他俩做鬼脸。有一个孩子拼命把嘴巴撅得长长的，眼睛挤成一条细缝，两只拇指顶住耳朵，手掌招了招，做成大肥猪的模样。寻寻觉得对方在嘲笑自己，因为她长着一张圆脸和一双小眼睛。于是，便深吸一口气，把两腮瘪进去，用力睁大眼睛，一只手举在额头上遮挡阳光，扮成猴子相，因为对方是个瘦子。

先生严厉的目光扫过来，停在他俩身上，精瘦的脸绷得紧紧的，半晌才缓缓地说："怎么才来？"一说话下巴上的一撮白胡子就跟着颤动。见寻寻和根根低头不语，就开口念道："勤有功，戏无益。戒之哉，宜勉力。"他的头和着韵律有节奏地晃来晃去。然后停住了，突然问："这是哪本书上说的？嗯？"

寻寻和根根哪里答得上来，望着先生发呆。这时，一个声音尖声尖气地说："《三字经》。"寻寻顺着话音看过去，说话的正是那个瘦脸孩子。"嗯，"先生点点头，"不错，是《三字经》中的最后两句。解释一遍什么意思。"那个孩子挑衅地看了他们一眼，高声说："勤奋努力定能取得成效，贪玩迷恋游戏早晚害了自己，这个道理要时刻牢记在心，方能不断勉励自己努力上进。"

"听明白了吧？"先生问。"听明白了。"寻寻和根根回答。"坐下听讲！"他们快步走向空座位，寻寻坐在瘦脸孩子后面，根根坐在寻寻旁边。他们解开包袱，取出书和文具摆好。

"听讲前要背诵《诗经》中的三首诗，大家都背过了,现在轮到你们背。"先生吩咐道。上课前背三首诗是当时学校的规矩。

这可难不住他们。孔子在匡邑被围困时,唱的《风雨》就是《诗经》中的诗,这首诗正好三段。孔子带着弟子们唱了一遍又一遍,歌词他们记得清清楚楚。于是,便大声朗诵起来:

"风雨凄凄黑夜长,

鸡鸣声声唤天亮。

既已见到仁君子,

我心怎能不明朗?

风雨潇潇黑夜长,

鸡鸣阵阵不停息。

既已见到仁君子,

我心怎会再惆怅?

风雨晦暗黑夜长,

鸡鸣不止传四方。

既已见到仁君子,

我心怎能不欢畅?"

("风雨凄凄,鸡鸣喈喈〈jiē〉。既见君子,云胡不夷?风雨潇潇,鸡鸣胶胶。既见君子,云胡不瘳〈chōu〉?风雨如晦,鸡鸣不已。既见君子,云胡不喜?")

说来也怪,他俩好像受到了传染,念诗时也摇头晃脑的。

先生"嗯"了一声,问:"知道为什么听讲前一定要背诗吗？"

根根想起了颜回的话，说："诗言志！"

"对！"先生的脸色尽管仍然板着，但平和了许多。"我们为什么读书？一是为了谋道，二是为了谋生。所谓谋道，就是遵照先师孔子的教诲，端正自己的思想和行为，学习治理国家的道理，也就是'正心'、'修身'、'平天下'；所谓谋生，就是靠着自己的学问取得功名，过上好日子，秀才、举人、贡士、进士一级一级地考上去。中了进士，就有资格做一县之长。就是中了秀才，也可以做个教书先生，既能养家，也能得到乡亲邻里的敬重，朝廷命官也不敢小看你。"

这时，窗外出现一个女孩，乌黑的头发上插一朵火红的石榴花，下身穿一条粉色的长裙，裙腰处打了许多细褶，从门外飘然而过。不知谁嘀咕了一句"先生的小女儿"，大家的目光齐刷刷地聚向门口。

那裙子真好看，寻寻想，走起路来像踩着风，要是换在自己身上就好了。正看得出神，"啪"的一声，吓了寻寻一跳，顺着响声望去，先生抓起细竹棍敲在桌上，瞪着她训斥道："非礼勿视！"

先生接着刚才的话说："当然，无论是做官还是教书，首先要做个有德之人，也就是《风雨》诗中所说的仁君子。"

瘦脸孩子突然往后一靠，寻寻的桌子猛地一晃，砚台中的墨汁漾了出来。

"干吗呀？墨都洒了。"寻寻不满地说。

"怎么着？都坐半天啦，还不让人活动一下呀？"那个孩子扭过头幸灾乐祸地看着桌上的墨汁。

"砰！砰！"先生用细竹棍敲了两下桌子，原来这东西是教鞭。课堂里安静下来。"下面背课文。"

学生们打开各自的书，大概有的学生烦了，故意把书页翻得哗哗直响。先生提起笔来，写了个大大的"塾"字，然后举起纸，用教鞭指着字问："这个字念什么？"

"shú。"有人念出来。

先生："知道什么意思吗？"

"知道。咱们这里就是塾。"瘦脸孩子回答。

寻寻不甘落后，想起了孔子的私学，说："塾就是有学问有本领的人办的私学。"

先生："不错。可没说出塾这个字的意思。"

等了一会儿，看看没人回答了，先生说："你们是只知其一，不知其二。我就给你们讲讲其中的深意。这个字由孰和土两部分组成。土表示房屋，因为古时候房子主要是用土造的。孰本来指的是熟，怎样才能把饭煮熟呢？要不断地加柴烧，所以孰表示的是反复。这两部分合起来，意思就很清楚了，塾就是用来反复练习的地方。明白吗？"

学生们望着他，不明白这跟背书有什么关系。

先生得意地往椅背上一靠，说："既然是塾，自然就要反复背书。背！一个字都不许错！错一个字打一下手板！"

根根哭丧着脸求先生，"您高抬贵手，别让我在私塾念了，把我送到官府办的学校去吧。"他想，私塾不正规，动不动就打学生，官府的学校一定不这样。其实他不知道，官学也一样使用体罚。

先生冷冷一笑，"想得美，按你的年龄属于蒙童，接受的是蒙学教育，主要学习识字和伦理道德。蒙童一律由私塾负责教育，官府只管京城的国子监和府、州、县的学校，入官办学校还轮不到你头上。"

"我，我不是蒙童，我年满18岁了。"根根个子比那时同龄的孩子要高，为了逃避厚竹板，随口瞎编。

"别说18，就是20也不行，不经过蒙学学习，休想进入官学。"先生言之凿凿，没有一点商量余地。

根根彻底绝望了，只好拿起带来的《千字文》念起来。念了几句，忽然发现大家念的课文都不一样。寻寻读的是《三字经》，瘦脸孩子读的是《论语》，还有读《诗经》和《百家姓》的，每个人都晃着脑袋扯着嗓门叫，似乎要和他人争个高下，乱七八糟响成一片。原来学生程度不一，先生根据个人的情况安排课程，走的是因材施教的路子。

根根读的《千字文》是四个字一行，而且没有一个重复的字。他不禁羡慕起寻寻来，她读的《三字经》是三个字一行，要简单一些。本来根根就不善于背课文，这么一分心，再加上吵，背书的效果更差了。怎么办呢？他脑瓜一转，想了个主意：跟寻寻换书。

他推推寻寻，"哎，没忘了咱俩打赌的事吧？"

"没有啊，怎么啦？"寻寻警惕地望着他。

根根："你输了，得听我的。"

寻寻："你想干吗？"

"换书。"根根把自己的《千字文》放在寻寻面前。

"我才不换呢。"寻寻白了根根一眼，手中的《三字经》抓得牢牢的。

根根："说话不算话，以后不信你了。"

为一本书失去同学的信任太不值得了。于是，寻寻把《三字经》让给了根根，拿起《千字文》背起来。

先生打了个哈欠，眼睛慢慢合上了。不知道是在睡觉还是在思考问题。过了许久，他睁开眼扫视一遍课堂，然后站起身慢慢踱了出去。

寻寻朝四周看了看，大家正专心背书。她抓起毛笔沾着桌上洒的墨汁在纸上画了个猴子脸，抹了把鼻涕轻轻贴在瘦脸孩子的背上。寻寻用的是动漫笔法，别说，画得还真像那个孩子，两只眼睛是在靠上部位点了两个黑点儿，还是只翻着白眼的猴子。根根想笑，开始还忍着，憋了半天实在忍不住了，捂着嘴哧哧笑起来，最后笑得浑身乱抖。

瘦脸孩子察觉到不对劲，想看看他俩搞的什么鬼。一扭身，背部暴露在大家面前。"瞧，哪儿蹦出个大马猴?"一个孩子发现了他背上的画,指着说。"哈哈,真逗!""往后咱们就叫他猴哥,哈哈。"有人响应,"猴哥,猴哥"地乱叫起来。

瘦脸孩子伸手在背上抓了几下,扯下那张纸,揉成一团摔在地上,瞪得溜圆的眼睛狠狠地盯着根根。几个孩子在一边起哄,"哦,动手啊!""瞪人算什么本事?"

根根收住笑,说:"看我干吗?又不是我干的。"

"谁干的?"那个孩子问。

根根:"不知道,你又没雇我看着。"

"你笑就问你!"那个孩子提高了声音。

"好汉做事好汉当!""不敢承认就是胆小鬼。"孩子们继续起哄,唯恐天下不乱。

"我画的,怎么啦?"寻寻站了出来。

"嗨!"瘦脸孩子一跺脚,右手握成拳头,左手张开做成立掌状,摆了个骑马蹲裆式。

别看寻寻和根根比对方高出半个头,身体也比他壮,但一看这架势,又想起古人大多会武功,毕竟有些心虚。寻寻不由得退了退,根根斜跨一步挡在她前面。

根根:"干吗?想打架?"

"没你事,让开!"对方采取分化政策,打击目标明确。

"这是课堂,不是动手的地方。放学后我们奉陪,地方由你挑。"根根来了个缓兵之计。他早想好了,打不过就逃,反正有魔鞋帮忙。

这时，一声咳嗽，先生回来了。"轰"的一下，大家散去，回到自己座位，拿起书本。课堂又淹没在琅琅书声中。

"啪！"教鞭敲响了，大家抬起头望着前面。先生说："差不多了，下面考查。"他的目光挨个看过学生，从他们脸上的蛛丝马迹捕捉信息。最后目光停在寻寻身上，教鞭一指，"你先来。"

寻寻合上书本，双眼望天，抑扬顿挫地背诵："天地玄黄，宇宙洪荒。日月盈昃（zè），辰宿列张……"寻寻机械记忆力好，一口气就背了一页。

"好了。"先生说，教鞭指向根根，"你来。"根根一只眼睛看着先生，另一只眼睛在书上溜过。"到前面来。"先生命令道。

根根求救似的看了寻寻一眼，无奈地走到先生面前。手背在身后，站好，做出很有把握的样子，开始大声背诵："人之初，性本善。性相近，习相远。"

先生没有叫停，捋了下胡须说："往下背！"

根根的虚张声势没起作用，只好又原话背了一遍。

先生冷冷一笑，"看你底气十足，闹了半天就会背四句。"

"先生，方才您让背书的时候，我念了这四句，觉得很受启发，就开始思考其中的深意，结果就没有往下背。要不我谈谈体会？"根根听孔子讲过其中的两句，想借此蒙混过关。

"要讲书你还早了点儿，等你当上秀才再说吧。接着背！"先生厉声催道。

"我——我会背数学公式。"根根数学好，一着急搬出了别的知识。

"算学？"先生轻蔑地哼了一声，"雕虫小技，木匠、泥瓦匠、商人才学的东西，你一个孔圣人的门徒怎能沉溺于其中？怪不得你连《三字经》都背不下来。伸手！"他一把抓起桌上的厚竹板。

"不能打！我是孔夫子亲自教过的学生。您——您要打我就是犯上。"根根喊道。先生的话提醒了他，紧急关头搬出了孔子。

"看你还敢胡说！你要是圣人的学生，我还不得叫你师祖？"先生捉住根根一只手，高高扬起竹板，学生们都闭上眼睛。"啪"的一声脆响，竹板结结实实地打在手心上。

"噗"，一个屁被打了出来。先生皱起眉头，又举起竹板。

"寻寻，快让魔鞋换学校！"根根带着哭腔叫道。

寻寻早就吓傻了，听到根根的呼救，才清醒过来，赶紧拿出魔鞋穿在脚上。

瞬间，两个孩子就不见了。

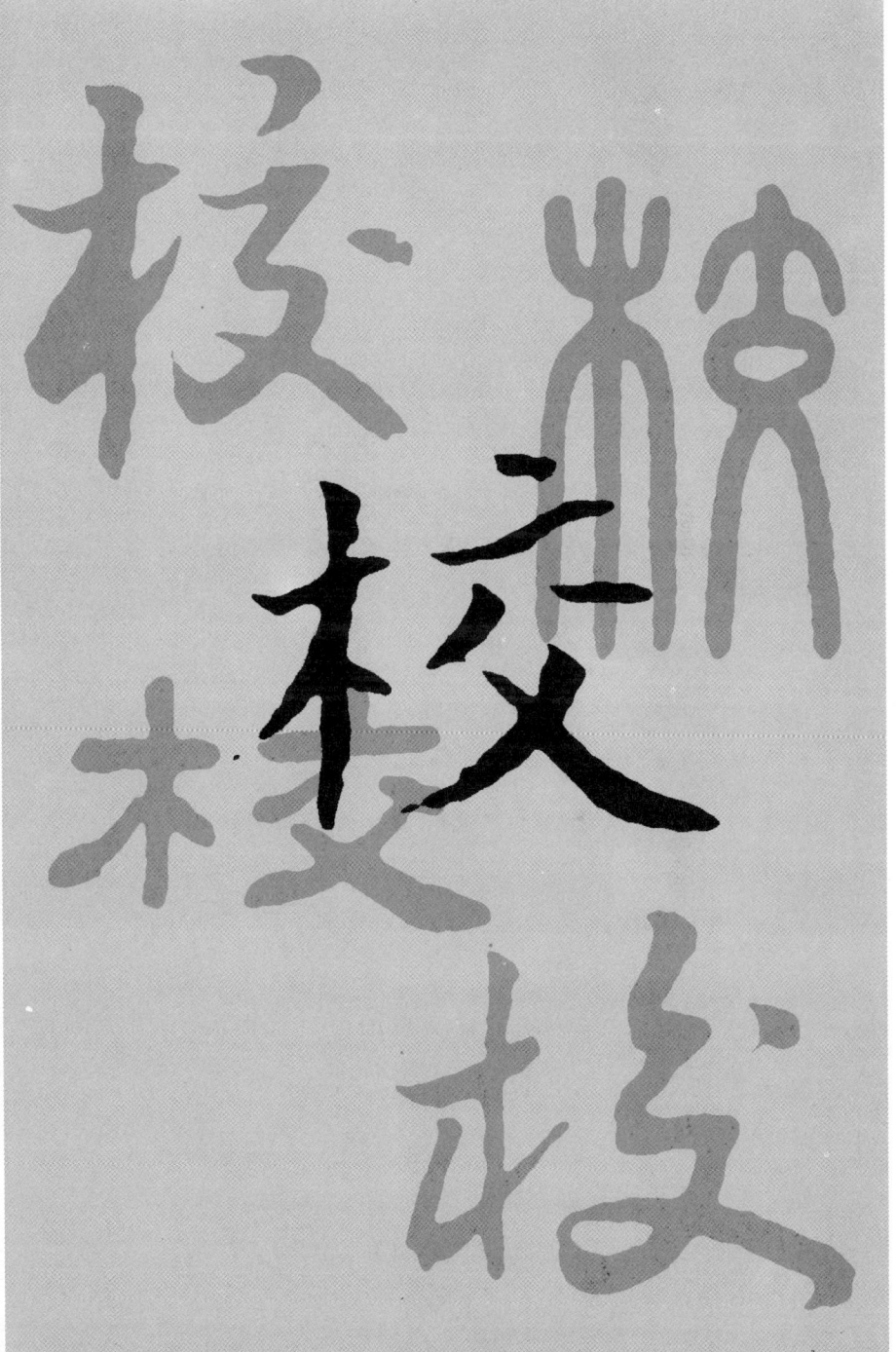

四　校

根根的眼睛闭得紧紧的,等着板子打下来。寻寻推了他一下,"快睁眼,到新地方啦。""真的?"听说离开了私塾,根根一下睁开眼,先生果然不在了。张开手掌看看,红了一块,摸一下,怪疼的,凑到嘴边吹了吹。再看看周围,情景都变了。

"这是哪儿啊?"根根问。

"好像是学校操场。"寻寻说。

这时,魔鞋说话了,"你们的指令是换学校,这里是一所男女同校的高级小学,现在是20世纪20年代的民国。"

"男女同校?这么说女孩也能上学了?"寻寻问。

魔鞋:"是的。"

寻寻拍了下手,兴奋地对根根说:"听见没有,男女平等啦,以后你可不许欺负我。"

其实根根从来没有欺负过女孩子,连想都没有想过,说:"打死我也不敢。"

周围有许多穿制服的学生,短装代替了长袍。

寻寻低头看看自己,上身是一件月白色竹布偏襟短衣，衣服刚刚长到腰部，宽袖子下露出一截手臂；下身是一条长过膝盖的黑裙子；脚上是白袜子黑布鞋；身上斜背着一个蓝地白花的布书包。再看根根，一身藏蓝色高领制服，头上还戴着顶前边出檐的学生帽，漆黑的帽檐在阳光下闪闪发亮，也背着一个蓝布书包。哈哈，太好了！自己的服装终于和根根分开了，也不用女扮男装了。寻寻特别中意这身衣服，她觉得不光比古代的漂亮，比今天的也好看。

十几个女孩手牵着手围成一圈，一边念歌谣一边转着走，先顺时针转，念完一首歌谣后变成逆时针转，同时念新的歌谣，然后再变换方向。

寻寻欢笑着跑过去，说："我来啦。"圈子断开一个口，一个留着齐耳短发的女同学招手说："来，到这儿，给你留着地方呢。"寻寻一只手拉住她，一只手拉着另一个同学。圈子又转了起来。她们念道：

"正月雪花云里开，

二月杏花送春来……"

这个歌谣挺耳熟，好像在哪儿听到过，是在哪儿呢？根根想。他正站着发愣，一个男孩突然冲过来，大喝一声"接着！"话音未落，"砰"地撞在他身上。根根一个趔趄，"噔噔噔"倒退几步，还是没站稳，一屁股坐在地上。仰头一看，那个男孩又跳着去找新的目标了。原来，男孩子们正在玩"斗鸡"游戏。他们一只脚着地，两手握住另一只脚，使那条腿弯成三角形，膝盖朝外，然后单脚跳着去冲击对方。

"好啊，看咱们谁厉害！"根根一跃而起，顺手拍了下屁股上的土，双手搬起左脚，高叫着"我来也！"杀入战团。

女孩子们继续转她们的圈儿。

"三月桃花红似火，

四月芦花就地开。

五月栀（zhī）子心里黄，

六月荷花满池塘。

七月茶花铺水面，

八月桂花满林香……"

根根见人就撞，他人高马大，比那时同龄孩子的身体要壮实，像一辆坦克，冲得众人东倒西歪。"嘿，你是哪一边的？"有人问他。"哪边都不是，我自己一头。"根根回答得豪气万千。于是，大家从四面八方攻过来，顿时便把他围在中间。

"九月菊花黄似锦，

十月芙蓉赛牡丹。

十一月无花无人采，

十二月梅花斗雪开。"

根根寡不敌众，被撞倒在地。

这时，一个工友摇响了手中的大铃铛。

孩子们"轰"地散了，短发女孩拉着寻寻的手，大家笑着、叫着、跳着涌向教室。一个同学拉了根根一把，他站起身，边跑边掸身上的土，跟着大家进了教室。

教室是一间平房，地上铺的砖，墙上钉着块木头黑板；课桌没有抽屉，其实就是一块木板安上四条腿；桌子后面摆着条凳，两个人合坐，一人坐一头。寻寻挨着短发女孩坐下，根根坐在一个男孩旁边。

这节课是国文。一个二十出头的女老师微笑着走进教室，怀里抱着一打本子。自打根根漫游古代，还从来没见过女教师，庶老、孔子、明代的先生，都是男的，而且都是老人。根根正想得出神，"哗"的一下同学们都站了起来。他这头凳子一沉，另一头翘了起来，"砰"的一声，他坐在了地上。原来，坐这种条凳必须两个人一块起身，如果一人先起，必须向另一人打个招呼。起立向老师行礼是规矩，别人起身他还坐着，结果就摔倒了。有人哧哧地笑起来。老师鞠了个躬，同学们坐下。根根扶起凳子，重新坐在上面。

"嘿，"同桌捅捅根根，"你玩斗鸡挺棒，下回跟我们一头吧。"

"嗯，"根根点点头，"老师厉害不厉害？"

"平常挺和气，要是惹急了，发起脾气来怪吓人的。"同桌瞄了眼老师说。

"打人吗?"这是根根最关心的问题。

同桌:"不打,校规不允许。"

根根提起的心放了下来,说:"咱们可是一头的了,等会儿老师提问,我要是答不上来你可得帮我。"

"成。"同桌痛快地答应了。他拿起毛笔在桌面上画了一下,"到时候往这儿瞧。"

老师说话了,"昨天布置同学们回家后,每人收集一首童谣,大家都做了吗?""做了。"同学们齐声回答。"好。下面我就检查一下,点到名的同学请把收集到的童谣给大家背诵一遍。"老师说。

根根飞快地盘算了一下,自己会两首童谣,一首是"小老鼠",另一首是"风来了",比老师要求的还多一首,双保险,对付提问没问题,看来也不用别人帮忙了。

同学们一个个站起来背诵歌谣,有"拉大锯"、"唐僧骑马"、"四只老鼠"、"吃白米"、"小白羊"、"小公鸡"、"十二月花",等等。

轮到寻寻了,她一开口,根根的心"咯噔"一声,她念的正是根根准备的"小老鼠":

"小老鼠,上灯台,

偷油吃,下不来,

哭着喊着叫奶奶,

叽里咕噜滚下来。"

幸亏多准备了一首,要不可就"虾米"了,根根庆幸地想。

该同桌背了。这回根根真傻了眼,他背的竟是根根作为后备的那首"风来了":

"风来了,雨来了,蛤蟆背着鼓来了。

什么鼓?花花鼓,乒乒乓乓二百五。"

老师点到了根根。他站起来,脑子一片空白。"咚咚",同桌用手指从底下弹了弹桌子。根根斜眼望去,桌面上写着"九九歌"三个大字。根根脑子一亮,这个他太熟了,于是开口念道:"一九得九,二九一十八,三九二十七……"

"轰"的一声,课堂炸了锅,大家都看着他笑,有两个笑岔了气儿,手卡着腰趴在桌子上直不起身。同桌急得说了出来,"不对不对,是一九二九不出手……"

根根不会这个歌谣,呆呆地望着老师。老师说:"不要慌,慢慢想。"然后转向同桌,口气严厉地说:"不许递话!"她拿起粉笔,在黑板上写了个大大的"校"字。

"这个字念什么?"老师用教鞭指着黑板问大家。

"xiào,学校的校。"同学们回答。

老师:"对。同学们看,校字由木和交两部分组成。木表示木头做的东西;交表示的是人的两条小腿相交叉的样子,意思是交错、合闭。这两部分合起来,校指的就是木头做的用来固定罪犯肢体的刑具,比如木枷之类的东西,这就是校的原意。后来,人们就用这个字称呼教育场所。我为什么给大家讲这个字呢?就是想再次提醒同学们,我们这里是学校,学校是纠正人的坏毛病、培养良好习惯的地方。靠什么培养呢?靠严格的纪律。校纪规定,没有得到教师许可,上课时不许说话,更不许在同学回答问题时偷偷给予提示,希望大家自觉遵守。——想出来了吗?你接着背。"后面一句是对根根说的。

根根以为老师已经放过了他呢,不想老师讲了半天还是没忘了他。他由校字联想起塾字,由塾字又想起了背《三字经》的情景,便摇头晃脑地念道:"人之初,性本善。性相近,习相远。"

"好了,"老师摆摆手,"坐下。"等根根坐好,老师说:"《三字经》不是童谣,再说,现在是民国了,小学生没有必要再像古人一样背诵《三字经》。为什么呢?从文体上说,政府规定,凡是用文言文编的教科书一律废止,改用白话文,而《三字经》是用文言文写的。更重要的是,它的基本精神和我们今天的教育要义不相符合。"老师离开讲台,慢慢踱到教室中央。

"国家为什么要开办学校呢？我又为什么来这里教同学们知识呢？"老师继续说，"主要目的就是为了培养各位的完全人格，也就是全面提高大家的素质。人的素质提高了，国家也就强大了。要做到这一点，必须使同学们的个性得到发展，养成自主创造的精神。然而，自古以来，我们中国的教育培养的却是保守自大的心理。所以，传统的经典，包括《三字经》在内，就不能再做教材了。"

根根心说，得，他们请老师讲《三字经》的目的这回又实现不了了。

寻寻举手要求发言。她问："《三字经》对我们还有帮助吗？"

"这个问题提得好。"老师表扬了寻寻，然后说："当然有帮助。它劝我们勤奋学习，告诉我们做人要讲道德。这些积极内容同学们在修身课上可以接触到，'智''仁''勇'，还有其他一些道德规范都是建立我们的完全人格所不可缺少的。好了，下面我们学习新课文。"

老师走回讲台，在黑板上写下"第四十课"。然后带着大家读课文，她念一句，同学跟着读一句。课文和今天的不一样，寻寻和根根觉得挺新鲜的，他们和大家一起大声读：

"猫欢喜，一只老鼠叼嘴里。

狗欢喜，两根骨头丢下地。

鸡欢喜，三个小虫一把米。

羊欢喜，四面都是青草地。

人欢喜，五个朋友在一起。"

快下课的时候，老师布置作业，这回不收集童谣了，要求每人交一篇作文，题目是"小猪的快乐"。

课间时，根根对寻寻说："这回作文你一定得第一。"

寻寻奇怪地问："你怎么知道？"

"你有亲身体会呀——忘了？私塾里的那个瘦脸孩子……"根根学他的样子做了个猪脸，然后转身就跑。

根根身后传来急促的脚步声。其实寻寻只是在原地跺脚，才没兴趣跟他算账呢。她和短发女孩聊得正欢。

最后一节是实业课，还是那位女老师教，她把全班分成男生和女生两部分，女生集中到教室前面，男生坐到后面。女生学习缝纫，男生学习农业知识。

每个女生都从家里带来了布和针线，寻寻也从书包里拿出布和针。老师拿起两块布头，说今天学的就是把这两块布缝在一起。她把短发女孩叫到前面，她讲怎么缝，女孩照她讲的进行操作。演示完了，老师安排大家练习，自己到后面给男生讲农业常识。

寻寻拿针的姿势别具一格。别人都是用拇指和食指的指尖捏着针，她是手攥成拳头，用拇指把针按在食指中间，从上往下朝布上扎。扎了几下，两块布还是没合拢,急得鼻涕流了出来。短发女孩看见了,推了她一下,说:"你纳鞋底子呢?"再仔细一看,女孩笑了,原来寻寻的针上没有穿线。女孩拿过寻寻的针,教她穿线,又教她拿针,然后手把手地教她怎么缝纫。

女孩问:"你没拿过针呀?"

寻寻:"没有。我们家好像没有针线。"

女孩:"谁家能没针线啊?那是你没瞧见。你家一定特有钱,有专做针线活的用人吧?"

寻寻:"没有。"

女孩停下手里的活,好奇地问:"那你的衣服怎么办?"

寻寻吸了下鼻子,"从商店买。"

"那得花多少钱啊。"女孩担心起来,"要不你不会缝纫呢。"

"学校干吗开缝纫课呀?"寻寻不明白。

"老师说了,缝纫是生活的基本技能,也是一门职业技术。毕业后要是找不着工作,靠缝纫也能生存下来。"女孩说。

寻寻接过针,学着女孩的样子一针一线地缝起来。

那边根根可露了脸。

老师问:"耕地都用什么农具?"

同学们都呆呆地望着老师,只有根根举手,然后站起来大声说:"牛、犁、鞭子!"

老师笑了,说:"回答前两样就行了。"又问:"什么时候开始耕地?"

还是根根回答:"杏花开放之前。"

老师又笑了,"好,挺有诗意。确切地说,在黄河流域,一般是在阳历三月初。"

老师问的跟古代庶老问的一模一样。

放学了,同学们陆陆续续回家了,寻寻和根根也该回家了。

短发女孩拉着寻寻的手,说:"你家在哪儿?咱俩一块儿走。"她的手又软又暖和。寻寻说:"我家住得特别远,你先走。"女孩说:"那我先走啦,明儿见。"

"明儿见。"寻寻说,声音小得连自己都听不清,只觉得泪水一下涌了上来,鼻涕慢慢地流到嘴边,她使劲吸了下鼻子。

男生在操场上摆好了阵势,他们分成两拨,个个金鸡独立。同桌远远地朝根根招手,喊道:"干吗呢?就等你了。"

根根也向他们招招手。

根根和寻寻得走了。他们向魔鞋发出了回家的指令。

寻寻和根根到过去的学校走了一圈,开了眼,也经历了不少事。可他们的目的没有全达到,《三字经》只听了个开头和结尾。那么,寻寻怎么在小组会上谈心得体会呢？车到山前必有路，她自然有办法。

只是有一样，根根和寻寻落下了一个毛病，一读古诗或者文言文，就不由自主地摇头晃脑。他们也想改，可就是控制不住。看来，这辈子是改不了了。

第二章 在过去当兵

学校操场上正在进行校武术队的选拔。

校长亲自出马,为这次选拔作了全校动员。他说武术的发源地在中国,是国术,有可能被列入奥运会项目。为了推动武术运动在本校的发展,增强学生的体质,学校决定成立武术队,希望同学们踊跃报名,参加选拔。

报名的同学不少,根根也报了名。

寻寻问他，"没听说你练过武术呀，校队能要你吗？"

根根不满地白了她一眼，说："没听说就等于没有啊？我练武术干吗一定要让别人知道，不许自己玩玩呀？"

寻寻"噢"了一声，半信半疑，决定亲自到选拔现场观看。眼见为实嘛，根根到底练没练过武术，到时候一看就知道。

所以这天不光根根来到选拔现场，寻寻也来了。

选拔由体育老师主持。他手里拿着一本花名册，点到谁的名字谁就出场演示。

最先出场的是个男生，他演示的是猴拳。只见他双臂贴在两肋，手腕下垂，两腿微微弯曲，眨巴眨巴眼睛，还真像只猴子。接着"刷刷刷"地打出一套拳，真有些让人眼花缭乱。

"好！"寻寻和大家一齐鼓起掌来。

"哼，什么呀？"根根说。

"什么什么呀？多好看呀。"寻寻对根根的态度不以为然。

"好看有什么用？在战场上还能让你按照套路来？早让人打倒了。"根根反驳道。

随后上场的是个女生，她反手扣着一把宝剑走到前面，演示的是剑术。她身法矫捷，剑舞得轻快洒脱。

"好!"寻寻和同学们又鼓起掌来。

"中看不中用。"根根说。

"怎么又不好啊?"寻寻不满意了。

"战场上能让你这么练吗?手还这样,"根根模仿女选手的样子伸出手臂,"早让敌人把胳膊砍掉了。"

之后又有几个同学上场。有打少林拳的,有翻跟头的,有演示器械的。

老师点到了根根的名字。

根根脱掉运动衣,大步走到场地中央。他系了条黑色宽腰带,小胸脯挺得高高的,显得特别精神。他立正站好,双拳抬到腰间,深吸一口气,突然一跺脚,一拳打在手掌上,然后抡圆了胳膊打起来。他又是挥拳又是踢腿,上蹿下跳,还在地上打了一个滚。

老师说:"嗯,力量不错,技术欠佳。回去报个武术班学学基本功,等练得差不多了再来吧。"

得,落选了。

其实根根从来就没有练过武术。那么,他又怎么突然想起了报名参加校队选拔呢?原来是这么回事。大前天吃晚饭的时候,妈妈打开电视机,一位著名电影导演的脸显露出来,他正在对中国电影走向世界的问题发表谈话。他说,国际上唯一认同的华语电影就是功夫片,得金奖的是功夫片,成为国际影星的是功夫片演员,就连获得音乐奖的都是功夫片的配乐。听他这么一说,根根大受启发，这不是出大名挣大钱的最好最快的路子吗？凭他这身体条件和机灵劲，只要练上几年武功，然后再学几天表演，成为功夫片明星应该是不成问题的。这时恰好赶上校长动员，根根觉得参加校队是学习武术的好机会，于是就报了名。

但是，进武术队要考核，而根根又没有练过武术，怎么办呢？他决定走实战的路子，不跟那些学过武术的选手比套路，扬长避短嘛。他买了几张功夫片影碟，参考里面的精彩场面，利用最后两天时间设计了一套动作，练了练，然后就上场了。谁知道老师不识货，就喜欢花架子，把他给淘汰了，这不是扼杀祖国的花朵吗？刚刚树立起来的远大抱负就这样被不合理的选拔无情地扼杀了。

根根咬着嘴唇离开操场。寻寻跟在后面安慰道："有什么呀？不就是一个校队吗？不要拉倒，我们还不想去呢。"见根根不说话，又说："我表哥有个同学，打小就在业余体校学武术，听说他们教练招学生，让我表哥带你找他去，咱们去个比校队强的地方，气气他们！"

"我不学花架子！"根根气哼哼地说。

"体校教的还不是真功夫呀？"寻寻说。

"现在都用枪炮了，上哪儿找真功夫去？"由学校体育老师联想到教练，根根算是失望了。

"不用枪炮的地方才有真功夫，可是，哪儿才不用枪炮呢?"寻寻自语道。

突然,他们停住了脚步,转过身互相看着对方,同时叫道:"古代!"

根根的眼睛闪闪发亮,说:"现在的武术比古时候差远了,古代的才是正宗。我学成归来,就是一代宗师,当个电影明星不在话下。哈哈!到时候,他们"——根根朝选拔现场一指——"给我当学生我都不要。"

"干吗不要?你也搞个选拔赛,瞧谁不顺眼就立马淘汰他。"寻寻在一边帮腔。

根根说:"跟我一块儿去吧,学完了我当男影星,你当女影星。"

"真的?能行吗?"寻寻的胃口被吊了起来。

"没问题。"根根回答得斩钉截铁,好像他是大导演似的。

"好吧。"寻寻答应了。其实,当明星只是她同意去的一个方面,另外还有一个原因,就是上次根根陪她去古代学习《三字经》,现在她也应该陪根根去学武术。

他俩回到根根家,从木盒中拿出魔鞋,下达了到古代学习实战性最强的武艺的指令。

一　军

寻寻和根根站在黄土地上,举目四望,黄土高坡衬着碧蓝的天空,显得宁静而悠远。

他们的服装换了样。寻寻一眼就认了出来,这种方领圆袖的长袍叫深衣,他们给孔子当学生时身上穿的就是它。稍有不同的是原来腰上系的是丝带,现在换成了皮的,皮带的两头有铜钩,可以相互扣住。这比丝带用起来要方便。

寻寻叹了口气,她和根根穿的一样,不用说,这回又得女扮男装了。

"这是什么地方?"根根问。

魔鞋:"战国时期的秦国,现在是公元前260年。"

根根算了一下,离他们见到孔子那一年过去了237年。二百多年了,服装竟然没变。

寻寻读过《中华五千年》,知道战国时期有七个诸侯国,它们是齐、楚、燕、韩、赵、魏、秦,秦国被当时的人称为暴秦,总是欺负别的国家。她不喜欢秦国,于是就问:"干吗偏来秦国呢?"

魔鞋:"你们不是要学实战性最强的武功吗?秦国

是农战一体的国家，老百姓平时都要练武，他们练武不是为了锻炼身体，更不是为了消遣，而是为了打仗，所以最注重实战性。"

寻寻："什么是农战一体呀？"

魔鞋："秦国把本国百姓按5户编为一小组，叫做伍；把10户也就是2个伍编为一大组，叫做什。凡是被编进什伍组织的成年男子，也就是15岁以上的男性，都是国家的后备兵源，随时准备应征上战场，等打完了仗再回家种地。这就是农战政策，在国家体制上就是农战一体化。"

寻寻："我们是来学武艺的，可不是来当兵的。"

根根："想上战场也轮不到你。人家规定的是15岁以上，你才14岁，担什么心呀？"

魔鞋："你说的是实岁，古代可不这么算，那时一出生就算1岁，因为婴孩在娘胎里已经待了差不多1年。所以按当时的算法，你们至少15岁了。"

这时，不远处传来喊声，"你们两个娃娃干吗呢？快过来！"

他们一看，一群人聚在打谷场上。根根眼尖，惊喜地说："他们正在练武呢，快走。"便迫不及待地跑了过去。

一个留着两撇八字胡的中年汉子瞪着他俩训斥道："都这么大了，还不知道上进！不好好练武，拿什么杀敌？杀不了敌拿什么立功？立不了功拿什么讨爵位？手下有你们这两个小懒汉，到时候我这个什长也跟着倒霉。"

哦，原来他是什长，管10个男丁。根根想，要是放在今天，也就是班长。

什长继续训话，"秦国的法令你们又不是不知道，立了军功的人才能获得爵位。杀一个敌人，国家奖赏一级爵位，给一顷地，还可以有一个农奴供驱使。我们秦国一共有20级爵位，我打了多少仗都记不清了，到现在才是个第四等爵'不更'。不是我不努力杀敌，是我手下的人太笨，按规定，我部下的士兵只要杀了33个敌人，我就能够得到一级爵位，可老是到不了这个数。所以多少年过去了，还在'不更'爵位上趴着。你们要是练不出来，别说自己得不到奖赏，我也得不到好处。明白吗？"

"明白。"根根和寻寻说。

"一边压腿去！"什长说完，就叫过几个成年人，和他们对练起来。

根根和寻寻一边活动腰腿，一边观看他们练习。只见什长左手微微一晃，对方头一偏，什长一个箭步，右手就卡住了那人的咽喉。再来一次，对手明明知道他要卡自己脖子，但就是躲不过去。

根根看着这一招实在精妙，便凑了过去，说："什大爷，这一手叫什么？"

什长："这是擒拿术中的锁喉法。400年前宋国的国君就是用这一招制住对头的。"

根根："您教我吧。"

什长："想得美！我练了20年武艺才勉强掌握这一手，你才练了几天？去，下腰去！"

啊，要这么长时间呀？根根大失所望，刚要转身离开，一匹马急驰到面前猛地勒住。

马上的骑士叫道："什长呢？"

"在这儿。"什长向前跨了一步说。

"我们和赵国的战事吃紧，秦王有令，凡是爵位在第四级'不更'以下的，一律入伍。带着你的10个人去见屯长，编入部队后开往前线。"骑士说罢，打马就走。

什长追了几步，对着骑士的背影大喊："我没有10个人怎么办？"骑士顾不上回答，一溜烟地去了。

"为什么不够10人？"什长一扭头，不知道什么时候一辆马车停在路边，车上站着一个中年男人，他手里握着一卷竹简，问话的正是此人。什长刚要答话，再一看，吓了一跳，嘴巴张得大大的半天合不上。

那人一双冷冰冰的眼睛望下来。

"扑通"一声，什长跪了下来，磕了个头，结结巴巴地说："原——原来是——是武安君，不——不知道您来，小人该——该罚。"听什长一说，别的人也连忙跪下了。

只有寻寻和根根还傻站着，旁边的人拉了拉他们的袍子，他们才反应过来。没等他们下跪，武安君挥挥手，"起来。"大家站起身，像听到了军令那样整齐。寻寻小声问旁边的人，"武安君是干吗的？"那人说："他就是百战百胜的名将白起。"

寻寻心头一震，好家伙，这就是战神白起！不由得抬眼望去。本以为这个杀人不眨眼的魔王不知长相多么凶恶，不想模样并不可怕。一张略黑的脸上十分平静，唇上留着两撇乌黑的小胡子，下巴上还垂着一撮山羊胡；细长的眼睛显得有些沉郁，但偶尔一瞥，似乎有电光射出。这时，白起看过来，寻寻赶紧垂下眼睛。

"讲！"白起说。

"小人的什里，有2户已经没有男丁了，有3户的男丁不够15岁。"什长说。

"包括他？"白起的眼睛盯着寻寻问。

什长："是，他14岁。"

白起："这么大的个子不够15岁？是你隐瞒了还是他爹娘记错了？嗯？"

什长一哆嗦，他知道白起的意思，忙伸出手指头，装作算寻寻的岁数，嘴里念念有词。然后说："是我算错了，他应该入伍。"

"你的一什编入我的'短兵'。"白起说完,抬脚蹬了下车夫的屁股,马车隆隆而去。

什长抹了把头上的汗。寻寻吸了下鼻子,说:"我不去。"

"武安君是秦国的大良造,军职里数他官最大,他的命令谁敢不听?秦国实行'什伍连坐',一人犯事,大家一体问罪。你要是抗命,我们都得遭殃,10家老小啊。"什长说。

没法子,自己可以逃,可这10家人逃不了,寻寻只好去当兵。既然寻寻去,根根也得一块儿去。因为寻寻是陪根根到古代来的,根根总不能撇下她不管吧。

其实,根根对当兵倒有几分好奇,他问什长什么是"短兵"?什长说,短兵就是将军身边的兵,责任是护卫和照顾将军。这可是个好差事,危险小,容易立功,我们大伙沾了你们这两个小娃娃的光。武安君命你们上战场,但又派不上大用场,只好让你们当短兵,咱们是一个什的,连带着我们也到了将军身边。根根倒没觉得有多光彩,短兵怎么了?不就是后来的警卫员、勤务兵吗?说俗一点儿就是催巴儿(听人使唤当下手干杂事的人)。

就这样,他们的武艺没练成,却跟着白起上了战场。

白起这次到前线是代替王龁(hé)任秦军统帅的。

秦国和赵国决战的地点在赵国境内的长平（今山西省高平市西北），赵国投入了四十多万兵力，以名将廉颇为统帅。秦国派王龁率大军与赵军对垒。一交手，赵军就处在下风。于是，老谋深算的廉颇采用坚守不出的策略，企图拖垮远道而来的秦军。秦国兵将虽然凶悍，但战，接触不到敌人；攻，又无处下手。王龁干着急，一点办法也没有。

正当秦军一筹莫展的时候，有人出来帮忙了。这人不是别人，正是赵国的国君赵王。他不懂军事，偏偏又是个急性子，屡次派人到前方训斥廉颇，嫌他不主动出击。消息传到秦国，秦国的宰相认为时机来了，便派人带着金子到赵国收买奸细制造舆论，说廉颇根本不是秦军的对手，他就要抗不住了，此时秦国最怕的是赵国用赵括替下廉颇。

这种说法是有根据的。赵括的父亲赵奢是赵国名头最响的将军，他曾在十年前重创秦军，造成了几十年来所向无敌的秦军最惨重的失败。于是有人觉得，既然赵奢能大败秦军，他的儿子也一定能做到。况且，赵括本人也具备这个条件，他是个军事天才，自小就熟读兵法，常与老父谈兵论战，有时父亲都说不过他。于是有人认为，既然连老将军都难不住赵括，他的手下败将秦军当然也就难不倒他。

就这样，一意孤行的赵王不听赵奢母亲的劝阻，任命赵括为将军替换廉颇。

秦王马上作出反应，秘密任命白起为上将军换下王龁。

一方以弱换强，一方以强换弱，双方力量的天平顿时发生了倾斜。两军决战，最高指挥官的素质是决定性因素。这一变换，战争结局已见分晓。

白起到了前线，首先视察各部。寻寻和根根跟在后面。他俩换上了军装，其实就是短衣长裤的胡服，在前胸部位罩了块牛皮当铠甲。白起给了他们一人一口一尺半长的钢剑挂在腰上。根根试了试，没怎么用力，就把牛皮切下了一角。寻寻龇着板牙说："什么铠甲呀，管用吗？"

什长听到了，说："不是铠甲不坚固，是剑太锋利。再说了，穿上重甲别说打斗，就是走路都吃力，还怎么杀敌立功？战场上凭的是勇敢，只有拼命才能活下来，要不秦兵怎么像虎狼一样勇猛呢。"

寻寻撇了下嘴，心说："什么理论呀？不会保护自己就不会杀敌，连这都不懂，还当领导呢。"然后凑到根根耳朵边上说："这帮人拿命不当命，都是半疯子，打起来咱就跑。"根根点点头。

秦军各部都是混合编队，有车兵、步兵、骑兵、弩兵。四个兵种中，车兵最威风，每辆车由四匹高头大马拉着，车厢和轮子上包着铁皮。车上站着三个身披重甲的武士,其中一人驾车,一人挽弓射箭,一人挥戟斩杀;另有七个披甲的武士手持兵器聚在周围;还有二十名士兵跟在车后。一辆车、四匹马和三十个人组成一个战斗单位,称为一乘。车兵在春秋时期威力最大,当论及一个国家的国力时,都说它有兵车多少乘。就是到了战国晚期,车兵的威力仍然不小。所以,白起非常重视这个兵种,指望着它冲锋陷阵呢。

"真威风!"根根说,他认为,兵车就是古代的坦克。

"哐啷"一声,白起一把抽出寻寻腰间的剑,在地上画了个大大的军字。

然后说:"看好了,军字从车,军是从战车来的。战车表示一国的军事实力,实力不是由哪一个方面决定的,是整体力量,所以军这个字指的就是军队的整体。这一仗秦国和赵国比拼的就是实力,不光拼战车、拼兵、拼将、拼粮草,而且还拼谋略。"

寻寻可不管这些,女孩子对这点不感兴趣,她看重的是安全。她觉得车厢包着铁皮,又有好多人护卫,安全系数最大。于是就跟什长说想去当车兵。

什长"哧"地一笑,"就你?去看看他们的兵器和铠甲就明白了。铁戟比敌人的长一大截，铠甲是铁做的，别说武器你能不能拿得动，就是铠甲也把你压趴下了。好好当你的短兵吧。"

短兵的活儿也不轻松。白起是个夜猫子，晚上手里举着根蜡烛对着地图没完没了地琢磨，弄得别人也不能睡觉。他一边看还一边自言自语，"也不知赵括这小子在干什么？"见没人搭腔，一指根根，"你说。"

根根站了半天，肚子饿了，就说："喝酒吃肉。"电视上就这么演的，大将军半夜里在军帐中喝酒解闷。

"你说。"白起又指着寻寻。

寻寻打了个大大的哈欠，抬手抹去脸蛋上的泪珠，答道："睡大觉。"

白起摇摇头，"小孩子见识。"过一会儿又自语道："我小女儿要是在就好了。"

寻寻接过话头，"就是，要是她在，早就叫您睡觉了，我们也就不用干站着熬夜活受罪了。"

"不是，"白起又摇摇头，"她要是在的话，我就能知道赵括在干什么。"

白起的话引起了根根的好奇心，问："她会算命？"

白起："不会。"

根根："那她怎么能知道？"

白起："她胆子大，敢去敌军营垒看一看。"说着，叹一口气，"现在找不到这么勇敢的孩子了，我敢打赌，你们俩加一块也不如她胆子大。"

"赌就赌。"根根不信,他比不过一个小女孩。

"赌什么?"寻寻也不服气。

"好!"白起伸出手掌,"我要是输了,实现你们一个愿望。"

"啪啪"两声,寻寻和根根的手打在白起粗糙的大手上。

其实白起根本就没有什么小女儿。

他们从包袱里取出魔鞋,下达了去赵括营帐的指令。

昏昏沉沉中,觉得有人推自己,"醒醒,醒醒!"寻寻睁眼一看,一个孩子兵正望着自己。"我说呢,都站半天了,怎么没人换班呀?出来一看,你俩在这儿睡上了。快进去,要是让别人瞧见,你们就没命了。"孩子兵笑着说,露出两颗虎牙。

寻寻和根根走进帐篷,一个年轻的将军一手擎着蜡烛正对着地图出神,想必这就是赵括了。这回根根明白了,原来将军们晚上既不喝酒也不睡觉,而是跟地图较劲。赵括也爱自言自语,"进攻是最好的防守,廉颇连这么简单的道理都不懂,看来真是老了。明天我就出击,打王龁个措手不及。"他以为秦军的主将还是老王龁呢。"过来,"他招呼寻寻和根根,"把烛灯拿近些,我看看明天从哪儿下手。"

到了半夜,他们回到白起营帐,告诉他赵括在干什么。

白起脸上露出了难得的笑容，然后让他俩到一边睡觉去了。

不知过了多久，寻寻和根根被突然惊醒，喊杀声炸雷般传来。白起兴奋地在地上走来走去。寻寻一下跳了起来，吓得脸都白了，招呼根根，"赵、赵兵杀来了，快跑。"

白起哈哈大笑，说："赵括不是要进击吗？好，我就顺着他的希望造势，造一个你攻我守的局面，让这小子的错误越犯越大。我正面后退，假装打不过他，让赵兵追到秦军营垒前。这小子昏了头，一门心思都放在攻占我的营垒上，做梦也想不到，我的两支人马已经抄了他的后路。哈哈，这一仗我赢定了。"

不久，消息传来，秦军一支25000人的部队切断了赵军与后方的联系，另一支5000人的部队把赵军拦腰切成两半，而正面诈败的秦军返身又杀了上来。赵军被包围了。秦王得知前方战况，亲自下乡征兵，许诺给当地百姓每人一级爵位，把兵丁源源不断地送到长平，不断加强包围圈的厚度。

赵军被围困了46天，外无援兵，内无粮草，已陷入绝境。走投无路的赵括孤注一掷，拼死突围，结果自己中箭身亡，失去了统帅的赵军全军投降。

什长走进大帐，请示白起怎么处置俘虏。白起挥挥手说："杀掉。"寻寻和根根惊得差点坐到地上，就连对战争的残酷性习以为常的什长也以为自己的耳朵听错了，仍然站在原地不动。白起瞪了他一眼，"传令去！"

"缴枪不杀,他们已经投降了干吗还杀人?"根根问。

"不光不能杀,还要优待他们,因为他们放下武器,秦兵可以少死很多人。"寻寻说。

"小孩子见识!"白起冷笑一声,"知道秦国的使命吗?建立一个最广大的国家,把其他六国都包括在内,这是秦王的大业。只有这样,才能最后结束各国之间的战争,也才能少死人。几百年来,诸侯之间你打我、我打你,死的人不计其数。六国军队中,唯一能和秦国抗衡的就是赵国,打败了赵国,其他五国就好对付了。我,白起,作为秦国的大良造、上将军,职责就是从军事上保证秦国政治目标的实现。所以,我一定要把赵国打趴下,打得它筋断骨折,打得它魂飞魄散,让它从今以后不敢还手也没有力量还手。"

白起说的这些话太过深奥,寻寻和根根听不懂,但他们知道,要是换了今天,白起这样的人非被起诉不可,罪名是反人类。

根根:"那也不能杀那么多人啊。"

白起:"这些人正值青壮年,是赵国的精华,消灭他们就是损伤赵国的元气。"

"太残忍了。"寻寻说,她突然想起了那个一笑就露出两颗虎牙的娃娃兵,"武安君,我们和您打的赌还算数吗?"

白起:"当然算。"

寻寻:"请您把赵军里的孩子兵放了。"

白起皱起眉毛哼了一声,说:"不出三年,这些娃娃就是赵军的中坚力量,就是你们的劲敌,说不定……"他摆摆手,叹口气,"唉,算了,放了吧。"

投降的赵军被全部坑杀,只有240个年幼的俘虏被放回家。长平之战是战争史上极辉煌也是极惨烈的一笔,赵军前后被歼45万,秦军也损失过半,它把秦国统一中国的事业向前推进了一大步。

寻寻和根根再也不想待下去了,根根也不想学擒拿了,总觉得这种武术和长平之战相关。他想学一种既有实战性又和今天的武术相似的功夫。

于是,他们对魔鞋下达了指令。

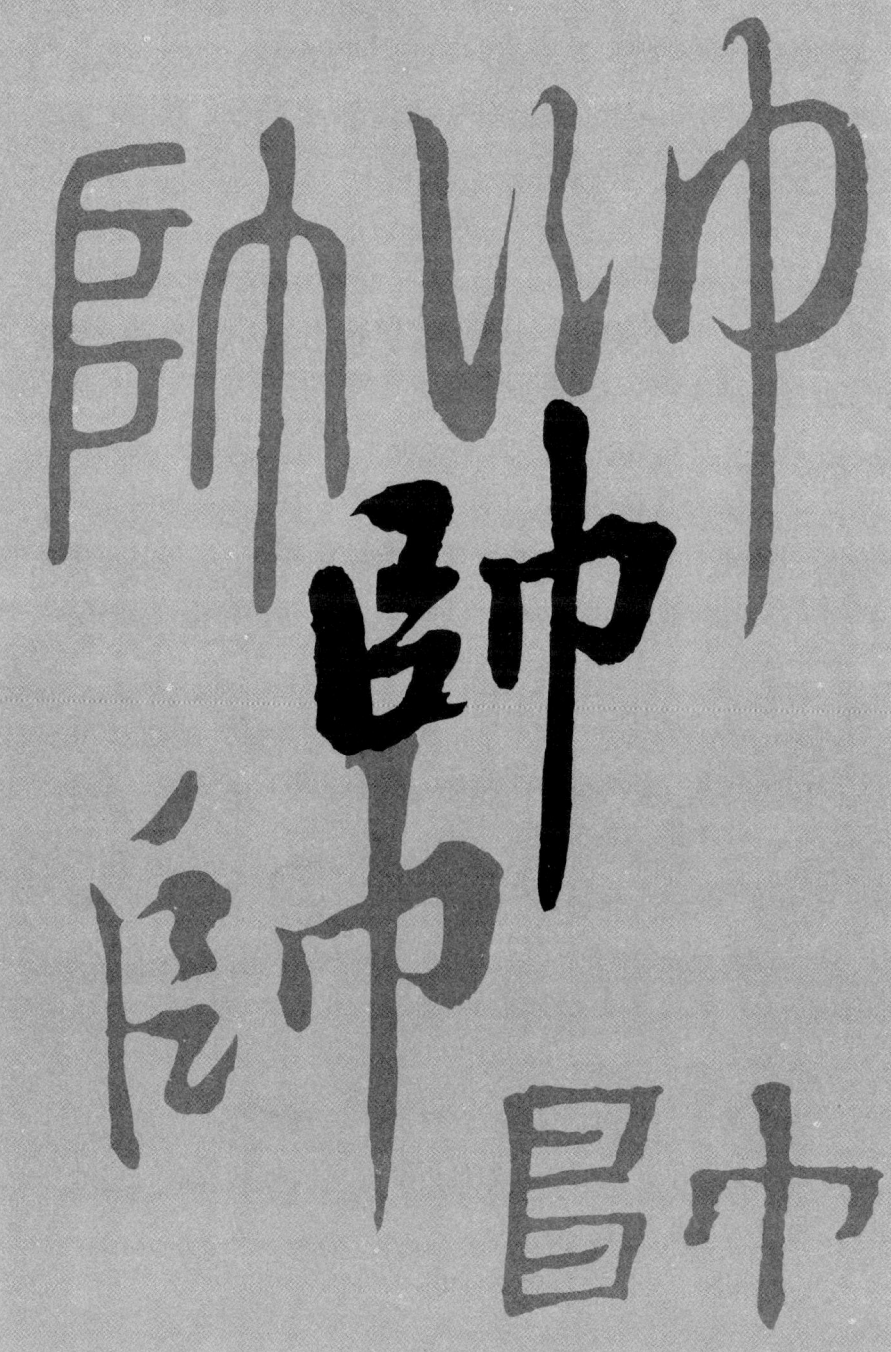

二　帅

寻寻和根根的服装变了。在战国时期他们穿的是长袍，现在换成了衣裙，有点像他们跟庠老在庠里学习时穿的那种，当初根根还为穿裙子不好意思呢。不同的是，现在的上衣要窄得多，按照今天的语言，如果说从前的上衣是宽松式，现在的就是紧身式。但裙子却很宽大，里面的裤子也挺肥，走的是"上俭下丰"的路子，衣服上省下来的材料都用在下身上了。

寻寻很高兴，尽管她知道这是男式服装，但毕竟穿上了裙子，她原地转了一圈，让裙子鼓起来，说："这个朝代不错，衣服挺漂亮。"

根根也不觉得穿裙子别扭了。他看看周围，风吹在身上虽然已有几分凉意，但仍然满目苍翠，好像连空气都是绿的，和在秦国时完全不一样，就说："地方也变了。"

魔鞋："你们说得对，时间、地点都变了。现在是公元383年，你们所在的地方是东晋时期的广陵，也就是今天江苏的扬州。"

根根："你带我们来这儿学什么？"

魔鞋:"学散手,也叫手搏、短打,今天叫散打。它不许使用器械,暗器也不能用,只能踢、打、摔、拿,是一种徒手格斗的技艺。学习散手,不光可以锻炼武术技巧,还能培养勇敢、果断、机智的意志品质。"

这时,旁边响起一片喝彩声。他们寻声望去,一棵大柳树下围着一群人,原来那里正在进行比武。一个年轻人立在中央,他光着上身,只穿一条肥大的裤子,弓着腰,双手张开,像只蓄势待发的豹子。他面前有两个人,一左一右慢慢逼上来。年轻人突然后退一步,身子猛地向前一倾,那两人出手极快,拳头迎面击来。围观的人"啊"了一声,眼见拳头就要砸到头上,不料年轻人将头微微一偏,竟从拳头下滑过,双手闪电般伸出,分别抓住对方一人一条腿,顺势一拉,那两人站立不稳,向后跌倒在地。

"好!"众人齐声喝彩,根根和寻寻也跟着叫好。也许是他俩喊得太卖力了,年轻人朝他们看过来,还客气地点了点头。根根觉得他挺和气的,就问:"你们比的是散手吧?"

"对,"年轻人笑了笑,"小兄弟也喜爱武艺?"

根根:"太喜欢了。您功夫真棒,收我当徒弟吧。"

"不敢,不敢。"年轻人连连摆手,"咱们可以互相切磋。在下姓李,二位如何称呼?"

根根和寻寻作了自我介绍。

"李大哥，教我们练武吧。"根根再次请求道。

年轻人面露难色，说："我是兵户出身，家在南徐州，秦主苻坚亲自统领大军南下征讨我朝，官府命令我立即从军，我听说北府兵是晋军中的精锐，就赶到广陵来投军。"

这个时期，中国大地已经被分成南北两半，汉族的晋政权占据汉水、淮河以南地区，历史上称为东晋；氐族建立的秦政权统一了黄河流域，势力扩展到长江、汉水上游一带，历史上称为前秦。前秦皇帝苻坚雄心勃勃，想凭借强大武力消灭东晋政权，统一南北。

"什么是兵户啊？"寻寻听着这个词挺新鲜，就问。

"兵户就是靠当兵吃饭的人家。我朝实行世兵制，朝廷把老百姓分成民户和兵户，兵户人家世世代代都得当兵，不许干别的。我在娘胎里就是个兵，所以，我得去从军，没法教你们练武。"李大哥解释说。

根根明白了，李大哥的身份就是后来人们说的职业兵，怪不得武功那么好呢，原来是打小就进行职业训练培养出来的。

青年穿好衣服，抱拳向他们告别，哼着小调走了。根根想，这里人生地不熟的，要是他走了，上哪儿再找人学武术去？机不可失，时不再来，就对青年的背影叫道："李大哥，等等，我们和你一块去。"

青年等他们追上来，说："也好，我当了兵就能领饷银了，有了钱大哥请你俩吃蟹黄包子。"

到了衙门，青年进屋登记，他俩在门外等着。

寻寻舔了下嘴唇，说："蟹黄包子，听着就馋人，是用大闸蟹里头的蟹黄做的吧。"

"肯定是，要不怎么叫蟹黄包子呢。"根根说，"吃完了包子身上有劲，正好跟李大哥学散手。学好了咱就回去，跟武术校队的人比试比试，也让他们两个人一块上，我一手拽一个，全抡趴下。"

"李大哥怎么还不出来呀？磨蹭什么呢？"寻寻饿了，掏出一粒话梅放嘴里，扒住门缝一个劲儿地往里瞧。

"听口音你们是从北边下来的吧？"旁边有人问话。他俩扭头一看，说话的是个中年人。他留着长长的胡须，双目炯炯，人显得很有精神。

"是啊。"寻寻点点头。他们的家和学校都在北京，北京在扬州的北边。

中年人脸色暗了下来，叹了一口气，自语道："这几天北方下来的流民越来越多了。"他看看寻寻，又望望根根，忽然神情一振，问："你们在等人？"

寻寻："对。我们等的人来投军，一会儿就出来。"

中年人："现在军中正需要人，你们也可以从军。

你俩不是想学武吗？军中武艺高强的人很多，到时候可以让李大哥教你们，也可以跟别人学。你俩不是想吃蟹黄包子吗？当了兵就有月钱，别说吃包子，想吃什么都可以去买。"

寻寻和根根互相看了看，嗯，这倒是一个不错的主意，吃饭问题和学习问题都解决了。他们不怕当兵，连白起的兵都敢当，别人的兵就更不在话下。于是就问："您能决定吗？"

"当然能。"那人说，"因为北府兵归我管。"

这人就是镇守广陵的建武将军、兖州（今江苏扬州一带）刺史谢玄。就这样，寻寻和根根与李大哥一块儿，加入了晋军的北府兵，成了谢玄的卫兵。

晋代的军队主要是中央军，州郡的地方军比重很小。中央军分中、外两部分，中军驻扎在京城，任务是卫戍；外军分布在全国，由各地的都督统领。这些统兵将领大多兼任州刺史（晋代的州相当于今天的省，刺史是最高军政长官），权力很大。北府兵属于外军，是谢玄一手建立起来的。广陵在长江北岸，位于南方和北方的中间，是大量因战乱南逃的北方居民的集中地，谢玄从这些流民中招募精壮之士，又征调一批职业军人，经过7年训练，终于打造出一支8万人的强大部队。北府兵成为抗击前秦的主力。

在军事实力上，前秦远远超过东晋。秦主苻坚亲自统率90多万马步军从西安南下,另派7万水军顺长江而下,向东晋压来。晋军分兵御敌,总兵力不足20万。双方一接触,秦军就占了上风,攻克了战略要地寿阳(今安徽寿县),还在落涧(今安徽怀远西南)包围了晋军的一支部队。

谢玄率北府兵援救落涧,离目的地还有很远,就停了下来,隔洛水扎营。

苻坚认为晋军已经吓破了胆,自己胜券在握,决定采用不战而屈人之兵的办法,派人去说降谢玄。也许是为了从心理上进一步打压晋军,他派出的使臣是东晋降将朱序。

谢玄一身布衣,随意坐在毡垫上,身边只有两个童子,一个是寻寻,另一个是根根。那情景根本不像是在打仗,而是像文士在等朋友来聊天。大帐门帘一动,朱序走了进来。

没等谢玄迎上前,朱序一把扯下秦式头巾,狠狠掷在地上,说:"我乃晋朝大将,岂能供秦人驱使!"谢玄问:"将军不是来做说客的?""当然不是,我是来献计的。"朱序坐下,接过寻寻献上的茶,一饮而尽。

谢玄:"请讲。"

朱序:"晋军万万不可退守,应主动出击。"

谢玄:"秦军有百万之众,兵马首尾相接足有一千里地,骑兵的马鞭子扔到河里能把水流截断,而我只有

8万人,主动出击不是拿鸡蛋碰石头么?我打算按兵不动,跟秦军耗着,秦军远道而来,粮草供应困难,日久必被拖垮。"

根根大失所望,什么名将啊?憋了多少天,想出的法子跟长平之战中老廉颇的一样,还不是跟人学?要这样我也能当将军。突然,他想到了白起对付赵括的办法,不由得多了一个心眼:苻坚不是想当白起吧?再打量一下朱序,越看越觉得他像个间谍。

间谍还在说服谢玄,"兵不在多而在精,秦兵是每十个百姓抽一个硬征来的,比不了您的北府兵能打仗。秦军在数量上确实占优势,但兵力并没有集中起来。近百万大军,前锋已到达寿阳,后续部队有的还在咸阳(今陕西咸阳东北)没动。寿阳一线的秦军实际上不足30万,而眼下在落涧与您对垒的秦军也就是5万人。您的兵力是8万,而且能征善战,8万对5万,您占了上风。这时不出击还等什么?"

谢玄起身深深一揖,"谢将军教我。这么大的事,我做不了主,要请示丞相。"

丞相叫谢安,是谢玄的亲叔叔,也是这次对秦作战的总指挥。

晚饭特别丰盛,摆了一大桌子菜。看来谢玄要请朱序喝酒。看看菜上齐了,谢玄吩咐开饭。寻寻说:"客人还没到呢。"谢玄说:"早就来了。"

"在哪儿?"寻寻和根根左看右看。

谢玄:"就在眼前。"

"没有啊。"根根还撩起帐子看了看。

"别找了,客人就是你们俩。今天我请你们吃真正的淮扬大菜。"谢玄一指他们说。

"啊,太好了。"寻寻和根根欢呼一声,拿起筷子。"好吃。""真好吃。"两人一边大口吃菜一边夸奖。

谢玄点点头,"当然好啦。淮扬菜天下第一,要不朱序怎么不愿意跟着苻坚在北边待着呢?舍不得淮扬菜嘛。"

根根吞下一块鲥鱼肉,说:"他想当白起,引您出击,然后四面包围。"

谢玄惊讶地望着根根,说:"了不起,小小年纪竟懂得这么多,看得这样远,是个当将帅的材料,再干个几年就能领兵了。"

"这就能当元帅啊?"寻寻不服气。

谢玄用手指在酒杯中轻轻一蘸,在桌子上写了个帅字。

然后说:"你们看,帅字由阜和巾这两个部分组成。阜躺倒看像什么?"

"像山。"两人一起说。

谢玄点点头,"它指的是土堆,表示高出来的地方。巾指的是佩巾,古时候军中指挥官的脖子上都戴佩巾,在胸前系住,显得很突出,所以巾表示的也是高出来。两个高出来合在一起,帅字的意思就是高明。你比别人高明,朝廷就任用你当将帅,大家就听你指挥。是不是这样?"

"是。"他们回答。寻寻和根根系过红领巾,红领巾和将帅的佩巾差不多,情形就是这样。

谢玄又说:"我们晋军人数比秦军少,秦军的铁骑又很厉害,我的北府兵也占不到便宜,现在只有跟它比帅了。我要想超过苻坚,首先必须掌握军情。朱序说了不少,可谁知道他说的是真的还是假的?"

根根受到谢玄赞扬,越发来劲,说:"那还不好办?派人到北边看看不就完了?"

谢玄摇摇头,为难地说:"你们的李大哥最合适,可已经派出去了,到现在也不见踪影,你说急人不急人?"

寻寻:"那就另派人呗。"

谢玄放下筷子,问:"我对你俩怎么样?"

寻寻:"挺好。您给我们买蟹黄包子,还请我们吃淮扬大菜。"

根根表示同意,但又说:"就是有一点不好,我是奔着学散手来的,可没人教我。"

谢玄:"这好办,等你李大哥回来让他教你……你们看,打仗最要紧的是知己知彼,到北边了解秦军情况没有比你们更合适的人了。你俩是小孩子,又说一口北方话,不容易引起秦兵的注意,我想让你们跑一趟。"

他俩互相看了看,吃人家的嘴软,又被捧得正在兴头上,于是便痛快地答应了。

靠着魔鞋的帮助,他们在北边转了一圈,情况和朱序说的完全一样。

根据寻寻和根根的情报,谢玄制定了对秦军的作战方案,丞相谢安批准了这个作战方案。

谢玄派5千人强渡洛水,击败秦军5万人。然后乘胜进军,直逼寿阳,在淝水东岸的八公山下安营扎寨。淝水是淮河的一条支流,从寿阳东南边流过。秦军沿河在西岸布阵。两军隔水相望。

秦主苻坚登上寿阳城头,向东瞭望,只见晋军威武雄壮,井然有序,八公山上旌旗招展,似乎有千军万马严阵以待。其实,山上除了树和草之外什么都没有,是苻坚心神不定,原来看不起晋军,现在却吃了亏,不安中竟然觉得到处都是敌人。这就是成语"草木皆兵"的由来。

苻坚不敢小看谢玄了,决定采取守的策略,等大军调齐了再发动进攻。这对谢玄极为不利,他决定诱敌出击,速战速决。

谢玄派人去见苻坚,要求他先往后退出一箭之地,让晋军过河,然后两军在河滩上决一胜负。苻坚觉得这是个歼灭北府兵的好机会,他盘算的是,等晋军渡河到一半时,秦军的数万铁骑突然出击,将其消灭在滔滔淝水中。于是便答应了对方的请求。

晋军开始过河。苻坚命令前面的守军后撤。后面的骑兵紧紧地抓住缰绳,等待着进攻的命令。铁制的铠甲从他们的胸部一直遮掩到腿部,战马也全身披着铁甲,只露出两只眼睛和四条腿。让苻坚万万没想到的是,队伍突然乱了起来。前面的兵卒大多是"十丁抽一"而强征入伍的老百姓,谁肯真心卖命?再加上5万秦军覆没的下场,军心已乱,正巴不得撤退,他们的心思是不打仗才好呢。结果,后撤的命令一下,前面的人马像潮水般涌下来,冲得后面的人站不住脚,也跟着后退。

这时,谢玄亲自带着骑兵和精锐从水浅处猛冲过来,杀入敌阵。秦军更乱了,纷纷逃命。偏偏有人趁火打劫,这人就是朱序,他在秦军阵后大叫:"我们失败了!我们失败了!"惊慌失措的秦兵被传染了,也跟着乱叫:"快跑啊,保命要紧!"

似乎顷刻之间,几十万秦军就瓦解了。逃命的人中也有苻坚，为避开晋军，他专拣小路和荒无人烟的地方跑。他被吓坏了，打马狂奔，耳边风声呼啸，他以为是追兵的马蹄声；天上传来鹤的鸣叫，他以为是追兵的呐喊声，连稍微停一下都不敢。成语"风声鹤唳"就是这么来的。

捷报传到京师建康（今江苏南京），丞相谢安正在和吴兴太守张玄下棋。谢安拆开军书，略扫一眼便放到一边，接着落子。张玄跟着走棋，不时瞟一眼旁边的军书，终于忍不住了，张开手捂住棋盘，问："军报里说了什么？"谢安随口答："小子们已经大败敌兵。"

历史上把这一仗称为"淝水之战"，晋军以主力不足10万人，歼灭和击溃秦军70多万人，书写了战争史上以少胜多的杰作。

寻寻和根根可没有谢安那么潇洒。李大哥战死了，没人教他们练武了。谢玄整天忙着对付秦军，根本顾不上他们。散手是学不成了，根根想学棍法，因为要是动真格的，器械比赤手空拳管用。于是，就对魔鞋发出了跟古代名家去学习棍术的指令。

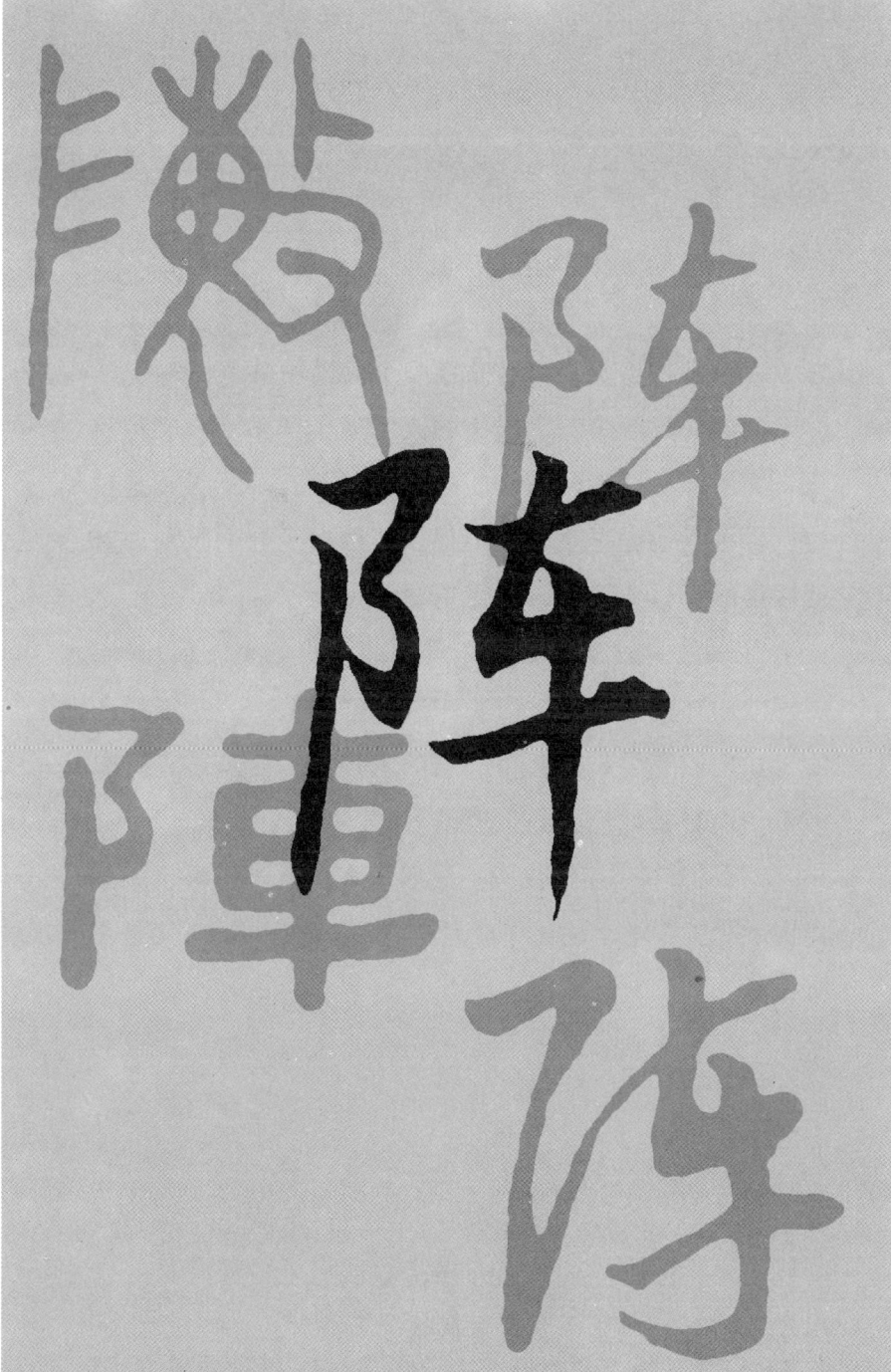

三　阵

寻寻和根根发现自己站在一个大操场上。

面前立着一个三十出头的人。他个子不高,又黑又瘦,嘴唇上面留着两撇小胡子,下面还有一小撮,显得精明干练。他手里拿着一根棍。那根棍足有七尺长,和他矮瘦的身材比起来,显得越发粗大。

"杀!"身后突然响起炸雷般的喊声,整齐而雄壮,震得他们耳膜嗡嗡响。回头一看,好家伙,一片黑压压的人。他们双手举着又粗又长的木棍,一个跨步,接着又是一声怒吼,棍子狠狠地砸下来。

"妈呀!"寻寻抱住头一屁股坐在地上。根根也顾不得面子了,"砰"地放了个屁,想跑,可两条腿就是不听使唤。

"魔鞋,"根根小声叫道——他不敢大声说话,谁知道他们是什么人?——"你干吗呢?怎么把我们弄到这儿来啦?"

魔鞋:"你们不是要找古代名师学棍法吗?这里是明代戚继光的练兵场,他的棍法最有名了,完全从实战出发,没有一点花架子,又简捷又实用。"

听魔鞋一说,他俩的心安宁了一些。他们知道戚继光,他是抗击倭寇的名将。

魔鞋:"现在是公元1561年,这里是台州,也就是今天浙江的临海。"

这时,那个矮瘦的人朝他们走来。刚才专心教棍的他听到了那个怪声,当时大家吼声已落,正在摆一个动作的姿势,全场很安静,那一声显得特别清晰。

他打量了寻寻和根根一眼,低声喝道:"起来!"别瞧他个子不高,但声音雄浑有力。

寻寻赶紧爬起来,使劲把长鼻涕吸回去。根根也连忙站好。他们已经被这个阵势镇住了。

"就你们这个胆子,怎么上阵杀倭寇?"那人训斥道。

"我——我们……"他俩刚要解释,那人威严地一摆手,制止了他们。然后叫道:"刘旗总!"

一个中年人应声跑过来。那人说:"他俩还是娃娃,怎么编进了作战营?带他们到参将府去,跟着你当亲兵。"

旗总抱拳一揖,领着他们离开了校场。

"什么是亲兵呀?"根根问。

旗总:"就是在将军身边的兵。"

得,跟前两次一样,他俩又当上了警卫员、勤务兵,就是称呼不同罢了。

寻寻:"我们给谁当亲兵呀?"

旗总:"还能是谁?当然是戚继光戚大人。"

"戚大人在哪儿呢?"根根想早点见到这位名将。

旗总瞪大了眼睛望着他俩,"怎么,你们不知道?刚才那位教大家练棍的人就是。"

"啊?!"他们万万想不到,那个外表像农民的人竟然是名载史册的戚继光。寻寻说:"刚开始我还以为给您当亲兵呢?"

"我?"旗官指着自己的鼻子大笑起来,"一个管三十来人的芝麻官能用得起亲兵?看来,你俩真的是什么都不知道,戚将军把你们交给我管,我就给你们讲讲。"于是他就打开了话匣子。

原来,明代的军队分中央军和地方军两大系统。地方各省设都指挥使司,管理一省的军事;下面的府设所,几个府连起来设卫。卫的编制是5600人,所分千户所和百户所,所的下面是旗,分总旗和小旗。在卫所当兵的都是军户,其子弟都必须终身当兵。他们的家属随军居住,每户分一块土地,平时耕种,自给自足,这就是卫所制,是一种世兵制。戚继光的祖上因军功被授予世袭登州卫指挥佥(qiān)事,比卫的最高长官低两级,是正四品的中级军官。他的武职是世袭的,实际上是高级军户。此时他担任浙江都指挥使司的参将,镇守宁波、绍兴、台州三府,已经升到高级军官了。

但戚继光的军队与卫所又不一样。随着卫所制的衰败,卫所兵的战斗力大不如前,已经不能担负重大军事任务了。于是募兵制就发展起来。募兵不世袭、不终身服役，是自由之身，由朝廷提供安家费、器械鞍马，每月还发兵饷，其性质是雇佣兵。戚继光的主力就是招募来的，他已经从浙江义乌招到了 4000 精壮矿工和农民，正在抓紧训练，寻寻和根根看到的就是练兵情形。

戚继光对军队编制也进行了改革，部队以营为单位，步兵每营官兵 2699 人，基本单位是队，一队 12 人，上面是旗，每旗三队，刘旗官就是旗领导。

弄清这些可真不容易，寻寻和根根的脑袋都大了。

晚上，戚继光命寻寻点燃四根大蜡烛，每个桌角支起一根。根根想，将军又要开始夜里的功课了：看地图。但这位将军并没有叫人取地图，而是拿出许多小竹片放在桌子上。哦，原来是打麻将牌。可是他没再找别人，自己一个人摆弄起来。根根凑近一看，竹牌与众不同，上面的图形特别怪，尽是小旗子、圆圈、方块、刀、矛、叉什么的。玩法也和别人不一样，一会儿摆成竖的，一会儿又变成横的；一会儿是两排，一会儿又是多排；一会儿打乱，一会儿又重组。

"您在拼图吗？"寻寻问。

"图？"戚继光抬头看了她一眼，想了一下说，"对，是图。"

"我帮您拼吧，我从小就玩拼图，拼得特快。"寻寻手直痒痒，也想跟他一块儿玩。

"你干不了。"戚继光不带她玩。

刚开始寻寻和根根还在一边看，没多久就烦了，戚继光打发他们睡觉去了。

第二天他们醒来，戚继光还在摆弄那些竹片。寻寻问："还没拼出来呢？""哪那么容易？"将军说。

根根足睡了一觉，觉得身上特别有劲，想学棍法，就说："您都坐一夜了，该锻炼身体了。"将军伸个懒腰，站起来踱到院子里。根根跟上去说："您教我练武吧。""好啊，"戚继光高兴地说，"去告诉刘旗官，让他带着他的人来。"

将军叫出11个人，刘旗官站在前面，手里举着一面小红旗，其他人纵向列成两排，横着看就是五对。第一对分别持圆形和方形藤盾牌各一面，另一手提刀；第二对拿的东西奇形怪状，5米长的粗竹竿头上安了个铁矛尖，竹竿带着枝叶，每一节上都有铁钩，这种武器叫狼筅（xiǎn），是戚继光的独门兵器；第三对和第四对手持长矛；第五对的兵器像三股钢叉，叫镋钯（tǎng pá）。将军给了寻寻和根根每人一根短木棍，让他俩站在最后。

将军发令，刘旗官摇旗，后面的人挥舞手中的兵刃移动起来，忽前忽后，忽左忽右，忽快忽慢，怎么动全凭小红旗指引。寻寻和根根刚开始走得很乱，总跟不上大家，练了一会儿就好了。可他俩也烦了，根根嘟囔了一句："什么呀，老鹰捉小鸡似的。"心一烦脚步就乱了，好几次差点撞在别人身上。

将军叫停，对寻寻和根根说："照你们这种练法，怎能打败倭寇？"

根根说："打仗又不是比队列，走得再整齐有什么用？还不如练好武艺管用呢。"

"我这是阵法，不是队列，懂不懂？"将军说，"我与倭寇作战多年，根据倭寇的特点和沿海的地形地貌，创造了鸳鸯阵，刚才大家练的就是基本阵形。我军一个队12人，除去1人做饭，战斗人员11人，一个队就是一个阵形。别小看它，它可以按照战场情况进行分合变换，不仅基本阵形内部可以调整变化，许多小队还可以组合成各种方阵，大到一个营，小到一个旗，都能组成战阵。为什么叫鸳鸯阵？因为它的精要全在于相互配合，基本阵形的11个人必须配合，方阵中的各个小队必须配合，不配合就发挥不出鸳鸯阵的威力。像你们这么松松垮垮的，谈得上什么配合？"

"靠战阵就能打败倭寇？"根根不信。

戚继光："对倭寇战斗中，战阵最重要……嗯，会写'阵'字吗？"

根根："会。左边一个耳朵旁，右边一个车字。"

戚继光："准确地说，左边是阜字。知道这个字是

111

什么意思吗?"

根根说的是简体字,戚继光说的是古字。根根语文不行,想了想,摇摇头。

寻寻想起了谢玄对帅字的解释,心里一亮,说:"阜指的是高出来的地方,也就是土堆;车是战车,从字面上看就是战车从高处冲下来。"

"好!"将军赞赏地看了寻寻一眼,"现在不用战车了。我们不妨引申一步,高也可以理解为重要,所以这个字突出的是战阵的重要性。这些日子我一夜一夜地摆弄那些竹片,就是为了琢磨出几套战阵来,好专门对付倭寇。"

"哦——"寻寻和根根终于明白了,那些小竹片不是戚继光的玩具,而是他研究军事的工具,他确实是在拼图,但拼的是打倭寇的战阵图。怪不得竹片上画的都是旗呀、圆盾牌方盾牌呀、矛呀、刀呀什么的,每个竹片就是一个拿着不同武器的兵。

倭寇就是日本强盗。它是由日本武士和一些商人、渔民、农民组成的民间武装集团,专门对中国沿海和朝鲜半岛进行武装走私和抢掠,不光抢东西,还抢人。最初是小股强盗袭扰,后来发展成大队人马入侵,从辽东、山东、江苏、浙江直到福建、广东,沿海地区都遭到他们的蹂躏,成为明代最严重的外患。这帮匪盗灭绝人性,异常凶残,暴行令人发指。有的倭寇竟然把婴儿绑在竹竿上,用热水浇烫,听孩子的哭叫取乐。

戚继光在山东驻守时,倭寇大肆劫掠浙江沿海地区,遇害军民高达几十万人。朝廷决定加强浙江前线抗倭军力,调任戚继光到浙江作战。

倭寇大多是在日本失去生活来源的人,他们铤而走险,许多人成了亡命徒。遇到明军前来进剿,他们便以命相搏,从气势上压住对方。别看倭寇只是一种民间武装,但兵器精良。他们善于使用钢刀,这种刀集合了中国的刀和剑的优点,被称为倭刀,是用精铁经过炭火多次烧炼和能工巧匠反复捶打而制成的,又锋利又坚韧。除冷兵器外,他们还有火器,许多倭寇都配备了被称为倭铳的火绳枪。日本的制刀技术来自中国,制造火绳枪的技术来自葡萄牙,但经过模仿和改造,制造技术反而超过了来源国。结果,倭刀在中国被视作宝刀,倭铳被明朝的武器制造部门作为样品而进行仿造。所以倭寇的装备也有一定优势。

最让明军头疼的是倭寇战法和阵法灵活多变。我国沿海一带,河网纵横,沼泽密布,道路狭窄,地形复杂。倭寇往往化整为零,采取小股部队进行长线奔袭,多点进击,使明军疲于奔命,穷于应付。他们的阵法一般是蛇形阵和一字阵,而明军的阵法还是大规模作战方阵,数百人上千人在窄小地面上挤成一团,还没跟敌人交手,自己就先乱了套。

所以,尽管明军是正规部队,而倭寇是武装强盗,但明军却占不到上风,倭寇的势力反倒见长,越来越猖狂。正是在这种形势下，戚继光走上了抗倭最前线。他招募淳朴的农民和矿工，对军队人员的组成进行大换血；他严格训练，提高官兵的军事素质；他改造兵器和装备，增强部队的作战能力；他创造了鸳鸯阵，彻底转变了明军战法僵化死板的致命缺陷。

鸳鸯阵以11人的小队为基本作战单位，适合沿海一带地形复杂的特点。它的阵形成两列纵队，与倭寇的长蛇阵和一字阵相对应。它的兵器搭配合理，长短相济，攻守兼备。前面的盾牌可以抵挡倭刀和倭铳的攻击，同时在短兵相接时用刀砍杀敌人；身后的狼筅能刺能钩，上头的枝枝杈杈对付倭刀最有效；再后面的长矛专门用来刺杀，最后面的镗钯既能够加入攻击也能够掩护前面的战友。随着火器的增多，士兵的武器也发生了变化，配备了鸟铳和快枪，形成了冷兵器和火器相结合的阵形。鸳鸯阵随时可以根据地形和敌人情况进行调整，许多小队可以组合成大阵，用来对付大批倭寇。

部队训练得差不多了，前方传来军报，倭寇几百条船2万多人集结在浙江沿海海面，准备上岸打劫。倭寇一向狡诈，攻击目标时常变换。戚继光决定采取主动，他兵分三路：一路守住大本营台州；一路前往海门；一路奔赴宁海，这一路由他亲自率领。

部队刚要出发，寻寻和根根跑了过来。将军把脸一沉，问："谁叫你们来的？"

"没——没人，可能刘旗官忘——忘了通知我们了。"根根结结巴巴地说。

戚继光:"没人告知,你俩就在府里好好待着。"

寻寻:"为什么?我们是兵,得跟部队一起行动。干吗不带我们打倭寇?"

根根:"就是,跟着您还能学棍法呢。"

戚继光冷笑一声,"你们平日不用心练习本领,今天拿什么杀敌?打仗又不是去送死。"停了一下,他口气缓和了些,"再说了,我挑的兵都在20岁以上,你们年龄还小,根本没有上阵资格,等你们长大了再去杀敌吧。"说着打马而去。

寻寻和根根只好回到住处。

没想到倭寇随机应变,在得知戚继光的部署后,及时作出调整,决定避重就轻,趁明军兵力分散,集中力量打击一点。他们选中了兵力相对薄弱的台州。倭寇一部分前往海宁,吸引住戚继光,另一部分偷袭台州的桃渚、新河、健跳三个地方。(台州当时有二卫六所:海门卫、松门卫、健跳所、桃渚所、前所、新河所、隘顽所、楚门所。卫、所是明朝时的军队编制单位。)寻寻和根根就在新河,他们住的地方一下子变成了战场。

与他们同在新河的还有戚继光夫人。台州守军本来就不多,现在又分成三处防守,兵力严重不足。守城军官站在城头望去,大队倭寇潮水般涌来,再看看城墙上,己方的兵丁稀稀拉拉的,不由急得直跺脚。正当他一筹莫展时,传来一阵喧哗声,许多百姓登上城墙。为首的是一个中年男子，清秀的脸上透着坚定，这人看着眼熟，可就是对不上号。这时，那人说话了："唐大人，请分派岗位。"咦，怎么是女声？再一细看，原来是戚夫人，身后跟着寻寻和根根两个娃娃兵。她知道战事吃紧，发动城中百姓协助守城。这些人中有许多妇女，为了威慑倭寇，一律女扮男装，这特别对寻寻心思，这回她可有伴儿了。

倭寇冲到离城一箭之地停下。一个身上穿得花花绿绿的瘦高个儿手遮凉棚往城上看了半天，然后朝后挥挥手。倭寇都盘腿坐了下来，几个穿红色衣服的人走到瘦高个儿身边，叽里咕噜商量起来。本来他们侦察到的情报是新河守军薄弱，可来这儿一瞧，城上站满了人，所以得重新拿个主意。

这时，城上和城下对骂起来。一个倭寇站起身，随手摸了块石头嗖地扔上去。一个人惊叫一声，往旁边一躲，帽子掉了，露出一头盘在脑后的长发。她毕竟第一次上阵，又是妇女，难免惊慌。"啊，姑娘。"一个倭寇指着她叫道。"不，媳妇。"另一个倭寇说，还用手做了个大肚子姿态，原来她是个孕妇。

接着，两个倭寇就争执起来，最后，一个人抽出倭刀，在挺起的肚子上虚划一下。大家看明白了，这两个强盗在拿孕妇打赌，赌她肚子里的孩子是男还是女，竟然打算用刀剖开肚子瞧一瞧。

瘦高倭寇发现守城的竟然有妇女，哈哈大笑，原来的情报没有错,于是下令攻城。倭寇抬着云梯怪叫着向城下涌来。

"嗵嗵嗵"一串巨响,城上点燃了几十门火炮,无数铅子和石子下雨般落下,倭寇倒下一片。接着,鸟铳、弓箭、火箭齐发,冲在前面的倭寇又倒下一片。瘦高倭寇见明军火器厉害,下令退到射程之外。

这些火器引起了根根的兴趣,他蹲在一门炮前仔细观看。它是两尺多长的铸铁圆筒,上面还箍了几道宽铁皮,用大铁钉固定在城墙的马道上。听炮手说它叫虎蹲炮,因为它的气势像猛虎蹲坐。根根又拿起一支火绳枪,铁制的枪管又细又长,在靠近枪托的部位有一个扳机,上头连着火石,扣动扳机,火石就点燃火绳,引燃枪管中的火药,将铁砂铅粒推射出去。

根根正看得出神,就听戚夫人跟守城军官说:"倭寇已探明城中底细,敌强我弱,守军支持不了多久,必须派人向戚将军告急,请他回军援救台州。"军官深表赞同,但为难地说:"派谁去呢?城池被围得水泄不通,倭寇又残暴歹毒之极,捉住信使往往施以酷刑,派出的人不仅要有超人胆量和武艺,还要十分机警,一时上哪里找这样的人?"

"我去!"根根向前跨出一步。

"我也去!"寻寻站在根根身旁。

军官摇摇头,"不行,你们太小,又没打过仗,突不出去不光误了大事,还白白送了性命。"

"小怎么了？这是报信，又不是冲锋陷阵。"根根说。

"立军令状，完不成任务军法从事。"寻寻拍了下胸脯，她记得电视剧中的人就是这么说的。

戚夫人想了想说："小孩子目标小，不引人注意，万一失手，倭寇也会把他俩当普通百姓看待，反而更安全些。"

军官勉强点点头。

戚夫人抚摸着他们的头，说："全城军民的性命就交给你们了，你们肯定能完成任务的，是吧？现在去休息一会儿，夜里出发。"

没等到夜里，寻寻和根根就找了个没人的地方，向魔鞋下达了指令。

他们在宁海见到了戚继光，将军惊讶万分，这倒不是因为台州遭到倭寇偷袭，而是这两个吊儿郎当的娃娃兵竟然能突破重重围困前来报信。将军迅速调整兵力，他坐镇宁海对付倭寇主力，派出一支部队回援新河，命寻寻和根根随行。

就在新河城即将被攻破的时候，援军在倭寇身后出现了。列成鸳鸯阵的士兵一队队冲向敌阵。倭寇哪见过这种阵势，双方一交手，倭寇就败下阵来，纷纷向城南逃窜。明军紧追不舍，消灭了大量敌人。

戚继光打退进犯宁海的倭寇后，又率部转战各地，取得了九战九胜的骄人战绩，为平息浙江倭患奠定了良好开局。

将军回到台州后,把寻寻和根根叫到身边,着实夸奖了他们一番后,取出两锭大银塞到他们手中,说:"你们虽然勇敢,但上次突围报信,我一想起来就后怕,落在倭寇手里了不得,不能再让你们在军中冒险了。你俩年龄还小,正是读书的时候,这点银子是从我的俸禄中挤出来的,给你们做学费,回家请一个先生,好好学几年,说不定还能考个秀才呢。"

根根想起了那个用竹板打他手心的明代私塾先生,说:"我不跟先生读书,跟您学武艺。"

将军笑了笑,说:"等你大一点再来找我吧。"然后叫道:"刘旗官,明天把这两个小把戏送回家去读书。"

寻寻和根根的家在另一个时代,这里可找不到他们的家。他俩商量了一会儿,决定去学习中国古代最先进的火炮和火枪射击技术,然后再回来传授给戚继光的士兵,让他们狠狠地打击倭寇。他们把银锭放回将军桌子上,取出魔鞋,发出了指令。

浙江倭患平息后,戚继光又先后率军前往福建和广东,继续打击入侵倭寇,消灭了大批敌人,解救了许多被掠百姓,保卫了东南沿海地区人民生命和财产的安全。

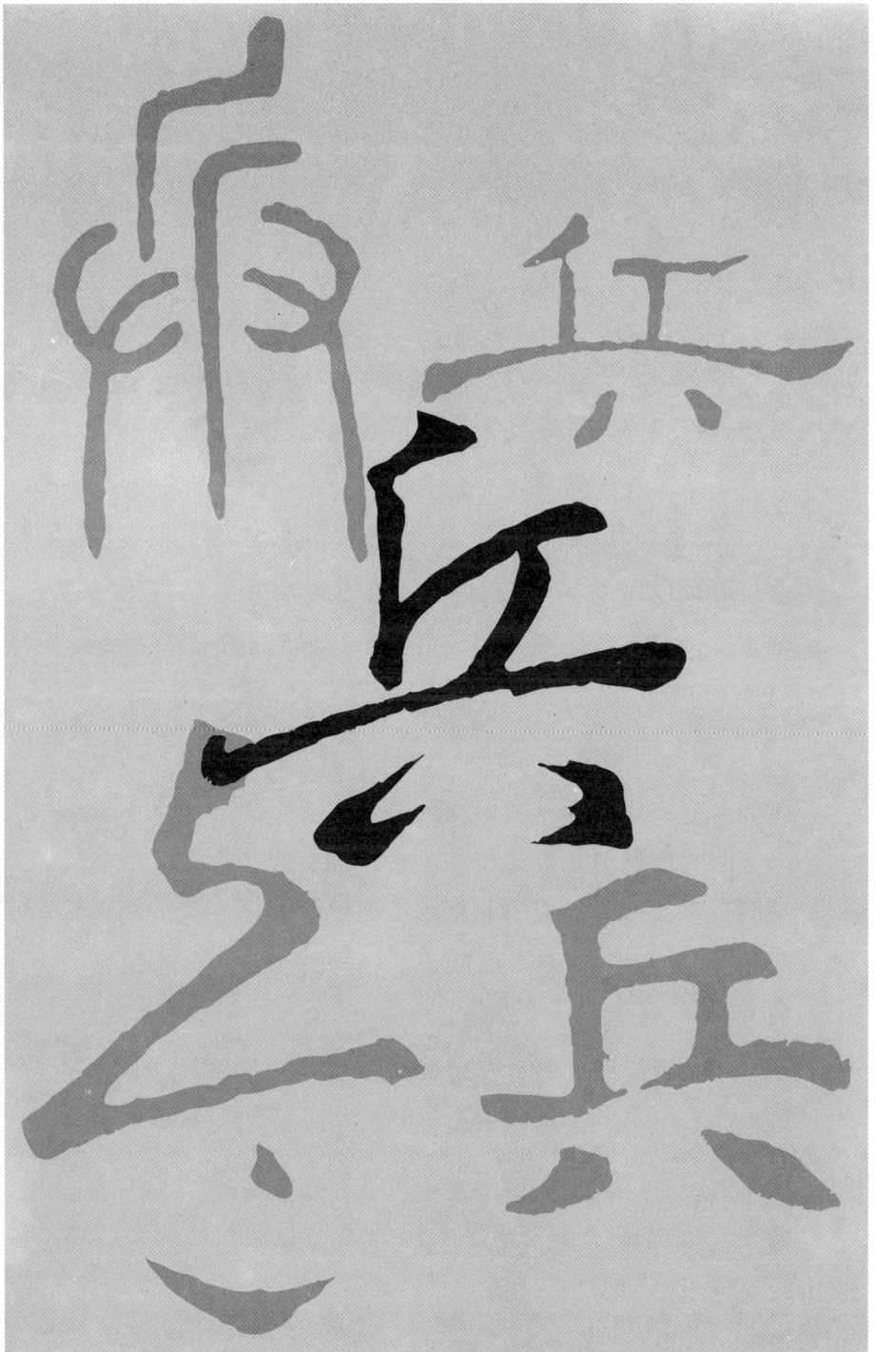

四　兵

"天安门！"寻寻指着一座巍峨的建筑物喊了起来。自小爸爸妈妈就带她到天安门广场来玩，在电视上和书本上也能经常见到它，不会弄错的。

"紫禁城！"根根也指着后面的一大片宏伟建筑群叫道。那黄色的琉璃瓦屋顶在阳光的辉映下更加富丽堂皇，蓝天上悠然地飘着几朵白云，一群鸽子忽高忽低地掠过，留下一阵柔和的鸽哨声。

"噢，回北京喽。"他俩高兴地跳了起来。但马上就发现不对劲，咦，天安门广场哪儿去了？怎么周围都是民房的灰色屋顶，也见不到高楼大厦？想了半天，终于反应过来，这是过去的北京城，而他俩就站在天安门南面的正阳门箭楼上，也就是后来人们称为大前门的地方。

再相互看看，对方穿着蓝色的短褂和裤子，腰里系一根灰色布带，衣袖在手腕部位卷上去，头上是一顶藤条编的圆锥形帽子，帽尖上还缀着红丝线；最特别的是脑袋后头垂下一根辫子，不同的是寻寻的辫子又粗又长，根根的则细小一些。

这种装扮他们也不陌生，电视里经常出现。没错，他俩到了清代，现在当的是清朝的兵。中国古时候，火器最发达的是清朝，魔鞋把他们带到了清代的北京城。

"啪、啪"两声，根根打下马蹄形袖子，对着寻寻跪下一条腿，双手抱在胸前说："皇格格吉祥，小的给您请安啦。"

"什么呀，你的礼行得不对，应该这样。"寻寻也甩下袖子，右腿弯曲，左膝着地，一手前，一手后，对根根说："贝勒爷吉祥，奴才给您请安啦……得说奴才。"

"咱俩地位一样，干吗说奴才？"根根不同意。

"你叫我皇格格，我就是皇帝的女儿。按当时的规矩，所有的人，老百姓也好，当官的也好，都是皇上他们家的奴才，懂不懂？"寻寻解释道，那口气好像她真的成了公主。

"嘿，嘿，干吗呢？唱戏呢！"那边有人嚷嚷。

他们扭头一看，两名清兵抬着一个长长的东西走上城墙。其中一人大概四十多岁，黄脸，下巴刮得干干净净；另一人也就二十出头。刚才说话的是年轻的那位。他一手抬东西，一手拎一个木头箱子。"来，搭把手。"

寻寻和根根跑过去，接过箱子。"装的什么呀，这么沉？"寻寻说，手一软，箱子差点掉地上。

"留神，里头盛的是火药……怎么是俩孩子？得，得，放地下吧。"他发现眼前的兵比他还小，就让他们把箱子原地放下。然后回头说:"我说姑父,您看咱大清国这是怎么了?这几十年洋人一个劲儿欺负咱,那是外人,没辙;可咱自己人也不作劲。就拿眼下这事儿来说,正阳门,这是多要紧的地方——内城的正门,南边对着外城的永定门,北边就是皇城的南大门天安门,再往北就到了紫禁城的午门,进了午门就是皇宫了。这么重要的地方,当官的弄俩娃娃来,这不是添乱吗?"

年长的人宽厚地一笑,伸出一只手拎起箱子。他们走到城楼边上,把东西放下。然后支起一个木制三脚架,把那件长家伙装在上面。根根走近细瞧,它三米来长,前面是铁铸的管子,顶端做成喇叭口形状,铁管后面安着漆成黄色的木托,上头有扳机。

"这不是鸟铳吗?怎么这么长呀?"根根说。他在戚继光那里见过这种火绳枪,不过就是短得多。时间已经过去了340年,中国的军人还在使用同一类型的兵器。

"嘿,还挺懂行。"年轻人说。

年长的人用布擦着枪管,和蔼地说:"这叫抬枪,也叫抬炮。"

"噗"的一声,根根笑了出来,就这黑不溜秋的笨东西也配叫炮。

年长的人朝扳机哈了口气,擦了擦,仍然平和地说:"打洋兵还就靠它了。"他站在枪后瞄了瞄,脸上露出满意的神色。

他走到一边，从腰带上抽出块布，左右开弓往黑布靴子上麻利地打了几下，掸去上面的土，然后依着城墙垛子坐下来。根根和寻寻坐在他旁边，他们觉得这人挺和气的，不大像个兵。他从怀里拿出一个布包，打开，里面是一大张油烙饼。他撕下一块递给寻寻，又给根根一块，接着叫过年轻人，给了他一块，剩下的送进自己嘴里慢慢嚼着。

"真香。"寻寻说。

"刚出锅的那才叫香呢，我姑的油饼烙得真叫绝了。"年轻人说。

"打完了仗到我家去，小米儿粥油烙饼，腌芥菜疙瘩切细丝儿，淋几滴香油……咱认识一下，我姓舒，名永寿，正红旗护军甲兵。他是我内侄儿，姓马，在家行二，叫海亭，也是旗兵。请教您二位怎么称呼？"

根根对自己和寻寻作了介绍。

"骑兵？"寻寻朝四周望望，"没有马呀？"

马海亭："光顾着玩了，连旗兵都不知道？还八旗子弟呢。姑父，您给他俩讲讲。"

听了半天，原来是这么回事：满族实行兵民一体，老百姓平时种地，一旦发生战事就上战场，所以按军事编制。300个男人编为一个佐领，5个佐领编成一个参领，5个参领编成一旗。一共编了八个旗。佐领相当于后来的营，是战术单位；旗相当于后来的师或军，是战略单位。每个旗以不同色彩的旗帜为标志，分正黄、正白、正蓝、正红、镶黄、镶白、镶蓝、镶红八种旗色。正就是整幅旗帜是同一种颜色，镶就是旗帜边上用别的颜色。正黄、镶黄和正白称上三旗，其他称下五旗。后来，又建立了蒙古八旗和汉军八旗。在八旗当兵的就叫旗兵。清军入关夺取全国政权后，从八旗各个佐领中抽调出部分官兵，重新组成特殊军营，类似后来的兵种，如亲军营、前锋营、护军营，等等，但每个营中的官兵仍然分别按旗属来进行管辖。比如，舒永寿是护军营的甲兵，但他隶属于该营的正红旗，所以自称是正红旗护军甲兵。护军营是皇帝禁卫军，上三旗负责守卫紫禁城，下五旗负责皇城。

除八旗兵外，清朝还有绿营兵，它是由汉人编成的，标志旗是绿色的，又以营为基本建制，所以叫绿营兵。八旗兵是中央军，绿营兵是地方军。

根根想，满族的兵民一体和战国时期秦国的农战一体是一样的。

寻寻却对舒永寿这么大岁数了还当兵感到新奇，问："舒大叔，当旗兵没有年龄限制呀？"

"有啊，"舒永寿伸出拇指和小指，"到六十岁，扛不动枪为止。"

"呵，那您干吗当兵呀？多受罪啊。"寻寻不禁同情起这个老兵来。

"八旗子弟人尽为兵，当甲兵的皇上赏30亩地，一个月有3两饷银，一年还给48斛米，足够一家老小过好日子的了。这么跟您说吧，我一生下来就是个旗兵，不当兵我干什么去？不光我，他——"舒永寿一指马海亭，"也一样。旗兵是这样，绿营兵也差不离，一旦列入兵籍，终身不改。"

哦，寻寻和根根明白了，原来清朝实行的是世兵制，兵将是职业军人，舒大叔和马二哥家差不多就是原先的军户。

"舒大叔，您教我打枪吧。"根根想起了自己来清朝当兵的目的。

"行……"舒永寿刚说出一个字就被打断了。

东边传来激烈的枪声，其中还夹杂着沉闷的炮声。舒永寿和马二腾地站起来，城墙上出现了许多士兵，大家一起向东方张望。

"打、打仗了？"根根和寻寻有点慌。

"响一上午枪了，洋人正在攻打东边的几个城门，他们是从通州那边打过来的。"海亭说。

"洋人凭什么打咱们？"寻寻问。

"凭什么？欺负人呗。"海亭答道。

中日甲午战争后，帝国主义列强加紧了对中国的侵略，遭到了以义和团为代表的中国人民的强烈反对。1900年3月，英、美、法、德四国两次向清政府提出，如果朝廷在两个月内不能剿灭义和团,他们将代为出兵镇压。5月,各国以保护使馆的名义派军队进入北京城,而在天津租界已经聚集了大量外国军队。不久,英、美、法、德、日、意、俄、奥组成的八国联军发动了侵略中国的战争。在遭到天津、廊坊、通州等地的义和团民众和守军的抵抗后,联军于8月13日攻到北京城下。

这一天是8月14日,八国联军对北京城发动了总攻。

"嗵嗵嗵!"一阵密集的炮声,东南角楼冒起了浓烟。

"洋鬼子用上大炮了。"舒永寿不忍再看下去,收回目光,眼睛盯着自己的那支抬炮。

大家随着他的眼光望过去,那件宝贝孤零零地立在木头架子上,擦拭得一尘不染的枪管在强烈的阳光下闪闪发亮。

"舒大叔,咱对付得了洋人吗?"根根担心地问。

老兵低下头想了一会儿,脚在地面的砖上蹭了蹭,然后蹲下身子,伸出食指,用指甲画出一个"兵"字。

然后说:"您瞧,这个字像一幅画儿,画的是两只手拿着一个东西。这东西叫斤,和斧子差不离儿,古时

候用来当兵器使。您琢磨琢磨这个字,就明白兵器在交战中多么重要。从大沽口到北京城,咱一路败下来,不是咱的人不中用,是吃亏在兵器上。"

"不行就避一避,先别硬拼了。"寻寻说。

舒永寿摇摇头,"那哪儿成?我吃的是兵粮,用的是兵饷,干的就是这个。我这条命不是自己的,是国家的。"

这时,一个军官大步走来。士兵们立即站好,双脚并拢。舒永寿抬起右臂,平举在胸前。这是军礼。寻寻和根根学他的样子,也向军官行军礼。军官走到他们面前站住,问:"你俩是哪个旗的?"

"镶——镶黄旗。"根根随口瞎编。

军官:"镶黄旗的护军怎么跑这儿来啦?上三旗驻防的是紫禁城,这儿是内城。你们佐领也真够逗的,没人啦?弄俩半大小子充数,要不怎么连地方都不认识呢?舒永寿!"

"有!"老兵朝前迈出一步。

军官:"东便门、东南角楼、广渠门都失守了,用不了多大工夫洋鬼子就会攻到正阳门。这道门的重要性我不说你也清楚,到时候用你的抬炮给我狠狠地打!"

"是!"老兵挺直了胸膛。

军官还想说什么,枪声紧了起来,他朝门楼跑去,那里是指挥所。

舒永寿从城墙垛口望去,一队洋兵打着一面米字旗逼过来。他们远远地站住,领头的一摆手,几门炮车被推上前,黑洞洞的炮口对准了城上。

舒永寿瞄了瞄,挪动了一下三脚架。招呼海亭过来,说:"刚才佐领大人说的话你也听见了,他二位的防地在紫禁城。洋人就要攻城了,他们还是孩子,不能待在这儿。你就辛苦一趟,把他俩送过去。"

海亭应了一声,拉着寻寻和根根往城下走去,寻寻回头说:"舒大叔,打完仗我们上您家喝粥吃烙饼。"根根补上一句:"还有芥菜疙瘩丝,别忘了放香油。"

"哎,我候着您二位。"身后传来舒永寿略带沧桑的声音。

还没走到天安门,身后就传来了炮声和枪声。他们转身望去,城头上土石飞扬。马二侧耳听了听,说:"听见没有?我姑夫的抬炮,砰砰的,声音发闷。"

寻寻和根根仔细听,果然在炮声的间歇中有闷响的枪声。

突然,一股浓烈的黑烟腾空而起,看得出来,那里就是刚才他们在城墙上的位置。"洋鬼子放烧夷弹了。"海亭说。

正阳门顿时笼罩在滚滚黑烟中,他们谁也不说话,只是静静地望着。

过了许久,海亭终于说:"走吧。"

天安门早就封门了，他们打算绕到西华门去，从那儿也许能进皇城，然后再去紫禁城。刚走到南长街口，也不知从哪儿钻出十几个洋兵，对着他们举枪乱打。海亭带着他们就往胡同里跑，没跑多远，海亭腿一软，一头栽倒在地。他挣扎了几下，腿就是不听使唤，伸手一摸，黏糊糊的，再一看，满手是血。接着，眼前一阵发黑，然后就什么都不知道了。

等他醒过来，天已经黑了，就听耳边有人说："睁眼啦，睁眼啦。"他听出来了，是寻寻的声音。"好，没事了……您喝水。"说话的是根根，接着，一只碗送到嘴边。他喝了水，觉得有点精神了，抬头向四周看了看，发现自己躺在一户人家的大门洞里，身下还铺了张席子。问："怎么到这儿来了？"

根根："您受伤后我们把您拉进胡同，正着急的时候碰巧这家的男人路过，帮着把您抬到了这儿。"

寻寻："他还叫了个大夫给您瞧了瞧，上了药，伤口也包扎了。"

海亭的腿动了动，"行，还能走。"说着坐起来，仔细看看大门，他要记住这里，往后好来感谢人家。"走吧，别连累人……我这就送你们去西华门。"

寻寻和根根搀着他站起来，走几步，坐下歇半天，然后再走。就这样磨蹭到西华门，天早已大亮。结果西华门也封了，他们只好沿着街往北走。

没走多远，海亭觉得口渴。一抬头，路边有个粮店，大门敞着，门楣上钉着块匾，"南恒裕"三个字在阳光下金灿灿的。"进去找口水喝。"海亭说。

寻寻和根根扶着海亭进了粮店，发现一个清兵倒在地上，再一看，他们惊呆了，好一会儿才叫出来："姑父！""舒大叔！"躺在地上的人竟然是正红旗护军营甲兵舒永寿！

他的眼睛睁着，悲愤而无奈。除了脸上，身上没一块好肉，有的地方烧焦了，黑黢黢的；有的地方肿起老高，透明的皮肤下面流淌着脓水。联军的燃烧弹在城上爆炸，引燃了地上的火药，把他烧成了火人。他被人抬下城，正阳门就失陷了。也不知他是怎么到的这家粮店。他的家在北京城西北角的小羊圈胡同，这里正是他回家的必经之路。

他光着脚，身边放着一双白布袜子和一副黑布绑腿。他的目光慢慢地移到袜子和绑腿上，长久地看着它们。海亭呜咽了一声，"您——您放心，我一定把您送回家。"

泪水渐渐浸满了舒永寿的眼眶，然后涌出来，顺着面颊流到地上。这泪水是伤心的泪，他知道自己不可能再见到亲人了；这泪水是羞辱的泪，他败在洋人手下，没守住北京城。他闭了会儿眼睛，睁开，望着寻寻和根根。他的手动了，颤抖着抬到胸前，尽最大努力伸直，行了个军礼。然后就永远闭上了双眼。

　　一个普通的兵就这样怀着满腔的遗恨去了。许多年后，舒永寿的儿子长大了，成了享誉中外的大作家，他叫舒庆春，笔名老舍，被誉为人民艺术家。

　　这一天是 1900 年 8 月 15 日。北京城沦陷。清朝的慈禧太后和光绪皇帝张皇出逃西安。八国联军开始了肆无忌惮的烧杀奸掠，写下了人类文明史上最野蛮的也是中国历史上最屈辱的一页。

　　寻寻和根根回到了今天。寻寻决定以后写一篇小说，题目都想好了，就叫"一个旗兵的故事"。根根暗下决心学好科学知识，长大后当个杰出的工程师，研制出最先进的武器。

第三章 在过去过节

根根脸上戴着个猪八戒面具,手里拿着一个大风车在人群中挤来挤去。今天是春节庙会最后一天,人还是那么多,从街这头往那头看,满眼都是黑压压的人。他把风车举得高高的,嘴里还喊着"劳驾",生怕被来来往往的人碰坏了。

对面也出现一个大风车,一个声音也喊着"劳驾"挤过来,那人戴着孙悟空面具。两个风车碰在一起,你不让我过,我也不让你过。

"对不起,您往边上靠靠,容我过去。"猪八戒说。

"对不起,您往边上让让,让我过去。"孙悟空说。

"麻烦您了。"

"求求您了。"

"前头的,走不走?""不走别挡道!"后面的人不耐烦了,朝风车的主人叫道。

根根把面具推到头上,从风车下探出头。对方把面具转到一边,从风车下露出脸。他们同时抬手指着对方说……"怎么是你?"

原来另一个风车的主人是寻寻。

他们赶快让到路边的墙下。根根问:"你的声音怎么变哑了?"寻寻问:"你的声音怎么变粗啦?"

根根:"我昨晚看电视看到后半夜,现在嗓子还发干呢。"

寻寻:"我昨晚打扑克打到天快亮,现在嗓子还疼着呢。"

根根:"我爸我妈带着我去看冰灯,特好看,跟到了水晶宫一样。你去了吗?"

寻寻:"没有。冰灯是什么样的呀?"

根根:"也没什么,就是用冰块搭成房子、动物、风景什么的,里头安了彩灯。"

寻寻:"哦。我爸我妈带我去郊外放鞭炮,特热闹,不光听响声,还能看烟花。你去了吗?"

根根:"没有。都有什么炮仗啊?"

寻寻:"也没什么,就是二踢角、钢鞭、闪光雷什么的。听我爷爷说,比他们小时候差远了,那时候有起花、老头花,还有耗子屎。"

根根:"老鼠屎也能当炮仗放呀?"

寻寻:"什么呀?不是真的耗子屎,是把烟花做成耗子屎的样子,一点燃'哧'的一声飞起来,还能在天上转圈呢。"

根根:"过年真好,能天天看电视,想看到什么时候就看到什么时候,家长也不管,他们特通情达理。"

寻寻:"就是。还不用做作业,一个字都不写。也不怕老师检查,打个电话拜个年就成,老师还特感动,说话温馨极了,显得特可爱。"

"明天春节假就放完了,又得做功课了。"根根叹了口气。

"不能尽情玩了,又要受管制了。"寻寻发出一声"唉"。

两个孩子发起愁来,好日子到头了,真不知道以后怎么过。

"你把我当耗子屎点了得了,我一点儿也不害怕,也会'吱'地叫一声,高兴地飞上蓝天。"根根愁眉苦脸地说。

"只要能继续过春节,就是让我当风车上的一面小泥鼓都成,风一来,我也会嘎嘎地傻笑。"寻寻垂头丧气地说。

突然,他们停住了,不用变成耗子屎,不用变成小泥鼓,他们有魔鞋,可以变到过去。"到过去过年!"他俩一块儿喊道。

"咱们去汉代。"寻寻提议,她听说汉朝强大。
"不,去唐代。"根根说,他听说唐朝兴盛。
谁也不让谁,锤钉壳。
只一个回合,根根就赢了。
他们回家取出魔鞋,发出了指令。

一　年

寻寻和根根站在1300年前唐朝农村的一家大院落中。

寻寻乌黑浓密的头发梳成"双螺髻"样式，就是把头发全拢在头顶两侧，像小鹿刚刚长出的角，这种发型又叫"丫头"，是女孩的专利。她的额头上贴着几个金箔星星，胖脸蛋的一边画着个白月亮，另一边画着个红太阳，嘴唇中间还点上了一块浓得发黑的紫色。身上穿一件大红丝面棉絮长袍，窄袖卡腰，袍子下露出一双红底黄花的棉鞋，鞋尖翘起来还朝后卷。寻寻对这身装扮很满意，特别是脸上，日月星辰都有，显得特别富丽堂皇。

根根可不这么认为，什么呀，还嫌脸不小啊？不过女孩子的事和他无关，爱怎么着就怎么着。其实，他自己也挺臭美的，左手腕上刺了一只青色的小肥猪，两只大耳朵还夸张地呼扇着，因为他属猪；右手腕刺了一朵怒放的牡丹，因为牡丹象征富贵，表示今后定能大富大贵。好在衣袖挺长，把手腕遮得严严实实。他身穿一件白色丝面棉絮长袍；头戴一顶羊皮做的搭耳帽，它的顶部带个尖，高高地耸起来，两侧有护耳垂下；脚上蹬一双黑皮靴。

天上飘着雪花，又大又白，一片一片地落在刚扫干净的地上。院子里人来人往，有男有女，有大人也有孩子，大家都忙忙叨叨的，没人注意寻寻和根根。只有一个和他俩差不多大的男孩，手里捏着一打红纸片，从他们旁边跑过时多瞧了两眼。

不一会儿就听一个童声说："老祖，院子里来了两个客人。"

一个白胡子老爷爷走出来，眯着发花的眼睛琢磨了他俩一会儿，自言自语说："什么客人呀？自己人，我家的第52代孙。来，过来。"老祖一手拉着寻寻，一手拉着根根，慢慢走回屋子，边走边吩咐："把家里人都叫到堂屋来。"

人到齐了，黑压压站了一屋子。老祖给他俩介绍，从第48代一直到第52代，整整五代人生活在一块儿。老祖辈分最高，是第48代，第52代还在他娘的怀里吃奶，那个男孩列第50代，是第52代的爷爷辈。为了省事儿，他们管所有男的都叫祖爷，所有女的都叫祖奶。那个小男孩特殊点，被称作孩儿爷。

老祖说："今天是除夕，旧一年中的最后一天；明天就是元日，新一年的第一天。从除夕到元日就是过年了。为什么叫除夕？夕就是末尾，最后的时光，除夕的意思是去除旧的往昔。为什么叫元日？元就是开端，最初的时光，元日的意思是开始新的生活。所以，过年就是除旧布新。房子都打扫干净没有？"

"收拾好了，老祖放心。"大家答道。

"孩子们都有新衣服啦？"老祖又问。

"明天就给他们换上。"大家说。

"都安排好了？"老祖还是不放心。

"全准备好了，您老就别操心了。"

"行，你们都忙去吧。"老祖把家人打发走后，叫孩儿爷拿上一卷纸，带着寻寻和根根朝院门走去。

孩儿爷在刷过红油漆的门上贴了一张画。画中人的长相极其凶恶，脸黑得像锅底，眼珠子瞪得快蹦出眼眶，龇牙咧嘴，胡子好似钢针一根根倒立起来；头戴一顶黑纱方帽，穿蓝色衣裳，脚蹬一双光板皮靴；光着的一只手臂张开五指，鹰爪般抓向两个身着深红色衣服的鬼怪。

"这是门神吧？"根根问。

老祖："嗯。知道是谁吗？"

"应该是秦琼，要不就是尉迟（yùchí）恭。"寻寻答道，她从书上看过，门神就是这两位唐朝大将，既然老祖说画上的人是门神，那就一定是他们其中的一位。

谁知老祖摇摇头，说："他二位是本朝大英雄，画像在皇宫凌烟阁里供着，哪敢让他们守门？画上的人叫钟馗（kuí），原先是本朝初年的落第进士，他气性太大，因功名受挫，一怒之下碰头而亡。天帝赏识他这股子狠劲，就命令他专管捉鬼。后来，唐玄宗梦到两个小鬼跑到宫里偷杨贵妃的紫香囊和自己的玉笛，正着急的时候突然来了一个大鬼，把小鬼制住了。第二天他把梦中的情形说给大画家吴道子听，道子就作了一幅画，画上的人和皇帝梦见的一模一样。于是，就把钟馗画像挂在屋里驱鬼。这样一来，从前由神荼（tú）、郁垒负责的驱鬼工作，渐渐换成了由钟馗承担，久而久之，老钟馗就成了避邪驱鬼的门神。道子和我是好朋友，我求他给我画了一张。"

孩儿爷踩着凳子，寻寻和根根一边一个扶着，把一副对联贴在门两旁。字是老祖写的，左边是"五福除三祸，万古殓（liàn）百殃"，右边是"宝鸡能避恶，瑞燕解呈祥"。

贴春联的习俗出现在唐代，内容都是避祸迎福。但这时大约还不时兴贴福字。

根根后退几步，歪着头看字，赞叹着说："老祖的字绝了，比褚遂良的瘦金体都棒。"

老祖摇摇头，"我哪里比得上褚遂良？再说他的书法也不是什么瘦金体。你说的这种字体我还是头一次听到，所以我的字也不是学的瘦金体。"

根根其实是顺口胡诌，瘦金体是后来的宋代赵佶

(jí)创造的一种书法。它的名称别致,碰巧让他记住了,临时搬出来讨老祖高兴。

回到堂屋,见老祖兴致很高,寻寻就问:"干吗把从除夕到元日叫过年呀?"

老祖微笑不语,提笔在纸上画了画,然后把纸推过去。寻寻拿起纸翻来覆去地看,好像是个字,看着有点面熟,可就是不敢认。根根接过来,也不认识,递给孩儿爷。

"是篆体的年字。"孩儿爷说。尽管他是祖宗,但毕竟还是个孩子,神态有些扬扬自得。

老祖:"这个字像什么?"

孩儿爷:"像……"

老祖:"没问你……你们好好看看,像什么?"

寻寻和根根看了半天,也看不出个名堂。

老祖用手遮住字的下半截,继续启发,"像什么?"

寻寻:"羽毛!"

根根:"倒立的毛笔!"

面对不开窍的后人,老祖彻底绝望了,只好自己回答,"像一颗结了穗儿的谷子。"要不他们怎么答不出来,这两个现代的城里孩子哪见过庄稼呀。

老祖:"这个字的上半截像成熟的庄稼,下半截像个人。上下合起来,意思就是把成熟的庄稼背回家。你们一定会问,这个字为什么叫年呢?因为在咱黄河两岸,从春天到秋天只能长一茬庄稼,冬天地里啥都没有,也就是说,庄稼收获一次就是一年。结果,人们就用这个字表示年。一茬庄稼收完,又开始新一茬庄稼的播种,时间也就从一年过渡到另一年。两个收获年之间要有个时日,一来方便计算,二来也要庆贺一下,于是就以历法上的十二月三十日过渡到一月一日为标志。这样收获年和历法年就合二为一了。"

寻寻和根根明白了,原来春节是和农业连在一起的,它是对希望的播种,是对收获的企盼,是对富足的期待。

老祖:"所以我朝把一月一日定为元日节,放假七天,举国欢庆。"

噢,闹了半天,春节放七天长假的老祖宗原来在唐朝啊。

这时,孩儿爷提醒说:"老祖,天快黑了,再过一阵儿该开始驱傩(nuó)了。"

一听到驱傩,老祖突然像个孩子似的手舞足蹈,说了声"我得吃些点心去",一转身就不见了。

孩儿爷说:"驱傩要戴面具,咱们一块儿做吧。"他拿出两块去毛羊皮,剪成圆形,比了比他俩的脸,大小正合适。然后在眼睛和嘴的部位画上圆圈,让他们掏空。接着,找出各种颜料,提起笔来想了想又放下,问:"你俩属什么?"

"属猪。"他们答。

孩儿爷古怪地笑了一下,"那就画个猪脸。"

"不,我不要猪脸。"寻寻撅起了嘴,她脸胖,就忌讳人家说猪脸。其实,她不知道,唐朝女性时兴胖脸,最美的就是鸭梨形,她的脸虽然圆了一些,但在唐人眼中仍然是第一流的。

"我要猪脸。"根根故意气她。

孩儿爷用笔蘸了颜料,在一张羊皮上画猪脸。

寻寻拿起一支毛笔在另一张羊皮上照钟馗的样子画鬼脸。

很快就画好了,孩儿爷看了看两个面具,说:"你画的比我的好。"受到表扬,寻寻的气顺了一些。孩儿爷取出两根丝带,系在羊皮上,面具就算完成了。

孩儿爷领他们到厨房吃点心,说吃饱了才有劲驱傩。点心的种类可真多,名字还特别好听,光饼就有疏饼、君子饼、五福饼、甜雪饼、乾坤夹饼什么的,还有各色花糕。寻寻高兴地叫了一声,拣好看的往嘴里塞。根根一边大口嚼着一边说:"到唐朝来对了吧,好吃的特多,要不怎么叫盛唐呢。"唐朝强大是不假,可盛唐不是这个意思,它指的是唐代兴盛时期。

从厨房出来，他们来到打麦场上。场上已聚了许多人，中间燃起一大堆火，四个边角也燃着火。两个戴面具的人站在中央。一个面具下面垂下一大把白胡子，它的主人穿着红色衣服花裤子；另一个面具下面没有胡子，主人穿着青色衣服花裤子。前者显然代表男的，后者代表女的。

孩儿爷也不拿祖先架子了，一下跳起来，嘴里发出一声怪叫，从腰里抽出一样东西戴在脸上，哈哈，是个猪脸面具，原来他也属猪，要不怎么爱画猪脸呢。

寻寻拉住他问："什么是驱傩呀？"

孩儿爷："就是驱逐疫鬼，这种鬼最可恶了，专门传播瘟疫。"

根根："傩是鬼呀？"

孩儿爷："不是，傩是神，驱赶鬼的。"

"他们是神还是鬼？"寻寻指着场子里的那两个人问。

孩儿爷："是神。男的叫傩翁，女的叫傩母。"

寻寻："神长得怎么那样难看？"

孩儿爷："既然是驱鬼，就得比鬼更狠。"

寻寻和根根也戴上面具。"咱们是干吗的？"根根问。

孩儿爷神秘地一笑，"跟着傩翁傩母跳。"

这时，锣鼓敲响了，人们沸腾起来。孩儿爷翻了个斤斗进入场地,寻寻和根根紧跟在后面。像变戏法似的,场子里一下冒出了二十几个戴面具的人。

鼓声缓慢,傩翁傩母摇头晃脑地踩着鼓点跳起来,二十几个人跟在后面手舞足蹈。这种舞没有严格的规则和动作,全凭头部和四肢的夸张扭动,寻寻和根根一下就学会了。观看的人渐渐安静下来,就听傩公和傩母一人一句地咿咿呀呀唱道:

"亲主岁领十万,

熊罴(pí)爪硬,

铜头银额,

浑身总着豹皮,

尽使朱砂染赤,

感称我是钟馗,

捉取江游浪鬼。"

寻寻听在耳朵里,心中想,原来场上的傩代表十万天兵,他们长着熊一样的利爪,金属一样硬的脑袋,身上披着豹皮当铠甲,全身上下还涂成红颜色,像钟馗那样去捉鬼,这模样也太恐怖了。看来,她把面具画成鬼脸是对的。

马上,她的英明就得到了证实。傩公傩母唱完,场边有人开始喊"打鬼"。刚开始是几个人喊,接着是几十个人喊,然后是几百个人喊,最后全村人都加入进来,"打鬼"的声音一浪高过一浪。

傩公傩母一挥手,场上的人立刻列成圆圈阵,把三个人围在中间。这三个人有一个共同点,他们都戴着猪脸面具,根根也在其中。这下寻寻明白了,原来戴猪脸的是鬼——被驱赶的对象,这年驱傩的人中轮到属猪的扮演疫鬼,要不孩儿爷画猪面具时脸上的笑容怎么怪怪的呢。

嘿,真棒,报仇的时候到了!让你笑我猪脸!寻寻加入围歼战。当然不是真打,只是伸手抬腿做做样子。不过也怪吓人的,你想啊,在震耳欲聋的喊打声中,二十几个瞪眼咧嘴的怪物张牙舞爪地从四面八方朝你扑来,那是什么滋味?

这时,鼓点蓦地急促起来,傩们的动作越来越快,情绪也越来越激烈。寻寻突然觉得控制不住,不禁狂跳乱扭。再看被围在中间的根根,竟跳起了迪斯科。寻寻一步跃到圈子里,她可不管什么傩呀鬼的,哪儿痛快去哪儿。

也不知哪儿来的灵感,一段歌词猛然涌出来,她扯开嗓门唱道:

"拼命地扭,

尽情地跳,

翻个斤斗逗你笑……"

根根马上翻了两个斤斗,人们轰然大笑,有人喊,"再来一个。"

寻寻继续唱：

"可劲地喊，

大声地叫，

把你的灵魂放出窍。"

人们灵魂出窍了，跺脚、狂呼、拍手、捶胸……

孩儿爷拉着根根和另一个猪脸冲出重围，落荒而逃，一群小孩子紧追不舍。疫鬼终于被赶跑了，留在了即将过去的一年中，在新的一年里全村人可以免受瘟疫的威胁了。

人们散去，寻寻恋恋不舍地站在打麦场上。傩公走过来拉起她的手，说："没跳够咱们回家接着来。"寻寻一伸手掀起他的面具，下面露出一张笑嘻嘻的脸。嗨，原来是老祖，要不声音怎么听着有点耳熟呢。

回到家，门上挂的红灯已经亮了，院子里燃起一大堆旺火。孩儿爷和根根逃了回来，正站在火堆旁喘粗气，看来他们被打鬼的人追得挺惨。孩儿爷和根根把鬼面具摘下扔进火中，火苗腾地蹿起，冒出一股黑烟，驱傩就算最后结束了。

老祖还没疯够，左看看右瞧瞧，突然一屁股坐在地上，两脚一踢，一双鞋飞到火里。然后，一把拉住寻寻的脚，拽下一只鞋扔进火堆。寻寻一个飞脚，另一只鞋打着旋栽下来。根根大喝一声，坐下身子，就势一踹，两只鞋一前一后甩出去。孩儿爷没有丝毫犹豫，一手拎着一只鞋投入烈火。老祖高举双手,大叫着"好,好啊,鞋(邪)全都烧了",喊着跑进屋里。

寻寻的肚子又饿了,想起了那些又好吃又好看的点心,便钻进厨房。一进屋就闻到一股浓浓的酒味,两个老祖奶正往灶台上抹酒,嘴里念念有词,灶上还贴着一匹挂红披绿的纸马。她们说这叫"醉司令",马是给灶神准备的,把它伺候舒服了好上天给咱办事。一个老祖奶给她掰了块米糕,说马上就吃年夜饭了,先垫一口吧。

年夜饭设在堂屋和另外两个屋子里。寻寻和根根被优待在堂屋。屋里几张桌子拼起来,两边摆着条凳。唐代以前,由于没有高足桌子和椅子、凳子,人们都是席地而坐。吃饭时每人面前摆一张低矮的食案,自然实行分餐制,就是家宴也不例外。后来,随着高足家具的流行,合食制就成了惯例,老祖家的家宴就是合食。等大家坐好,老祖宣布开宴。

酒有三种,屠苏酒、米酒和葡萄酒。屠苏酒是一种用草药泡制的酒,可以去邪扶正。按当时规矩,喝酒的顺序以年龄为准,年纪小的先喝,年老的排在最后。寻寻和根根最小,老祖早就想喝酒了,可他俩手里拿着筷子正全神贯注地对付一道叫做"飞刀鲙(kuài)鲤"的生鱼丝,根本不动酒碗。老祖一手端起一碗屠苏酒送到他们面前,说:"喝了酒可以吃得更

151

多些。"

寻寻接过碗喝了一大口，咧着嘴说："怎么是药呀？"

老祖心满意足地边饮酒边看着她笑，然后夹起一块颤巍巍的肉筋放进她碗中。寻寻怀疑地看看肉，又望着老祖，心说不是又害我吧。老祖说："烹熊肉，最贵重的东西。"

寻寻把肉夹回菜盆。老祖惊讶地说："为什么不吃？不光香，还长力气。"

寻寻摇摇头，"熊是受保护动物。"

"你也不吃？"老祖又问根根。

"吃熊肉违法。"根根吐出块鸡骨头说。

"哦，是这样。"老祖说。他不知道一千多年后熊的处境，否则他也会改变态度的。

然后，孩儿爷领着他俩挨个给祖先们敬酒。敬别人时自己得先喝一小口，结果还没走出堂屋他们就醉得什么都不知道了，连爆竹都没听到。那时还没有鞭炮，人们把竹子扔到火中，它爆裂时发出劈里啪啦的声响，用它来驱邪。

寻寻醒来已经是第二天了，这一天是元日，就是后来人们说的大年初一。祖奶早就起床了，正笑吟吟地望着她。寻寻发现枕边摆着一叠新衣服，还散发出一阵阵香味呢。"这是给我的？"她惊喜地问。

"是啊,过新年,穿新衣。你们小丫头爱美,我用香熏过了,快换上吧。"祖奶说。

寻寻穿上新衣,拿起铜镜照了照,感觉真好,比原先的衣服还漂亮。祖奶端来一盆水让她洗脸。她说不洗了,其实是怕把日月星辰的图案洗掉。祖奶笑了,说:"傻孙女,祖奶再给你画,想要什么咱就画什么。你看,"祖奶指着自己说,"这是今天新画的,好看不好看?"

"嘻嘻,好看。"寻寻说。祖奶把自己的眉毛画成倒八字,额头上涂了一层黄粉,脸蛋上一边点了一个大红点,看着挺滑稽的。

寻寻洗完脸,祖奶拿出颜料和金箔、花纸,"画什么?"

寻寻想了想,又看看祖奶,觉得还是原来的好。于是,祖奶开始在她脸上作画。画到半截,门外有人叫,"娘,娘。""啥事?"

门被推开一道缝,一个脑袋探进来,原来是孩儿爷。"该给长辈拜年去了,"他说。

祖奶挥挥手,"去去,外边等着,女子不装扮好怎么见人?"祖奶不甘心重复先前的图案,偷偷在寻寻额头上多加了两颗星星。

"进来吧。"祖奶朝门外招呼道。孩儿爷走进屋,后头是根根,他们从头到脚也都换了新的。孩儿爷说了句

"娘过年好",就跪下"梆梆梆"磕了三个响头。寻寻和根根也跟着跪下"梆梆梆"磕了三个头。祖奶从荷包里拿出八枚铜钱给孩儿爷,又往寻寻和根根手里各塞了八枚。

这就是"压岁钱",是过年时大人给孩子们用来保平安的。相传早年有一种小矮妖,全身漆黑,只有一双手是白色的,它的名字叫"祟",专门在大年三十夜里出来害小孩子。只要小孩的头被它的白手摸三下,就会变成傻子。为了不让祟得逞,人们只好熬夜,这就是"守祟"。有一家人怕睡着了,就用红纸包了八枚铜钱逗孩子玩儿,打开包上,包上再打开。可还是没忍住,把钱随手搁在枕头旁边,睡着了。祟趁机溜进屋,伸手朝孩子摸去。忽然,一道刺目的亮光闪电般从枕旁射出,祟大叫一声,转身就跑。据说这八枚钱是八仙变的,所以能压住祟。从此,每逢过年,人们就给孩子准备一些钱用来压祟。后来人们叫俗了就成了"压岁钱"。

他们走出屋子,院子正中树起一根竹竿,上头挂着一块宽布条。孩儿爷说这叫悬幡子,为的是祈求上天保佑家人长命百岁。还说大门上已经插了芝麻秆,上面挂着用线穿在一起的芦苇烧成的炭串,它可以驱鬼避邪。根根想,不是已经请钟馗把门了吗,干吗还挂苇炭呀?

孩儿爷带着他们给家人拜年。他俩辈分最低，见屋就进，见人就磕头，连吃奶的婴儿也不例外。压岁钱倒是收了许多，后来都拿不了了，孩儿爷取来一条麻袋，把铜钱装进去。提着麻袋拜年，听着都吓人。老祖高兴得眉开眼笑，说好孙子别发愁，花不了还有老祖呢，咱伙着花，买好酒去！

他俩发愁可不是因为钱多得花不出去，而是受不了磕头的罪。见了多少人记不清了，反正他俩的腰已经直不起来了，膝盖不能打弯，走起路来像僵尸；一人头上一块乌青，寻寻额头上贴的星星都磨掉了，脑袋昏沉沉的，分不清东西南北。

"还——还有多少人呀？"根根问。

"早着呢，一半儿还不到。"孩儿爷说。

"哎哟。"寻寻惨叫一声，无奈地蹲在地上。

孩儿爷："这就受不了啦？今天给自家长辈拜年，明天在村子里给族人拜年，后天……"

寻寻捂住了耳朵，她是彻底绝望了。"我上厕所。"她站起身，朝根根使了个眼色。根根说："我也去。"

他们走到墙角，寻寻说我可实在受不了了。根根说他也差不多，还透露一个信息，晚上还有家宴，要敬酒，还要食"五辛盘"。寻寻问这是什么？根根说是五种辛辣的东西。寻寻说，那就更恐怖了，咱逃跑吧。根根说节日多好呀，我还没过够呢。寻寻说，那还不好办,咱中国的节日多着呢,找一个不用磕头的节日。根根觉得这个主意不错。

于是,他们对魔鞋下达了指令。

二　阳

寻寻和根根出现在一座城市里。它的街面不大,但很整齐,民房院落之间夹杂着一些酒肆店铺。虽然说不上繁华,但比他们刚离开的乡村热闹多了。

"这是哪儿呀?"寻寻问。

根根朝四周张望,正好一个人挑着担子走过来。根根迎上前去。那人连忙放下担子,招呼道:"相公,有刚出锅的各色粽子,枣粽、松子粽、桂花粽、胡桃粽,您吃哪种?"

根根这才发现,那人虽然看上去有三十多岁,但个子比自己还矮多半头,穿一件白色粗布衫,脚上是一双麻绳编的鞋。"对不起,我不买粽子。请问,这是什么地方?"根根有点儿不好意思地问。

"无碍,无碍。这里是大宋阳谷县。"那人客气地说。

哦,他们到了北宋,离开唐朝的老祖家,一晃过去了几乎400年,距离今天差不多900年。根根看看自己,身上是一件白色的丝长袍,样式和唐代的差不多。再看寻寻,她脸上的日月星辰图案不见了,但嘴唇上的那点朱红还在。她头戴一顶竹丝斗笠,周围缀着纱幔,放下来可以遮住脸;上身是一件直领对襟两腋开衩的长衣衫,下身是一条盖住脚面的百褶裙。

听说有粽子,寻寻提起裙子跑过来。她磕了一上午头,早就饿了。她撩起担子上盖的布,苇叶碧绿青翠,沁人的清香顿时弥漫开来。寻寻咽口唾沫,眼睛盯着粽子,"每样来两个。"

那人扯一张荷叶,拣了八个粽子包好递过去。寻寻一摸身上,呀,糟了,除了一包话梅什么也没有。"对——对不起,我忘了带钱……我拿话梅跟你换。"她曾经用东西跟小贩交换过,情急之下想起了这一招。

那人宽厚地笑笑,"不要紧,拿着吃吧。不值钱的,吃吧。"

"那就谢谢了。"寻寻接过荷叶包,塞在站在一边发愣的根根怀里,剥开一个粽子大口吃起来。

"你们是从北边过来的吧?"那人问。

"您是怎么知道的?"寻寻吞下一口米粽,又剥开一只。

"说句不恭敬的话,南边的妇人都缠足,听说北边不兴这种习俗。方才姑娘跑过来时露出一双天足,我就猜你们的家在北边。再说了,像您这样豪爽的妇人,也只有北边能见到。南边偶尔也有几个,比如孙二娘,不过那是绿林。"那人说。

根根哈哈大笑，绿林就是土匪，寻寻吃人家东西不给钱跟抢差不多。其实是他不懂，古人可不像现在的人那样斤斤计较，见人有难处都会帮一把，要不怎么出了那么多的侠士呢。

那人担起担子，说："二位远来，一定有不方便之处。有用得着的地方就招呼一声。阳谷县的人都认得我，在下贱姓武，在家排行老大，大家都叫我武大郎，一提没有不知道的。"

"什么？您就是武大郎！"寻寻和根根惊呼道。

"是啊。"那人诧异地望着他们。

寻寻问："是卖炊饼的武大郎？"饼是古代对麦粉做的主食的统称，炊饼就是蒸饼。

根根："您有个弟弟，小名武二郎，大名叫武松？"

"没错。"那人点点头，一脸正经，丝毫没有开玩笑的意思。

寻寻："你怎么不卖炊饼啦？"

根根："你兄弟武二郎呢？"

武大郎："再过几天就是五月五日端阳节了，是吃粽子的时候，我先卖几日粽子，等过了节我再做炊饼。我兄弟出官差了，唉，官家的人不自由，哪像我想干吗就干吗呀……您二位是如何知道我的？"

寻寻："您可是大名人，家喻户晓。"

根根："电视里还播您的事儿呢。"

"是吗?"武大郎的脸上乐开了花,大有相见恨晚之意。他将担子往地上一蹾,双手抱拳深深一揖,"既然二位英雄看得起我,不管你们来阳谷投奔谁,在下都是主家,非接待不可。现在就请跟我回去,望二位赏光。若是客气,就是小瞧我和我兄弟。"

成了,这回有人管他俩吃住过节了。

到了家,武大郎张罗做饭。别看他个子矮,但手脚麻利,又擅长烹饪,不大工夫就张罗了几样菜。寻寻看中了砂锅中的肉,急不可耐地把筷子伸过去,可到半截突然停住了,想起了老祖家的熊肉,问:"这里没有野生动物吧?""二位爱吃野味?等二郎回来让他去打,我做得一手好鹿肉,还会烧黄雀。"武大郎说。

"别,别,我们不吃野味。"寻寻赶紧更正。武松连老虎都能打,还有什么能逃得出他手心。

"二位喝酒。"武大郎端起酒碗。他们在老祖家喝伤了,见酒就烦,出于礼貌,一人抿了一小口。

寻寻夹了一块肉,问:"听说您要转行,不卖炊饼改开店啦?"

"连这你们也知道呀?"武大郎放下筷子兴奋地说,"不过目前刚有个创意,还在策划中。不值一提,不值一提。"

根根:"这有什么难的。您当总经理兼大厨,武松当保安兼大堂,您夫人管账兼采购,再招几个店员,店名都给您起好了，就叫武家店。"

没想到武大郎的脸上顿时笼罩起一层愁云，还叹了一口气。

寻寻和根根问怎么啦？是不是资金不够？好大一阵儿武大郎才说，资金还在其次，当前最急的是把媳妇娶回家，没有贤内助怎么开店？就武松那性格，豪情一上来敢把店送人。

闹了半天潘金莲还没娶回来。

武大郎说，他对潘金莲情有独钟，非她不娶；潘金莲也有意。但麻烦的是，她不是自由之身，她从小就被卖到张财主家当丫鬟，是人家的家奴。张财主垂涎潘金莲的美色，想霸占她，当然不愿意金莲嫁人。但架不住武大郎隔三差五就登门一次，再加上周围舆论和他太太的压力，不得不勉强同意。但又不甘心，就提了一个条件。端阳节临近了，那一天要举行赛龙舟，两家各出一条船参加比赛。他知道武松力大无穷，又有一帮武功高强的朋友，如果他们当桨手，自己就输定了。于是就出了一个损招儿，武大郎必须亲自上阵，而且桨手的个子不能超过他，或者不能超过15岁。没法子，武大郎只好接受这个不平等条约。他找到了九个相熟的半大小子，连他十个人，他当鼓手，还少一个划桨的，正好根根来了，可以凑成一条船。

根根嘴里嚼着肉，说没问题。

寻寻有些遗憾，没她的事。可是在人家吃，在人家住，在人家过节，再想起武大郎让她免费吃粽子的仁义劲儿，不忍心袖手旁观。就说："我的力气不小，也能划船。"

武大郎摇摇头，"女人不能上龙舟，这是多少年传下的习俗。"

"那妇女干吗？"寻寻嘟起了嘴。

"站在岸上看，你可以呐喊助威啊。"武大郎说。

吃过饭，他们来到河边。这里停着许多船，都做成龙的模样，前头是高高昂起的龙首，漆成红色；中间的船体是龙身，漆成黄色；后面是翘起的龙尾，漆成绿色。一条船之所以分三种颜色，是为了比赛到达终点时易于判断。在河上游的远处停着一条船，上面已经立起了一根旗杆，那里就是叫作"标船"的终点。

武大郎指着河边的一条龙舟说："这就是咱的船。"

这条船和别的船没什么两样，如果没有大郎指引，他们下一次来准找不到它。寻寻和根根心里明白，这一仗大郎输定了，船不比对手的好，而人却比对方的差，不输才怪呢。但此时要是说穿了，大郎非立马跳河不可。

看了一会儿，根根觉得龙舟也就是样子威武，要真的划起来恐怕连一般的小船都不如，因为它太累赘了，特别是后面那条尾巴，翘向天空，得增加多少阻力？古人光顾着好看,不讲科学。其实,他忘了人们过节要的就是气氛。

寻寻歪着头一个劲地看龙尾下面。

根根:"找什么呢?"

寻寻:"舵安在哪儿啦?"

大郎:"什么舵?"

寻寻:"把握方向的东西呀。"

大郎:"没有。"

寻寻:"那船划起来还不走歪了?"

大郎:"有鼓手看着呢。他一边打鼓一边看,要是歪了就叫另一侧的桨手用力。"

根根突然插进来,"龙尾巴的样子有没有规定?"

大郎:"没有。"

根根一拍手,"那就好办。我们把龙尾弯下来,做成可以左右活动的,这样不光可以减少空气阻力,还能当舵把握方向。"

大郎想了想,明白了,说:"这个主意好,我马上改。"

大郎和根根把船划到老远的芦苇丛中,然后请来一个木匠,悄悄地干起来。

木匠好手艺,没用一天,就交活儿了。武大郎在阳谷城最豪华的超级酒店狮子楼摆下一桌席面,宴请九个桨手和两个新朋友,一是把寻寻和根根介绍给大家,二是从明日起有劳各位每天练习半天划船，特此慰问。

领头的是个叫作郓哥的卖水果的男孩，他和大郎一样，是走街串巷的行商。他提着一个篮子，取出一个纸包送给寻寻，里面是一种叫作"百草头"的端阳果子，据说是把菖蒲、姜、杏子、梅子、李子什么的切成细丝，然后再用盐和蜂蜜腌制而成，味道比寻寻带在身上的话梅强多了，比较之下她都不好意思请人家品尝自己的零食。这回又有零嘴吃了，喜得寻寻的眼睛乐成了一条缝。见寻寻高兴，郓哥更殷勤了，一个劲儿地给她夹菜，没完没了地嘿嘿傻笑。

武大郎的训练营地设在上游的一段开阔河面，按一华里的比赛距离立了一根标杆。选手们虽然个子不高，但心劲很高，他们的口号是"将武人嫂赢到手！"为了给他们鼓劲儿，也为了制造逼真的现场效果，选手们的家长组成了拉拉队，队长当然是寻寻。果不其然，拉拉队的呼声一起，选手们的桨划得飞快。特别是郓哥，咬着牙，瞪着眼，把全身的力气都使了出来。

郓哥的父亲也来了。他家是军户，他在驻军中担任文书一类的工作，算得上半个文人。趁船往回划的间隙，寻寻问过节时候他是不是也参加比赛。他说军中不赛船，重（chóng）午节那天摆擂台斗力，也就是比武。

"重午节？不是端阳节吗？"寻寻以为他说错了。

"一回事,还有叫中天节的。为什么叫端阳呢?"他拾起一根树枝,在河滩地上写了个"阳"字。

陽

"这是一个约定俗成的会意字,由阜和日组成。阜就是山坡,由于山的阻挡,日头只能照到坡的南面,这一面就叫阳。所以,阳的本意就是日光照到的地方。五月初,日光照射的时间最长,阳气最盛,已经到了顶端,所以叫端阳。为什么又叫重午呢?因为阳气最盛的那一天并不固定,去年也许是五月初四,今年也许是五月初六,为了方便庆祝,人们就把五月初五这一天定做节日。咱中华实行十二干支纪日法,五月为午,五日也为午,两个午列在一块儿,就是重午。"郓哥父亲说。

寻寻:"哦,原来是这么回事。以前我听说是屈原得知自己的祖国灭亡了,一悲愤投了江,大家拼命划船去救他,这一天是五月初五。后来为了纪念他,人们在每年的这一天都要赛龙舟、吃粽子。"

"那是人们对忠臣的敬重。"郓哥父亲正色说,"不光纪念屈原,还有些地方纪念曹娥,那是人们敬重孝子。"曹娥是东汉女子,她父亲在五月初五这一天淹死在江里,找不到遗体。14岁的曹娥哭着沿江找了七天七夜,伤心过度,投江而亡。

真够复杂的,一个节日有这么多说道。听了半天,寻寻似懂非懂,不过有一点是明白的,端阳节是夏天的节日。

划了两个来回,船上起了争端。武大郎是鼓手兼舵手,打鼓是为了提气,同时也起发令作用,桨手按照鼓点划桨。大郎发现郓哥不听指挥,刚出发的时候划得特别快,一出拉拉队视线就慢了下来,可因为他是请来帮忙的,不好意思说他。根根可不管那套,提醒了他几次。可郓哥把眼睛一翻,反倒指责鼓打得不准。可不,大郎一边掌舵一边打鼓,一心二用,鼓点能准确吗?大郎自己也察觉到了,可是实在找不到人了。郓哥说人可以慢慢找,但训练时可以先请人顶替一下,说着眼睛就往岸上瞟。

大郎:"你爹?"

郓哥:"他年纪大了,在船上站不稳。"

大郎看了一遍,"你说的不是寻寻吧?她一个姑娘家,哪能上船?"

郓哥:"又不是真比赛,有什么不行?"

就这样,寻寻上船暂时充当舵手,大郎站在船头当专职鼓手。别说,男女搭配,干活不累,情况果然大有好转。

练了两天,根根又有了新想法。他发现船的速度主要和三个因素有关:一个是行船路线;一个是船桨入水是否整齐；再有一个就是划桨节奏，也就是在行程中划多少次桨。节奏快，桨手坚持不下来；节奏慢，影响船的速度。前一个因素由舵手寻寻解决，后两个因素由鼓手控制。他的数学好，这一回英雄有用武之地了。通过仔细观察和反复试验，他最后把节奏确定为250桨，也就是说，一桨划2米。刚开始掌握不好，慢慢地就练熟了。

舵和节奏是武大郎龙船的秘密，除了他们船上的人，别人一概不知。舵手一直没找到，只好让寻寻接着干，她又一次女扮男装，反正已经习惯了，无所谓。由于自己船上多了一个人，武大郎和张财主进行了协商。对方答复是只要不增加桨手就行，人多船重吃亏的是你自己。

端阳节终于到了。武大郎因为做炊饼养成了早起的习惯，鸡刚叫头遍就睁开了眼，摸着黑走进厨房。转了一圈才记起今天是重午，打昨天起就没停过念叨，既盼着这一天又怕这一天，因为这是决定他命运的一天，结果弄得心神恍惚。从厨房出来又进了根根房间，催他起床准备赛船。根根揉揉眼，一看窗外刚蒙蒙亮，嘟囔了句"您烦不烦人啊"，又躺下了。武大郎见没人理他，不知干什么好，一会儿屋里，一会儿屋外，一会儿拿起扫帚，一会儿又拿起抹布。折腾到太阳都升起来了，才想起端阳节的正事还没干呢。

于是，三步并做两步地出了大门，把用艾草扎成的小草人和菖蒲根刻成的小葫芦挂在门上。风一吹，房间里立刻荡漾起一股浓浓的特殊味道。然后又手忙脚乱地从木箱中翻出几根五色彩丝绳，想了半天，一拍脑袋，两个孩子还在睡大觉。便赶紧把根根摇醒，接着把寻寻叫起来。

"吃什么呀？"寻寻打着哈欠走进屋。"粽子。"武大郎随口答道。"又是粽子。"寻寻嘟起了嘴。"那好，咱改吃白团。"大郎说。"什么是白团？"寻寻脸上露出了笑。大郎说："白团也是端午食品，上好白米饭团裹上白砂糖，外面蘸上一层雪白的芸豆粉。"寻寻要减肥，一听糖就腻了，"还不如粽子呢。"说着，掏出郓哥给的百草头有滋有味地嚼起来。

"慢着！"大郎突然叫了一声，吓了寻寻一跳。他小心地拿起一根丝绳系在根根胳膊上，又给寻寻系了一根。根根问系它干吗，武大郎说这叫"长命缕（lǚ）"，又叫"避兵缯（zēng）"。本朝之前，五代战乱，百姓深受兵灾之苦，戴上五色丝绳不光可以躲避兵灾，还能保佑长寿。它和大门上挂的艾草、菖蒲，都是端阳节的避邪禳（ráng）灾保平安之物。

说到这儿，他猛地又想起什么，满屋子找了一气，发现那东西原来就在桌上搁着。那是一张黄表纸，上面用朱砂写的红字是："五月五日端阳节，赤口白话尽消灭。"他急忙用竹钉把纸钉在墙上。这叫"钉赤口",据说可避免口舌是非之灾。

做完了这些,他坐在床上想了一会儿,又站起来走出屋,自言自语道:"还是忘了一件事。"他回来时手里捧着一坛酒。"啊,又喝酒呀!"寻寻捂着嘴叫道。"不喝,不喝,"他摇摇头,打开坛子,用食指蘸了些酒在寻寻和根根的额头正中写了个"王"字。

"这也是为了避邪?"根根问。"是的,"大郎说,"这是用雄黄泡的酒,可以驱毒镇邪。""那你怎么不给自己画个王字?"寻寻问。

"哪有给大人画字的……嘿,瞧这事弄的,我说心里怎么总像有什么事没办呢,原来忘了给自己缠长命缕。"武大郎连忙系上丝绳,终于平静下来。

其实,所谓避邪主要是心理平衡的一种方法,当然也有一定的实用功效。五月气温猛然升高,蛇呀蜈蚣呀什么的加强了活动,病毒病菌等各种微生物开始繁衍,进入了瘟疫流行期。艾草可以消炎,菖蒲主治风寒温痹(bì),雄黄含有三硫化二砷,用它泡过的酒能够消毒。所以用它们做驱邪材料对抑制毒虫和疾病有好处。

他们早早吃了午饭,赶往河边。两岸人山人海,彩旗飘扬。妇女都穿上了最好看的服装,把自己打扮得花枝招展,利用这难得的机会,尽情地显示自己的美丽。武大郎踮起脚尖,两只眼睛直勾勾地在人群中趑摸,嘴里还念叨,"也不知我兄弟赶回来没有?"谁都知道,他找的根本不是武松,而是潘金莲。

寻寻猜她一定来了,就藏在人堆里,和武大郎一样惴惴不安,因为这也是决定她命运的一天。

武大郎和张财主赌船的事轰动了方圆几十里,所以主办方特别为他们安排了专场。比武之后就是武、张两舟对抗。第一场赛完了,好戏开场。武大郎和张财主两队人马刚一露面,就引来轰然大笑。反差太大了,一队选手又矮又瘦,另一队又高又壮。

可是,等船一划起来,人们就不笑了。武大郎那条船并没有被甩下来,而是紧紧咬住了对方。人们本来就同情弱者,一看武大郎有希望越发来了精神,开始呐喊助威。刚开始是几十人喊,接着是几百人喊,然后是上千人喊,最后是所有人一块儿喊。好像有一只巨大的手在指挥,"大郎必胜"的口号整齐划一,响彻云霄。失人心者失天下,终于,张财主崩溃了,在临近"标船"的地方被甩掉了。大郎的龙舟昂首挺胸地冲过了终点。

寻寻和根根帮助武大郎战胜了张财主,感觉好极了,比在老祖家过大年还要好。端阳节虽然不如春节隆重,但它的内容好像更丰富一些。除了驱邪避害这一共同点外,它还包含纪念屈原和曹娥、弘扬忠孝的意义,同时它还利用竞赛倡导一种自强精神。春节更多是强调以家庭为中心，端阳节则偏重于社会。

寻寻和根根一觉睡到快中午才起。走进武大郎房间，桌子上堆着两匹缎子和两个漆盒，还放着一封信。寻寻打开一只盒子，里面是首饰。她拿出一支镶了珠花的金钗摆弄着，随口问："送给潘金莲的？"

武大郎笑眯眯地看着她，"给你的。"

"给我的？太棒了！谢谢。"寻寻以为这是对她的奖赏。

"谢我干啥？又不是我送的。"大郎说。

"谁送的？"寻寻问。

"郓哥家。媒人一大早就来了。"大郎拿起信给寻寻看，"这是男方的求婚帖子，上头写着他家的三代情况和郓哥的出生年、月、日、时，就是八字。照规矩本来应该是先下求婚帖，然后是交换定帖，完了才是下定礼。人家着急，求婚帖和定礼一块儿下了。按本朝律令，女子14岁就可以出嫁，你要是愿意，立马就可以嫁到郓哥家去。"

"哈哈哈……"根根憋不住了，在一边笑出了声。

寻寻瞪了他一眼，气哼哼地出了屋。根根跟了出来。

寻寻："咱们走吧。"

根根："急什么？我还想看看潘……武松长什么样呢。"

寻寻:"你不走我自己走。"

"节日多好呀,我还没过够呢。"根根又找到了理由,反正他是不想走。

寻寻:"这好办,咱们到别的地方接着过。我想好了,咱们已经过了春天的节日和夏天的节日,该过秋天的节了。"

根根没话说了,只好勉强点点头。寻寻对魔鞋发出了指令。

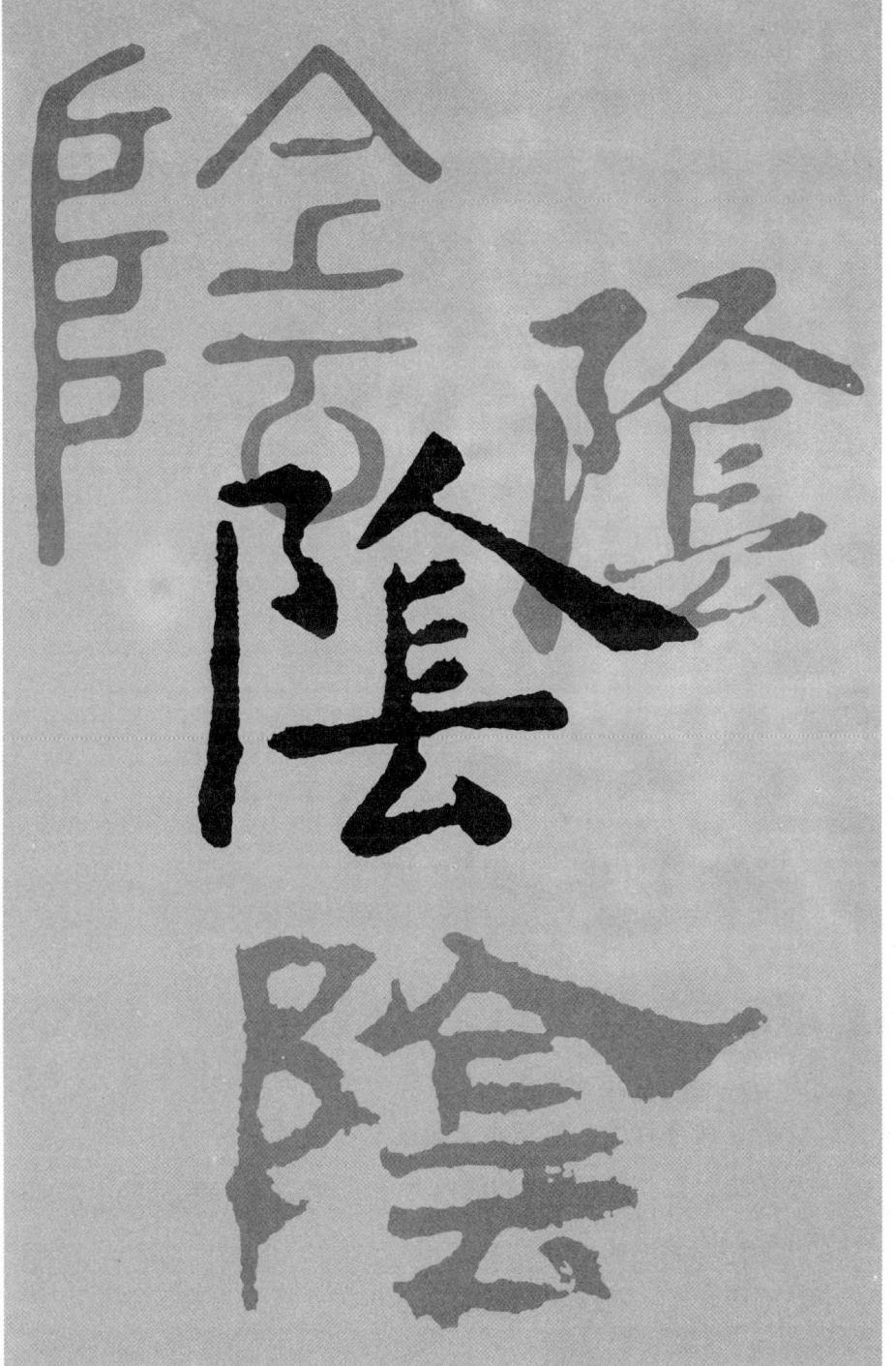

三　阴

寻寻和根根站在一座石桥上。

同样是河,但没有龙舟竞发、百舸争流、锣鼓喧天、欢声雷动的场景,水面和岸边一片宁静。天特别高,特别蓝,显得很深邃,阳光也不那样白亮得让人睁不开眼,照在身上柔柔的。一阵风吹来,把他们的衣衫撩起老高。

寻寻穿一条绿色长裙,外面套了一件鹅黄色短袄,红色的腰带几乎系在胸部。根根穿的是茶褐色袍子,头上戴着幞(fú)头,也就是用一块布把头包上,在脑后打个结,使布的两个角垂下来。

寻寻问:"魔鞋,我们来到了哪个朝代?"

魔鞋:"元代。"

根根:"不对吧?元朝是蒙古人建立的政权,我们怎么没穿蒙古袍子呢?"他想起书上写的,满清军队入关后,命令百姓改换满族人的发式和服装,所谓"留发不留头,留头不留发"。他以为蒙古统治者大概也会采取类似的做法。

魔鞋:"蒙古人入主中原,并没有强迫百姓按照他们的习惯生活,各民族原先什么样现在还是什么样,随意。当然,大家在一块儿生活,互相影响是免不了的。"

这时候,桥下驶来一条大木船。一个和根根穿得差不多的男子背手站在船头,不住地四下张望。船舱的窗子里,一个白发老奶奶正急切地往外面瞧。她看到了寻寻和根根,目光一下定住了。

船在岸边停了下来,男子朝他俩喊道:"你们跑哪儿去了?这么多天连个影子都不见!"就听船舱中传出一个苍老的声音:"找到了就好,快叫他们上船。"

男子一手拉一个,把寻寻和根根带上船。"'出必告,返必面。'(出门时必须告诉父母,回来时一定要打招呼,免得大人牵挂。)连这都不懂,怎么读的书!"男子继续教训他俩。"行了,行了。"老奶奶劝住男子,笑着说:"过两天就是中秋节,这下全家人都齐了。"

寻寻和根根喜滋滋地对视一眼,妙极了,刚过完端午就赶上了中秋,又可以好好玩一通了。

老奶奶是这家的尊长,家里是开绸缎店的。男子是老奶奶的小儿子,其他的儿子都做生意,唯独他一人读书。寻寻和根根管他叫四叔。

回到家里,奶奶分派四叔负责节日物品采购,因为别人都忙,只有他有闲工夫。又给他派了两个帮手,就是寻寻和根根,省得这两个小捣蛋闲得满世界乱跑。于是,这三个读书人来到了街上。

四叔摇着一把折扇迈着方步走在前面,他俩跟在后面。真香啊,满街飘荡着浓郁的水果芬芳,精明的商人调整了他们的商品,把应时水果摆在最显著的位置上。微微泛黄发出醉人香气的梨,蒙着一层白霜的紫黑色槟子,闪耀着红色和黄色光泽散发着甜香的沙果,紫色的和白色的葡萄挂得高高的一串串垂下来,咧着大嘴露出透明的玛瑙般籽粒的石榴,无不引逗着人们的购买欲望,恨不得都搬家里去。

一个店伙计向四叔招呼道:"秀才,买些果子拜月吧。""好,好,"四叔点点头继续往前走。伙计又招呼根根,"秀才,买些果子吃吧。""你怎么知道我是秀才?"根根奇怪地问。伙计笑了笑,看一眼他的衣服说:"我又不是傻子,您穿着儒生服哩。"哦,原来他的这身衣服是读书人的专用服,怪不得四叔穿的跟他一样呢。

寻寻站在石榴摊前走不动了,四叔瞥见了,挑了两个大的,一人给了他们一个。他们掰开大嚼起来。四叔摇摇头,"有辱斯文,有辱斯文。"他们才不管什么斯文不斯文呢,吃得满嘴流汁。

一股酒香袭来,一个店伙计站在铺子前,也不说话,一个劲儿地把酒从一个坛子倒在另一个坛子中,然后再倒回来。四叔抽了下鼻子,评论道:"新酒。"隔壁铺子的伙计却又不同,他使劲敲打着竹筒,大声吆喝道:"月饼,白的、红的、桂花的、芝麻的、核桃的、花生的……又甜又香咧。"

巡视完一条街,四叔开始动手了。他先选了各种水果,交给根根提着;又称了几斤月饼,让寻寻抱着;然后买了几把香,塞在根根胳膊下面。根根说:"您手空着,干吗不拿?"四叔说:"没见我手里有扇子吗?""天又不热,您拿把扇子干吗?"根根不满地嘟囔着。"你懂什么,这叫风度,没听说过苏东坡'大江东去'一词里唱的'羽扇纶(guān)巾'么?"四叔"啪"地打开扇子说。闹了半天,敢情是道具呀。

四叔又要了两坛酒,看看两个孩子拿不了了,便雇了个挑夫,顺便把月饼和水果也担上。刚走出街,四叔猛地站住了,用扇子柄敲敲挑夫的肩膀,说:"回去。"寻寻问怎么了,回答是忘了买"月供祃(mà)"了,险些误了大事。

他们来到一家南纸店,店中的墙上挂着几种彩色纸屏。一种底色是黄的,上面印的是长着菩萨面相的太阴星君,他的脸涂成银色;背后是广寒宫,下头长着一颗桂树,树旁站着一个竖起两只长耳朵捣药的金色玉兔,它被称作长耳定光仙。还有一种底色是红的,图案差不多,只是把银面太阴星君换成了金面关圣帝君,也就是关羽关云长。前一种是给大众用的,后一种是专供商家的,因为关公是财神,能保佑发财。这就是"月供祃",拜月的神像。四叔一样请了一张。

刚要离去，根根一眼看中了一个泥塑，一把抢到手中。几乎同时，一只手也伸过来，可是迟了。根根扭头看去，身边站着一个男孩，看年龄和他差不多，个子矮一点，紫红色的袍子裹着健壮的身躯。再一打量，他的衣服和自己的不一样，他的衣领是方的，袖子很窄，左边的衣襟掩在里面，右边的衣襟压在外面，这叫"左衽（rèn）"，跟自己的"右衽"正相反。最明显的区别在头上，他头顶的正中去掉了头发，两只耳朵到头顶的部位也剃掉了一条头发，其余头发自然散开，耳后的头发编成两条辫子。原来是个蒙古族孩子。

　　他们争的泥塑是一只兔子。它大大咧咧地坐在老虎背上；两只长耳朵直楞楞地顶在头上，里头装了铁丝，稍一移动就摇晃起来；耳朵下面是一顶大红头盔，头盔下是一张大白脸，胖胖的脸蛋朝前鼓着，挤出兔子特有的三瓣嘴，嘴上还长着几根黑胡须；它身披金色铠甲，外罩红战袍，右手托一只石臼，里面立一根石杵（chǔ），左手支在腿上，袍子下露出兔子的脚丫。这就是迷倒孩子们的"兔儿爷"，也属于"月供祃"的范围。

　　根根争了先，脸上便带出几分得意。"我先瞧见的！"男孩不甘心。"看见有什么用？我还说我先看到的呢。"根根反驳道。男孩没辙了，"卖给我吧，我出双倍价。"口气中带着央求。

根根:"你就那么想要这个兔儿爷?"

"是长耳定光仙。"男孩纠正说,口气中透着恭敬,"我要带给我奶奶,五年没见她老人家了。"

根根:"你家不在这儿?"

男孩:"我奶奶住在大都,我跟父亲、母亲在苏州。我们是过路,赶回大都和奶奶一块儿过团圆节。"

大都就是后来的北京,还有不少路呢。"给,"根根恋恋不舍地把兔儿爷让了出去。男孩接过泥塑,说:"我给你拿钱去。"根根拦住,"送你的,你要是拿钱的话,我就不给了。""好,你等会儿。"男孩跑了。

那边停着一辆马车,一旁几个蒙古汉子骑在马上。男孩把手里的泥塑给其中一人看,又撩开车上的帘子说了几句什么,然后拿着两个纸包跑回来。他把东西塞在根根怀里,说:"一包是苏州月饼,一包是我娘做的奶皮子,给你奶奶吃。"说完上马而去。

回到家里,他们把东西交给老奶奶。她掰了块奶皮子放进嘴里,鲜美异常,满口喷香,又让大家都尝尝。寻寻吃了一块,又伸手去拿。奶奶打了她手背一下,"就你嘴馋。好吃的留着供太阴星君,她尝过了再轮你。"

寻寻问什么是太阴星君,老奶奶让问四叔。别看他中不了举人,正经学问不怎么样,杂七杂八的书可没少看。于是就去请教四叔。他好为人师,巴不得有人问他问题呐。他让寻寻和根根坐下，然后在纸上写了个"陰"（"阴"的繁体字）字。

然后说："你们看，这个字由阜和侌两部分组成。阜表示的是……"

"山坡。"根根抢着说，白起和戚继光都讲过这个字。

四叔瞪了他一眼，接着说："为什么出现山坡呢？因为山坡有一面是背阳的。再看另一部分，侌字的本意是云遮住了太阳。这两部分说的都是阳光照射不到的地方。所以阴字表示的就是黑暗、黑夜。"

他得意地望望他俩，又说："太是大字上加一点儿，超过一般为大，比大还要大就是太。太阴就是黑夜中最大的。那是什么？是月亮，它是黑夜之光，对不对？"

"对。"他们点点头，因为夜里从地面往天上看，数月亮最大、最亮。

根根："说太阴不就完了，干吗还加上星君呢？"

四叔："这是道教的说法，星君是主管天上星星的神仙，太阴星君就是月神，表示敬重罢了。总之，月亮为阴，记住这一点就行了。"

"太阴星君是男的还是女的？"寻寻突然问。

四叔想了想，说："弄不清楚。不过从道理上说月神应该是女的，因为月亮有许多女性的特点。譬如，人们常说月光如水，又说女性般温柔，世界上没有比水更柔和的东西了。月亮还有女性般的变化，譬如，她不像太阳那样一直都是圆的，而是不断变化，由弯弯的一钩变成半圆，又从半圆变成整圆，这和女性怀孕的体形变化以及胎儿的发育差不多。月亮的这种变化一个月进行一次，这和女性的经期是一致的。所以，古人相信月亮是主宰生育的神，她代表母性，我们的祖先很早就开始祭拜她，西王母、女娲都是她的形象。"

寻寻得意地瞥了根根一眼，好像是说，这回该服了吧，女性多伟大呀！

根根有点不甘心，突然想起了兔儿爷。人们管它叫爷，肯定是男的，而且它的形象也是男的。就说："'月供祃'里可还有兔儿爷呢，它也管生育吗？"

四叔："它主要负责治病，没见它手上捧着石臼石杵吗？那是加工草药的工具，在药铺里都能见到，伙计

用这东西把草药捣碎。这和嫦娥奔月的传说有关。很早以前，有恶禽猛兽祸害百姓，天帝就派大英雄羿和他的夫人嫦娥下到人间除害。羿射死了恶禽猛兽，天帝的十个太阳儿子又出来捣乱，它们一股脑地出现在天空，把万物都烤焦了，羿射掉了九个太阳，只留下一个。这下天帝生气了，不让羿和嫦娥回天庭。西王母同情羿，给了他一点不死药。羿有一个徒弟叫逢蒙，趁他不在逼迫嫦娥交出药。嫦娥把药藏进嘴中，情急之下吞了下去，结果飞升上天。她依恋丈夫，想离他近一些，就到了月亮上。据说，玉兔就是她变的。她吃了不死药，所以管长寿。现在兔儿爷的模样是后来加工的，好玩罢了。其实祭拜兔儿爷还是祭拜月亮，因为它在月宫里。嫦娥也是月亮的一个形象。"

"哦，我明白了，'月供祃'代表生育和健康，我说怎么家家户户都请它呢。"寻寻说，又转向根根，"到时候你可得多磕几个头。"

"又磕头呀？"根根一副愁眉苦脸的样子。

四叔接过寻寻的话说："不光是这些。人们祭拜月亮还有一个内容，就是庆祝丰收。八月是收获的季节，谷子熟了，果子挂满枝头，新酒酿成了，大家心里高兴。但不能忘了月亮，因为古人认为，正是她给种子带来了生命，使它发芽生长，保佑庄稼在秋天成熟。"

这时，根根插了进来，说："还有全家团圆呢？就像奶奶一定要把我们找回来，那个蒙古孩子一家一定要不远千里地赶回祖母身边。"

四叔："对，人们由满月联想到家庭的团圆，丰收的喜悦要全家人一起分享。"

根根得到了肯定，来了情绪，问："既然是祭拜月亮，干吗不叫月亮节，叫中秋节呢？"

四叔："也有叫月节的，还有叫团圆节、八月节的……"

寻寻插嘴道："女儿节、母亲节……"

四叔点点头，"都不错，过节这天是八月十五日，一般都叫它中秋节、仲秋节。之所以如此，是从时间上说的，人们习惯于根据时令安排生活。生育呀健康呀是长年的事情，只有农业收获是有时间限制的，集中在秋季。二十四节气中，秋天从立秋开始，到霜降结束，共90天。人们把它分成三个阶段，每段30天，分别叫初秋、中秋和晚秋，简称三秋。八月处在中秋，而十五这天又处在中秋的中间，所以就叫中秋节。仲秋节也是这个意思，仲在兄弟排行中代表第二，三秋中的第二也就是仲秋。"

中秋节终于到了。

院子里两颗桂树开花了，浓烈甜蜜的香气四处弥漫。传说月亮中也长着一颗桂花树，那团影影绰绰的黑影就是，它高五百丈。眼神好的人还能看到黑影下隐隐约约站着一个人,他叫吴刚,学习仙术时犯了错误,被惩罚做苦力,任务就是砍伐这棵桂树。可是桂树早就成了精,有自我愈合的神功,结果吴刚就得没完没了地砍。要是没有吴刚,桂树还要往高里长,说不定把天顶个大窟窿。

院中摆了一张小矮桌,就在桂花树下。桌子后头立一个木架子,上头挂着太阴星君的彩色纸屏,代表月亮的神位。桌上供着月饼和各色水果,唯独不见梨,因为梨和离谐音,不吉利,所以不能上桌,特别是在团圆的日子。那包奶皮子也供在盘子里,让月神尝个鲜。桌上还摆着一个铜香炉,是为月神接受香火预备的。

隔着高高的院墙,能看到大街的上空浮动着光亮,街上一定很热闹。店铺的门大开着,灯笼烛火一起点燃,伙计们和顾客个个兴高采烈,倒不是因为卖出去了多少东西,也不是因为买到了便宜货,而是因为过节。这时,随着一阵风,一声叫卖悠悠飘来,仔细听,是卖桂花糖藕的,开门一瞧,却不知道人在哪儿,好像是在很远的巷子深处,又像是就在附近。

月亮升起来了,不声不响的,谁也没注意到她是什么时候出来的。月亮泛着淡淡的青色,显得干净极了,安静极了,在空旷的夜空中,把一片清亮遥遥投下来。

老奶奶带着全家人来到院子里,就连刚会走路的小孩子也来了。大概为了许愿而表示郑重吧,12岁以下的孩子本来穿得很随意，现在一律换上成人服装。寻寻和根根因为个子高，穿着早就比较讲究了。拜月开始了。元朝的时候无论男女都拜月亮，不像后来的清代实行"男不拜月女不祭灶"的习俗，拜月只是女性的权利。大家分成两拨，女的一拨，男的一拨。女的先拜，男的后拜。

老奶奶第一个祭拜，她点燃三炷香，颤巍巍地跪在地上，朝天上的明月拜了拜，然后恭恭敬敬地对着太阴星君的神位磕了三个头，满是皱纹的嘴角默默地动了一会儿。寻寻想，老奶奶是一家之尊，她许的愿一定不是为自己，而是为全家的圆满和所有成员的幸福安康。

大伯母是第二个。寻寻想，她许的愿一定跟发财有关系，因为她管家，全家的生活都靠绸缎庄的生意。

下一个是二伯母。她一定是祈求月神保佑平安，因为她的丈夫长年奔波在外贩卖丝绸。

该四伯母了，她的眼里闪着泪花。拿不准她的愿是怎么许的。她没有生育，四叔又没有考中举人，这肯定是她最大的两块心病，不知道她把哪个排在前边。有一点是肯定的，今天她要去别人家的田地里偷瓜，这叫"摸瓜求子"。据说披着中秋节的月光把瓜抱回来切开吃了，就能够怀上娃娃，所以一定要在前半夜动手，下半夜就没月亮了。目标早就让侄儿们侦察好了，就在城墙下面，为保险起见，她还演习了一次。

轮到堂姐们了。不用猜,她们的愿望都一个样,就是祈求自己貌比嫦娥,今后嫁个好郎君,生活美满如圆月。

有人拉了寻寻一下,该她上场了。她学着她们的样子拜了月亮,光顾着猜别人许的什么愿了,到自己这儿脑子一片空白。唉,就愿大家都好吧。

拜完月后吃团圆饭,然后去河边放灯。他们把船停在石桥下,上岸来到放灯的地方。河面在月光下显得很安静,要不是上面一盏盏灯在移动,谁也不会相信它就是那条奔腾的河。这条河喜怒无常,平时跟人是好朋友,慷慨地灌溉着农田,还把人和他们的货物载到他们想去的地方。也许是因为人这个朋友太小气了,光管它要东西,却很少想到为它做些什么,结果一到雨季它就翻脸。你不给,我不会自己拿么?它咆哮着冲上岸,拿走了庄稼和牲畜,还有房屋什么的,要不是人跑得快,连他们也一块带走。于是,人害怕了,觉得对不住它,就在祭拜给他们带来丰收的月亮的同时,也顺便抚慰它一番,送去一盏盏表示心意的河灯。

河灯的底座是一块木片,上面插一根小蜡烛,四周用纸围上,免得风把烛火吹熄。然后把灯放下水,任由它飘去。于是,黑沉沉的河面便闪动着许多光亮,有的是灯,有的是映在水面的影,河变成了银河,灯变成了星星。

放完河灯，中秋节就结束了。中秋节和端阳节是特点正好相反的两个节日。端阳节崇尚的是太阳，以避邪为主要内容；驱邪是斗争，以力量和气势压倒邪恶，所以必然鼓动着阳刚之气。而中秋节祭拜的是月亮，突出的是祈福；美好的愿景是善良土壤上的花朵，自然荡漾着阴柔之风。前者属于男人，后者归于女人。端阳节把人们推向社会，倡导的是竞争精神，熏陶的是豪杰斗士；中秋节把人们拉回家庭，唤醒的是和睦意识，培养的是情义君子。前者侧重于生存，后者偏向于浪漫。

寻寻和根根回到家里，四叔正背着手在院中徘徊，一会儿抬头望望月亮，一会儿低头盯着地面。寻寻招呼道："等四婶呢？"四婶去城外偷瓜还没有回来。四叔脸一沉，说："良辰美景岂能辜负，我在做诗！正好你们俩来了，我就考考你们。"

得，撞枪口上了。他们只好走过去。

四叔说："今天的月亮最美，就以月亮为题，一人做一首诗。做得好，放你们三天假，做不好，嗯……"想了想，终于有了主意，"在先师孔子像前磕一百个头！"

"什么体裁，是绝句还是律诗？是五言还是七言，是……"根根随口乱问，想拖延过去。

"好大的口气，我从昨天起就开始作诗，好不容易想出一句，似曾相识，一查，让李白占了先。又挖空心思想出一句，再一查，与杜甫暗合。后来想出的几句不是重了苏东坡就是步了陆游后尘，到现在也没有得到一行佳句。还什么体裁？能写出来就不错了，随便，只要是诗就成。"四叔愤愤地说。

哦，闹了半天是拿我们出气呀。李白你们几位也真是的，干吗把好诗句都写完了，让后人显不出来。根根不禁埋怨起古人来。

"快作，别偷懒！"考官催促道，他顺手点燃祭拜月亮剩下的香，"给你们一炷香的时间。"

时间到。寻寻先说。她念道：

"白月饼，

飞上天，

四叔想吃够不着。"

"就知道吃，哪有把月亮比成月饼的？再说月饼怎能飞上天，既不美也不通，重做！"考官评论道。

该根根了。他念道：

"月亮圆，

像皮球，

四叔一脚踢上天。"

"粗俗，我能踢月亮吗？踢你小子屁股还差不多。重作！"考官抬起了脚。

根根和寻寻赶紧跑了。背后传来四叔的声音，"明天一早交卷，不合格磕一百个头！"

根根就怕磕头，寻寻也一样。根根问怎么办？寻寻说跑吧。根根说春夏秋三个季节的节日都过了，就剩冬天的节日了。寻寻说那就去过冬天的节日。根根当然赞成，并且说你原先不是主张去汉代吗，这回就依你。

他们对魔鞋发布了命令。

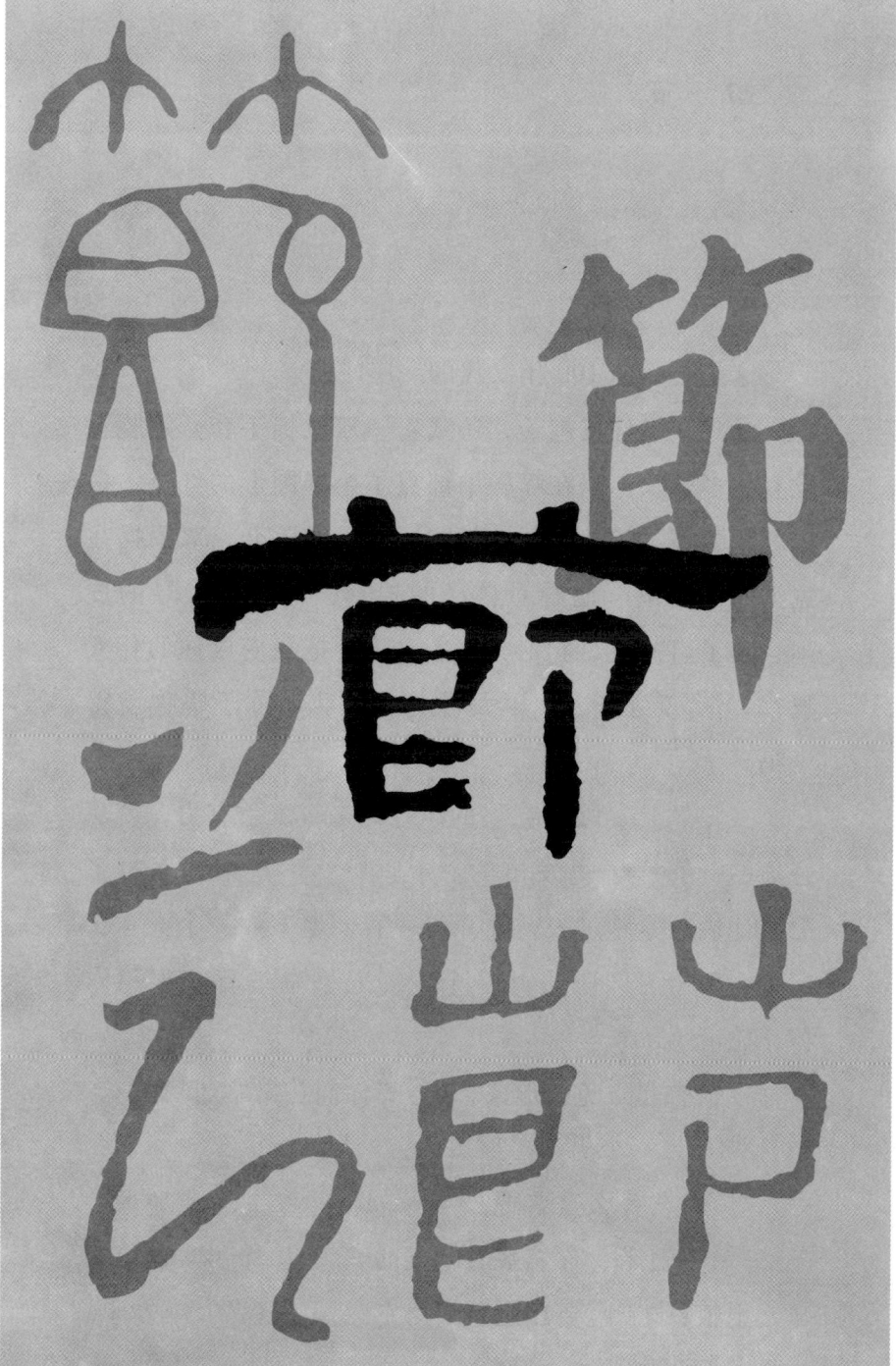

四 节

这是公元前 100 年汉代的一座庄园。

寻寻穿一件皮袍子,还戴着一双丝棉手套。她脸上没有化多少妆,只在嘴唇中部点了个半圆形的红点。根根就寒酸多了,他穿一件棉袍子,没有手套,双手插在宽大的袖筒里。他看看自己的棉袍,又看看寻寻的皮袍,吸了口冷气,担心地说:"不会把我变成你的仆人吧?"寻寻笑了,说:"那才好呢,我叫你干吗你就得干吗。"

一阵"咚、咚、咚"的声音传来,沉重有力,就从旁边的一间房子里发出的。干吗呢?不是出什么事了吧?他俩赶紧跑过去,推开门一看,地上放一个大木头臼子,两个男人一边站一个,每人手中举着一根粗木棒,轮流捣下去。

根根想起玉兔的形象,问:"你们在捣草药吧?"

"不,"一个男人摇摇头说,"是黍米饭。"

寻寻:"什么是黍呀?"

"就是黄米,你们平时吃过的。"另一个男人回答。

根根:"干吗要在这里头捣它呢?"

"只有把黍米饭捣碎了才能做成又黏又香的饵(ěr)。"男人答道。饵就是用米粉做的食品,是当时的一种主食。用麦粉蒸制的食品叫饼,用小米粉、稻米粉、黍米粉蒸制的就叫饵。

这时,门外响起咳嗽声,接着一位老爷爷走进来。他的年纪一定很大了,因为他的头发和胡子都白了,连一根黑色的也找不到;他的辈分一定很高,比唐朝的老祖还要高,因为这时离今天2100多年,比老祖的时代还早800年。

"太公,"那两个男人放下木杵,上去搀住他,"这么大的雪,您来干什么?"

老人从木臼中抓起一把米饭,凑到眼前仔细看了半天,说:"明天就是冬至节了,祭祀先人要用黍,我不放心,过来瞧瞧。"

"您老就放心吧,我们一定把米捣得软软的,让先人吃了高兴。"男人说。

"嗯,"老人点点头,转过身,发现寻寻和根根站在面前。他眯起昏花的眼睛望了一会儿,说:"哦,是你们俩啊。到厨房来干什么?饿了吧?"

"不饿。"寻寻和根根说。

他伸出手,摸了摸寻寻的衣服,"穿上新袍子了?"

寻寻:"是呀。"

根根:"太公,怎么没有我的新衣服?"

太公:"有,都有。明天过节才换新衣呢。她一个姑娘家爱美,等不及了,就提前换上新装啦。"

大家笑了起来。根根放心了,他不是仆人身份,要不非受寻寻的气不可。"我也要皮的。"根根得寸进尺。

"是皮的。今年收成好,一人给你们做一件皮衣。"太公一边说一边往外走。根根上前搀住太公,"我送您回屋。"

出了厨房,太公又进了隔壁的房间。一推门,一股热气夹着浓烈的酒香迎面扑来。沿墙摆着许多陶缸。太公揭开一口缸的盖子,用手指蘸了些酒放进嘴里尝了尝,说:"味道不错。这是十月上辛日那天酿的黄米酒,专给先人准备的。走,再到羊圈看一看。"

羊一见到人,呼啦一下全跑过来,围住他们要吃的。"羊羊!"寻寻高兴地叫了一声,抱起一只小白羊。太公摸了摸小羊,又看了一会儿其他的羊,叫过羊倌,指着小羊说:"给它多喂些料,明天一早收拾好了送厨房,可别误了事。"

"马上就有好吃的了,高兴了吧?"寻寻抚摸着小羊,又问:"太公,干吗光给这只羊吃料呀?是因为它可爱吗?"

太公拍拍羊的头,说: "好羊啊……明天用它祭祖。"

"啊!"寻寻一松手,羊掉到地上,撒着欢跑了。

"干吗非拿它祭祖呀？"

"按规矩，冬至祭祖必须用黍子和羔羊。咱家的祖先爱喝酒，所以我又加上黍酒。你有眼力啊，我挨个看了遍羔羊，属你抱的这只好，最好的当然要献给先人。"太公说。

寻寻叹了口气，要早知道这样，她才不抱这只羊呢。

回到屋里，他们扶太公坐在铺了一张羊皮的席子上，然后跪坐在他身边。

根根心里有个疑团，按说只有过春节才穿新衣服，为什么冬至也穿新衣服呢？于是就问："太公，咱们还过春节吗？"

太公："过呀。春节是正月初一，是一年的岁首，是正日，哪能不过呢？以前是把十一月作为一年的开始。我朝武皇帝修订历法，把一年的起始改为一月也就是正月。自此，正月初一就成为新年伊始的标志，是一年中最重要的节日。"

根根："新年才穿新衣服，冬至又不是新年，干吗也穿新衣呢？"

"这个说起来话就长了。冬至和正月初一、五月初五、八月十五不一样，它是二十四节气中的一个节气，表示的是冬天的到来；而那些节日都不是节气。节是什么意思呢？"太公说着用手指在茶水中蘸了一下，在几案上写了个"节"字。

"你们看,节是竹字头,它本来指的是竹子分节的地方,用在生活中就有界限、分野的意思。古人把气候分为 24 个阶段,每两个阶段相交的那一天就是节,所以叫做二十四节气。冬至在十一月,它有一个特点,就是这一日的白天最短,夜晚最长。物极必反,以它为分界,从此往后白天开始变长,黑夜变短,'冬至日头升,一天长一针'。古人认为白天为阳,黑夜为阴。从阴阳消长来说,就是阳气渐盛,阴气渐衰。冬至是阴阳转化的关节。"

其实,这一天的白昼之所以最短,是因为太阳运行到了南回归线,离北回归线最远,而我国处在北回归线上。

"这和端阳节正好相反。"寻寻说。

"嗯,差不多,"太公点点头,"准确地说,应该是和夏至这个节令正相反。"

根根:"为什么阳气上升就换新衣服呢?"

太公:"因为这意味着新的一年的开始呀。"

寻寻:"您刚才讲过,新的一年的开始是正月初一,怎么现在又变成了十一月的冬至了呢?都把我们弄糊涂了。"

太公："正月初一作为新年伊始是按十二干支记日说的,以冬至为新年起点是按农事说的。你们知道'年'这个字怎么解释吗?"

"我知道,"根根抢先一步,"这个字的图形就是一个人把成熟的谷子背回家。"

太公："说得好。谷子从播种到收获是一个农事周期,这个时间是一年。到了冬至,阳盛而阴衰,人们进入新一轮农事周期,也就是新一年的开始,所以说'冬至大如年'。新年新人,当然要换新衣啦。"

哦,他们明白了,原来是拿冬至当年过呀,怪不得那么隆重呢。

由于太阳偏斜,照射角度最小,冬至这一天的日影最长,便于测定,而这之后的日影就渐渐变短。古人就把冬至作为历算的起点,以此来推算节气。

"那干吗要在这一天祭祖呢?"寻寻想起了那只可怜的小羊羔,要是不祭祖的话它就可以继续活下去。

太公没有回答,他费力地站起身,根根和寻寻赶紧扶住。太公走出屋子,带着他们来到一个土坡上。放眼望去,一幢幢的房子点缀在原野上,四周都是平坦的农田和成片的树木,还有猪圈牛棚什么的,不过现在都被厚厚的雪覆盖着,白茫茫一片。

太公抬手一划,"这些都是祖先开发出来的,前人栽树，后人乘凉。他们在世的时候省吃俭用，尽量多留给我们。正是靠着这些土地和牛马，我们才能够劳作收获；正是靠着这些房屋，我们才有安身之地；也正是因为有了这些财富，我们才能生儿育女，你们也才能来到人世；就是他们不在了，灵魂也仍然在关注着后代，庇护着子孙。天大恩，难报一，所以当新的一年到来的时候，我们首先想到的就是祖先。祭祖就是提醒大家牢记先人的恩德，像他们那样努力，并且祈求先人保佑新的一年风调雨顺，获得好收成。"

寻寻和根根被感动了，频频点头。

太公又说："不要说我们人要感激祖先，就是这块土地上的牲畜也是托他们的福才一代代生存下来。就像在这么寒冷的冬天，不靠着人，它们早就饿死了。所以，让小羊当祭品也是应该的。再说，先人又不真的把它带走，最后还不是填了你们的肚子。"

回到屋里，太公叫他们好好睡一觉，说晚上要守冬，也就是守夜。

守夜，太好啦。他俩想起了唐代除夕夜的驱傩。

可太公说冬至前夜的守冬不举行活动，也就是家人在一起聚一聚，目的是通过"守"的这种方式为老人祈寿。

"啊，我明白了。"根根猛地拍了下手，把寻寻吓了一跳，"春节守夜是为了给小孩添岁；冬至守夜是为了给老人延寿。"

太公:"有道理。一年四季,冬季是最严酷的,北风呼啸,天寒地冻,万物凋零,对人来说也是一场考验。在很早的时候,人们茹毛饮血,连像样的房子都没有,要平安度过冬天实在是不容易,其中最难的是老人。即使是现在,漫漫严冬对老人也是最大的威胁,他们体弱多病嘛。所以,人们自然要在冬天到来的时候为老人祈求平安。"

冬至节的许多活动都是围绕老人进行的。

晚上是家宴。寻寻早就等不及了,一头扎进厨房,先侦察一下有些什么好吃的,然后确定目标,以便宴会上集中歼灭。菜肴种类没有唐朝老祖家过春节时那么丰富,但特别实惠。锅里炖着整只鸡和大块猪肉,这是主菜,是给大家预备的。那时讲究冬至吃肉,叫冬至肉,据说吃了它可以把一年消耗的体力找补回来,平安度过冬天。寻寻对鸡肉和猪肉兴趣不大,她爱吃牛肉,可找了半天才发现一小盆叫作肉羹的牛肉汤,是专门给太公做的。一问才知道,因为牛担负着耕田和拉车的重任,朝廷有令,严禁宰杀,只有当国家有事,皇帝开恩,准许杀牛,百姓才能吃上牛肉,做肉羹的牛肉就是上次皇帝恩准时留下来的。

寻寻看中了两样菜,一样是烤猪排骨,那时叫炙(zhì)肉,就是用铁签子串上猪肋在火上烧烤,然后再洒上盐、姜、花椒什么的，金黄油亮，香气扑鼻。另一样是叫作脍（kuài）鱼的生鱼丝，脍就是把肉切成细丝。这道菜在老祖家吃过。

可惜，寻寻白费劲儿了，因为汉代实行分餐制，就是家宴也如此。因为那时候的家具没有后来的那么高，吃饭用的是矮脚方案，每人一张食案，饭菜摆在案上，吃饭时跪坐在案后。所以，大家的菜差不多，每人一份。根根的食案紧挨着寻寻，她吃完了那两样菜，斜眼一看，根根的盘中早就光了，比她还快。太公笑了笑，叫人把自己案上的炙肉和脍鱼分给他俩，说炙肉嚼不动，脍鱼又太凉。别人见了，纷纷把自己的那两样菜端到他们的案上。

他俩暴吃一通，结果还剩下一大半。主食是长寿面，跟今天的拉面差不多。别的菜可以不吃，但长寿面不能不吃，因为这是祝福老人的食品。没有法子，只好咬着牙把面吃了。好不容易吃下去，他俩撑得半天动不了窝。

饭后，家里的妇女拿出自己精心做的鞋和袜子献给太公。太公叫人把它们摆成一排，每双鞋袜前都放一块竹片，上面写着制作者的名字，然后让全家人评论，看看谁做得最好。寻寻和根根眼前一亮，这些鞋袜漂亮极了，完全可以当工艺品陈列。鞋面都是丝绸的，上面绣着各种图案和花纹。它们的样式特别丰富，光从鞋头来分，就有方头的、圆头的、翘起的，最稀奇的是有一双鞋的前面竟然像牛蹄子似的分成两半，形成两个鞋尖。袜子有两种，一种是丝绸的，另一种是皮的。后一种是冬天穿的。不管哪一种，上端都有丝带，穿的时候用来系在小腿上。好几双袜子上绣着字，都是"延年益寿宜子孙"一类的吉利话。

冬至献鞋袜叫"履长至"，古人把鞋叫履，长至是冬至的另一种称呼。这种习俗是通过献鞋袜向老人表达良好的祝愿。因为冬至是阴衰阳盛的转折点，而阳气则象征着生命力的兴旺。"履长至"意味着老人的步履长久地走在健康长寿的道路上。

根根悄悄碰了下寻寻，寻寻以为有什么秘密，把头凑过去。

根根小声说："人家女士都给太公送鞋袜，你还不送点什么表表心意？"

寻寻白了他一眼，"你少犯坏，我又没成年。"

根根："可你个子高呀，你瞧，献鞋袜的哪个不比你矮。"

寻寻："我又不会做鞋袜，就是会做也来不及了。我打听过了，她们早就动手了，最早的是过了八月十五开始的。"

根根："可以做别的呀。"

寻寻："做什么？"

根根："中国结！手工课上老师教过，你编的结不是还参加展出了吗？"

寻寻："你也学过，咱俩接力，一人编一段。"

根根："我又不是女士，干吗拉上我？"

寻寻："冬至祝老人长寿，你就不表心意啦？"

根根没话说了。本想将寻寻一军，不想把自己也绕了进去。

寻寻要了些红色的和黄色的丝线，把它们搓成细绳，开始编起来。编了一会儿，递给根根，"该你了。"根根接着编下去。寻寻打个哈欠，眼泪流了出来，她拼命控制着不闭眼，可眼皮儿就是不听话，一个劲地打架。

"该你了。"根根把结递过来。"你怎么就编了这么点儿呀？"寻寻打量着结问。"我笨呗。"根根说。寻寻打起精神往下编，手都麻木了，突然听到一阵呼噜声，抬头一看，根根竟然睡着了。她捅了捅根根，"嘿，醒醒！"

"干吗呀？"根根仍然闭着眼。

寻寻："该你了。再说了，今晚守夜，谁叫你睡觉的？"

"又不是守一整夜，过了今天就能睡，现在已经是明天了。"根根含含糊糊地说，可脑子还挺清醒。

叫不醒他，寻寻只好一个人编。鸡叫声悠悠响起，结终于编好了。寻寻头一歪,睡着了。

太公收到长寿结,高兴极了,把它挂在脖子上,到处炫耀。大家都说有后代献上的这么漂亮的吉祥物件,太公一定能长命百岁。

冬至这天的活动主要是祭祖和祭神。

全家人在太公的率领下按辈分长幼顺序排列走进坟地。望着眼前一个个坟头,寻寻背上不禁一阵阵发冷,紧走几步,尽量挨着前面的人。四周看看,谁也不说话,人人一脸肃穆,脚步很轻,似乎生怕惊动了祖先。她轻轻地捅了下身边的根根。根根一哆嗦,"干——干吗?""咱咱跑吧,我有——有点害怕。"寻寻低声说。"怕——怕什么?祖先只会保护咱们,不会害咱们。这——这时候跑太不恭敬了。"根根还叫别人别害怕,其实他自己连头都不敢抬。

大家走到一座用石头盖的矮屋前——就是那时的祠堂,献上黄米糕、羊和酒。然后跪下。前头传来太公的声音。

祭祖之前,太公喝了不少黍米酒,脸红扑扑的,本来就昏花的眼睛变得越发迷离,走起路来有些发飘,已经半醉了。据说这是为了更好地和祖先对话。由于酒精的作用,人的意识处于亢奋状态,少了平时的约束,思维可以任意驰骋,还能出现幻觉。就是在这种状况下,老人和祖先的灵魂接上了头。

太公的声音和平常不一样,像是唱歌。听了半天,太公好像说了两个意思,一个是向祖先报告,全家人齐心协力,守住了先人留下的基业;另一个是颂扬祖先神通广大,祈求他保佑后人,使家族不断兴旺发达。

祭完祖,大家又去参加迎神,祈求神在新的一年中带来风调雨顺。神不是哪一家的,而是公众的,所以由当地居民一起祭祀。那时,冬至祭的神主要是颛顼（zhuān xū）和神兽玄武。颛顼是三皇五帝中的五帝之一,管理北方,而冬季与北方相对应,所以颛顼又主管冬天。玄武是龟和蛇混合而成的形象,龟和蛇都与水有关,玄武也就有了水神的神性。玄武是"四灵"之一,其他三灵是青龙、白虎、朱雀,颜色是黑、青、白、红,分别对应北方、东方、西方和南方。之所以把玄武作为祭祀的主角之一,是因为按照金木水火土的五行阴阳学说,冬季和北方与水相配。祭祀的地点选在一口井边,北方属水,玄武又喜爱水,而井就是水源地。

寻寻和根根觉得,迎神仪式比驱傩差远了,迎神中人人都恭恭敬敬的,不像打鬼那么痛快。当然啦,祭神活动表明的是人的渺小,他对自己的命运无能为力,只能寄希望于别的力量;驱傩打鬼一定程度上显示的则是人的伟大,他有办法有能力铲除那些危害自己的东西。

冬至和春节一样,也实行拜年。与敬老的主题相一致,特别要拜贺尊长,包括长辈和老师,叫做"贺冬"、

"拜冬"。大家都去拜贺自己的老师了,寻寻和根根也想起了自己的老师。然而他们的老师不在这儿,要给老师贺冬就必须回去。

于是,他们给魔鞋下达了指令,回到了现代社会。

回来后,寻寻和根根好长时间都沉浸在古代过节的气氛中,那几个节日给他们的印象太深了。他们最大的体会是两点。一个是中国的传统节日和自然的关系特别密切,与气候的变化、太阳和月亮的运行息息相关;另一个是紧紧地和人结合在一起,比如,春节侧重于祝福孩童,冬至节则把更多的关怀留给了老人,端阳节躁动着争强好胜的阳刚之气,而中秋节则回荡着暖洋洋的柔情。如果用家庭角色来比喻,那么,春节好比是孙子,冬至节是爷爷,端阳节是爸爸,中秋节是妈妈。

第四章 在过去感受图腾

根根在学校门口遇到了寻寻,她正在吃一个小面包,一口就咬掉了一半。

根根咽了口吐沫,问:"昨天你去哪了?我给你打了好几个电话都没人接。"

寻寻:"找我有事?"

根根:"也没什么事……就是老师留的作文,我想了半天,也不知道怎么开头,想问问你是怎么写的。"

"这事呀。昨天我和我爸去飞机场接我妈去了。啊,对了……"寻寻把剩下的面包塞进嘴里,从书包里又拿出一个小面包递给根根,"这是飞机上发的午餐,挺好吃的。"

根根接过面包吃了起来,他饿了,真香。

寻寻:"你猜我在飞机场看见什么了?"

根根吞下面包,摇摇头,"猜不着。"

寻寻:"凤凰。"

根根:"真的?"

寻寻:"那当然啦,我骗你干吗?红色的,像只大鸟,头上还有个花冠子,就在我妈坐的那架飞机的尾巴上,特别清楚。"

根根:"你说的是图案呀,我还以为是真凤凰呢。"

寻寻:"当然是图案啦,谁见过真凤凰呀?有个外国叔叔,是我妈他们单位请来的专家,问那个图案是什么,我妈说了。他特别高兴,连说好美啊,非让带他去动物园看凤凰。我妈说动物园里没有,自然界中也没有。他不理解,说你们真特别,干吗用幻想出来的东西当标记啊?我妈问他,有想象力不好吗?还说,凤凰在自然界中有原型。外国叔叔问是什么?我妈一时也说不清楚,就说有好多,像孔雀什么的。你知道都有哪些原型吗?要是他再问起来,我妈好一样样地告诉他。"

根根皱着眉毛想了一会儿,说:"好像还有大老鹰。"

寻寻:"得了吧,龙的爪子才是老鹰的呢。"

根根:"你一说龙我想起来了,好像有本书上说过,凤凰和龙都是组合的形象。咱们是龙的传人,但龙是动物演变而来的,咱们怎么就成了动物的后代?还有,世界上根本就没有龙,咱们干吗要把一种没有的东西当成祖先?"

他们想了半天也不明白其中的道理。根根提议去问老师。

老师说,这个问题要从图腾说起。

"在遥远的古代,人的能力非常有限,作为个体的人来说,除了智力,他在许多方面都难以和动物相匹敌,譬如,他不如鹿跑得快,没有熊的力气大,不像鼠那样善于躲藏,没长着虎那样的尖牙利爪,不能像鸟一样在天空翱翔,不能像鱼那样在水中游泳。所以,他们特别羡慕动物,甚至到了崇拜的地步,希望自己也长着鹿那样的腿,或者熊那样的身体,虎那样的牙齿和爪子,鸟一样的翅膀。于是,他们就把自己想象成是某种动物的亲属或后代,也就是说他们之间有血缘关系。

"久而久之,他们便真的认为这种动物是自己的祖先和保护者。于是,这种动物就成了图腾。每个氏族根据具体情况都选择了自己的图腾。图腾(totem)一词是北美印第安阿尔衮琴部落奥吉布瓦族方言,不同地区有不同叫法。我国鄂温克人把它称作"嘎布尔"。当然,图腾不止是动物,还有植物和其他的东西,像树、竹、仙人掌、太阳、月亮、火、石头什么的,但最多见的是动物。

"我们在今天仍然可以看到这种现象的遗存。比如，法国的大公鸡、日本的太阳、罗马城的狼、柏林城的熊、印度的牛，等等。

"龙和凤就是华夏民族最具有普遍性的图腾，此外，虎和龟也比较有影响力。你们大概听说过"四灵"吧，就是四神兽，青龙、白虎、朱雀、玄武。朱雀可以归到凤里，玄武就是龟。"

根根说："我见过，玄武是龟和蛇的化身，是水神，主宰北方。"

老师惊讶地看了根根一眼，继续说。我们的图腾和前面说过的那些民族的图腾不同，他们的图腾物在自然界中都存在，最多加一下工，比如，把鹰变成双头的，但基本形象没变。我们的龙凤却没有固定在现实世界中的某一种物体上面，它们是组合而成的。龙凤虎龟作为图腾被大家接受有一个复杂的、漫长的过程，这个过程也就是他们的基本形象产生的过程。这里十分有说服力地体现了中华文化"和为贵"的主流意识以及兼容并蓄的博大胸怀。这个过程说起来话就长了，一节课也不够。这样吧，我还有课，等以后有了时间咱们再聊。

寻寻望着老师的背影嘟起了嘴，埋怨根根，"什么呀，瞧你找的这个时间，偏偏赶上老师上课前那么一会儿，人家正听到关键的地方呢。"

"我也不知道老师还有课。再说了，这有什么？要知道怎么回事,咱们去古代看看不就得了。"根根说,他还沉浸在刚才解释玄武的兴奋劲中,要不是他们亲自和古人一块儿过节,他能抢了老师的风头吗?

"好主意,"寻寻笑了,"都说咱们是龙的传人,就先去看看龙图腾是怎么来的。"根根当然同意。

于是,他们找出魔鞋,发布了命令。

一 龙

寻寻和根根站在一条大河边上,周围是黄土高坡和深沟,山后是蓝滢滢的天,几朵白云悠悠地飘着。这景色好像在哪儿见过,想起来了,是在战国时期的秦国,这么说他们是到了后来被称作关中的地区。四处静得让人有些发毛。

根根:"魔鞋,你把我们带到什么时代来了?"

魔鞋:"这可早了,还没有文字记载呢。比汉语字典上列出的中国历代纪元表上的五帝时期还要早,是三皇时期,也就是伏羲、女娲、神农(一说伏羲、神农、黄帝)的时代,距离今天至少有五千年。"

"啊!"寻寻大吃一惊,那时有的人是光着身子的,要是她也那样就露怯了。赶紧看自己,终于松了一口气。她披一条麻布做的短袍,虽然简陋,但毕竟遮住了身体。再看根根,可就没那么幸运了,他只穿了一条像大裤衩似的东西,上身光着,活像他们在庠里见到的那两个可怜的小奴隶。不过他不必担心,这时候还没出现奴隶;也用不着害臊,因为那时的男人都这样,要不是因为他个子高,像他这个年龄的男孩还光着屁股呢。

"哎——，快过来帮忙啊！"河边传来呼叫。他们看过去，一个女孩正拼命拉住一根绳子，绳子的另一头在水里，有什么东西正在使劲往下拽。"快来呀！我拉不住了。"女孩的脸朝这边转过来，显然是在叫他俩。

他们赶快跑过去，帮着女孩往上拉。露出一截渔网，又一用力，一条大鱼被拉了上来。好家伙，他们从来没见过这么大的活鱼。长度和他们的个子差不多，张着黑洞洞的嘴，鼓着眼睛一个劲地跳，尾巴一摆，把他俩扫了个跟头。女孩猛地扑上去，双手插进鱼鳃，整个身子死死地压在上面。过了半天，鱼终于不动了。女孩翻了个身，仰面躺在河滩上喘粗气。这时，他们看到她的额头正中文了一条弯曲的青蛇，蛇头是三角形的。这个形象就是最初的蛇字。

"呀，流血了！"寻寻惊叫一声。女孩的腿上、胳膊上尽是与大鱼搏斗时被鳞和鳍划伤的口子。她跟没听见似的，丝毫不在意，眯着眼睛望着蓝天。许久才慢慢坐起来，咧嘴笑了笑，说："我叫女娲，是蛇族的，我们的部落首领是伏羲，他是龙族。你们呢？"

寻寻和根根做了自我介绍。

伏羲又被后人称为太昊。

昊字上面是日，下面是天，表示的是一轮太阳高高挂在天空。天是万物中最大的，太阳是光明之源、生命之源，因此，以这个字为名的人一定是无上伟大的人。

那时候人的观察力特别强，女娲问："看样子，你们一定是从很远的北方来的吧？"

他俩点点头，寻寻问："您呢？从哪里来？"

女娲说："从很远的西边，那里有很多大山，其中有一座山像个大草垛。"她说的这座山就是今天甘肃省境内的麦积山。

根根好奇，他不明白她和族人干吗要走那么远的路来到这里。女娲说他们主要靠打猎和捕鱼为生，西边打不到什么东西了，就一路追着猎物来到这里。这儿暖和，猎物多，瞧，这条鱼多肥呀。鱼是咱们三个人捕到的，每人一份，我现在就把它切开。说着，女娲从腰上拔出一把玉石磨成的刀，插进鱼身。

寻寻和根根急忙说，别，别，我们只是帮了你一把，这条鱼是你的，千万别切开，切成块儿就不好拿了。

女娲说，按规矩这条鱼属于咱们三个人，这没什么好说的。不过你们说得对，切开就不好拿了。要不这样，咱们先把鱼抬到伏羲那里，我的那一份要送给他，因为渔网是他发明的。然后我再帮你们把鱼送到你们的部族。

伏羲坐在树下的一块石头上，手里拿着一根树枝，正对着地上画的图沉思。他三十多岁，中等偏高，皮肤黝黑，浑身上下筋肉累累，让人觉得只要他一拳打下去，地面也会被砸穿。女娲做了个手势，他们静静地站在一边。

寻寻发现，树干上拴着一头黑色的牛。伏羲身后立着一面白色的羊皮旗，上面画了一条黑色的蛇样的东西，但又和女娲额上画的不一样。它更粗壮一些，而且嘴大张着，露出长长的牙。最奇特的是它的头上顶着一个像是王冠样的东西。她猜这可能就是龙，因为女娲说了，伏羲属于龙族。

地上的图形引起了根根的注意，他蹲下身子凑近了看。那是几组直线，有的连着，有的从中间断开。这些图形看着眼熟，好像在哪儿见过。突然他脑子一亮，说出了声："八卦。"

伏羲迅速抬起头，看了眼根根和寻寻，说："好聪明的孩子。"又看了眼鱼，说："好肥的鱼。"然后对女娲笑了笑，问："渔网还好用吧？"

女娲说好用，要不也逮不住这么大的鱼。多亏了他们俩，要不鱼就跑了，说不定还把我拽下河呢。要是这样我就回不来了。

伏羲站起身，拍拍寻寻和根根的肩膀，"我打了一头鹿，送你们一人一条鹿腿，带回去给族人。"

根根说，我们没有族人。女娲同情地看着他俩，她想他们的族人一定遭了灾，留下了两个四处游荡的孤儿，就对伏羲说："让他俩跟我在一起吧。"

伏羲点点头，望着远处说："猎物不多了，我算了一卦，东南方向有利，我们要继续往前走。你们愿意离开这里吗？"

他们当然愿意，跟女娲在一起多好呀。

寻寻指着旗子问："这上面画的是龙吗？"

伏羲："是呀。其实它原本是大蟒，后来我们把这个图案叫作龙。"

寻寻："为什么选择蟒呢？"

伏羲："蟒多厉害呀，它一口能吞下整只兔子，身子灵活，能够钻进洞里，还特别有劲儿，可以缠死豹子；它本领大得很，能够在地上走，在水里游，在树上爬，下雨的时候还能借着水势飞上天，化作闪电，雨停了又变成彩虹落到地上。我们是大蟒的后代，当然要以它的图像为标志啦。"

寻寻："这么棒呀，怪不得头上戴着王冠呢。"

"不是王冠，是辛。"伏羲从腰后取出一把像是斧头的东西，"就是它。"

寻寻双手接过来，特别重。根根连忙扶住，用指头弹了弹，发出金属的声响。估计是青铜做的。那时青铜被人们称为金，这大概是最早的青铜工具和兵器了。

伏羲："大蟒本来就厉害，现在它的子孙又发明了辛，就更加厉害了。蟒的头上顶着辛，就成了龙。"

这个形象就是最初的龙字。它给后人传递的信息是，龙图腾自从诞生的那一刻起，就不单纯是对自然物的敬畏，而是对自然力量加上人的创造力的崇拜。

伏羲带着他的部族向东南进发了。队伍中有驯化了的牛和山羊，由专人照料。还有几辆小车，它的轮子是用木板拼装的，车厢的中间伸出一只辕，辕上有条横木，人在后面推着走，车上装着渔网和吃食。他们不像别的部族那样出门远行必须带上火种，而是随身背一张和弓一样的东西，它的弦是松弛的，可以缠绕在一头带尖的短木棒上，然后对着一块木头来回扯动，靠摩擦生热点燃引火物，这就是钻木取火。

他们一边走一边捕鱼打猎。由于他们人多，工具又先进，凡是到达的地方，没多久猎物就明显减少了，所以又得往前走。就这样，他们进入了中原大地。

女娲带着寻寻和根根来到河边，他们沿着河走了一段，找到了一处河湾。女娲说，就在这儿下网，肯定有鱼。根根说，要是能像上次那样网上大鱼就好了，那条鱼伏羲请女娲蛇族的人饱饱地吃了一顿。由于渔猎的收获极不稳定，这时的人们既少穿又缺吃。根根饿得连草籽都吃，寻寻倒不大在乎，正好借机减肥。但如果有鱼肉吃，她一定不会落后。

女娲走到水中，双手一扬，网撒了下去。寻寻和根根拉起渔网，什么也没有。女娲又撒下一网，拉起一看，空的。第三网一出水，带出几条鱼，白色的鳞片在阳光下闪闪发亮。"鱼！鱼！"他们笑着叫着把鱼从网中取出来。运气来了挡都挡不住，又撒了几网，网网有鱼。

女娲光顾着高兴了，没有注意到芦苇丛中有一双女人的眼睛偷偷地盯着他们。她的肩膀上文着一条金色的鲤鱼，喃喃地说："他们用蜘蛛网粘鱼？"突然她打了一个哆嗦，"蜘蛛！他们是蜘蛛变的，灾难来了。"

"咱们生火吧。"根根提议。

"生火干吗？"女娲问。

"烤鱼吃呀，就和烤肉一样，特香。"根根说。

女娲摇摇头，"不行，猎物必须拿回去大家一起吃。"

这时，女人悄无声息地离开了，像是一条鱼。

他们又撒了几网，根根坚持不住了，女娲只好收起渔网回去。

一群人偷偷地跟了上来，他们手中拿着标枪。

蛇族的营地设在山坡上。根根早就等不及了，分完了鱼，就蹲在地上拉动弓弦取火，折腾了半天，一个火星也没钻出来。钻木取火看上去简单，但要达到熟练程度还真不容易。寻寻抱着树枝回来了，说："还没生着火呀？我都捡了两趟柴啦，还有没有希望啊？"根根没理她，继续钻木头。寻寻往钻头上撒了一些干苔藓，等了一会儿，还是没有冒出烟。她失望地一屁股坐在地上，叹了口气，"要是女娲在就好了，用不了半分钟就能点着火……哎，对了，要不然咱们就生着吃吧，那道菜叫什么来着？在太公家和老祖家都吃过。"她想了一阵儿，"叫——脍，脍鱼！"

根根把弓一扔，抹了把头上的汗，让寻寻说的都没信心了。"女娲去哪儿啦？"他问。"说是去找人，往那边去了。"寻寻往女娲去的方向张望。她眼睛一亮，用手指着说："回来了。——女娲！快过来呀，我们都快饿死啦……"突然，她惊住了，女娲是被押解回来的，她身后有许多陌生人，一个个凶巴巴的。

"快跑！去叫伏羲！"女娲朝他们大喊。蛇族的人都在外面干活，营地中只剩下孩子和老人。根根拉起发呆的寻寻就跑。"嗖"的一声，一根标枪落在他们旁边。寻寻吓得魂都快没了，两条亮晶晶的鼻涕长长地飘着，顾不上擦，只觉得风在耳边呼呼地响，要是在学校也能跑这么快，早就拿全市第一名了。

龙族的营地在附近另一座山坡上。他们找到了伏羲。伏羲带着几个人很快就赶到了蛇族营地。那些人正等着他。一个健壮的青年男子问："你是族长？"

伏羲："是。你们为什么闯进我们的营地，还抓我的族人？"

"是你们闯进了我们的地盘，我们世世代代生活在这里。"青年人把标枪往地上一蹾。

伏羲："天下的土地属于天下人，谁都可以在这里生活。其实，我们并不想在这里一直住下去，只是路过。"

"不，这儿的土地是我们的。"青年人又蹾了下手中的标枪。

寻寻抹了把鼻涕，胆战心惊地看一眼标枪，刚才就是这东西差点要了她的命。根根觉得挺可笑的，显摆什么呀，不就一根木棍绑块磨尖了的石头吗？

一个看样子是头儿的中年人上前一步，"你们路过可以，但不能给我们带来灾难。"

"灾难？你是说我们制造了灾难？"伏羲不解地问。

"对，就是这个额头上画着蛇的女孩，"中年人指着女娲说，"她用蜘蛛网粘鱼。"

这时，那个在芦苇丛中偷看的女人一下跳到前面，指着寻寻和根根说:"还有这个流鼻涕的女孩和那个爱放屁的男孩,我亲眼看见的,他们把蜘蛛网放进河里。喏,这些鱼就是粘住的。"那时的人抽象思维不发达,说到别人时一定要加上他的特征。

伏羲:"用网捕鱼怎么就能带来灾难?"

"蜘蛛有毒,她的孩子——"中年人一指女人,"就是被花蜘蛛咬死的。蜘蛛网是蜘蛛用丝编的,丝是从蜘蛛嘴里吐出来的,当然也就有毒。现在你们把它放到河里,河水都染上了毒,鱼就会像她的孩子一样统统死掉。我们是鲤鱼族,靠吃其他的鱼和虾为生,水中没有了鱼虾,我们怎么活!"

伏羲明白了,拿起渔网说:"渔网确实像蜘蛛网,因为我就是受到了蛛网的启示才发明了渔网。请看,它不是用蛛丝织的,是用麻编的。麻没有毒,我们身上穿的衣服就是麻做的。"

见鱼族的人不信,女娲说:"我编给你们看。"她从小车上拿来几根麻秆,熟练地剥下麻纤维,在腿上搓成绳子,飞快地编起来,不大工夫一片网就出现在人们面前。然后,她把那片网递给中年男人。

他仔细地看了一会儿,脸上露出惊讶,把网片递给女人。她翻来覆去地看了半天,又拽又拉,还伸出舌头舔了舔。青年人拿过网片,抖了抖,说:"用网捕鱼一定比用标枪收获得更多,而且还伤不了鲤鱼。"按当时习俗，人们不能伤害自己的图腾物。鲤鱼族的人都是用标枪扎鱼，尽管小心翼翼，但由于鱼在水中，有时难免会伤及鲤鱼。

也许是最后一句话打动了中年人，他给女娲鞠了个躬，说："对不起，错怪了你。"然后又走到伏羲面前，诚恳地说："教我们编渔网吧，我给你多多的鱼干。"

伏羲想了想，为难地说："教你们可以，但鲤鱼族跟我们没有关系，按规矩是不能传授本部落技能的。"

"那我们就入族！"青年人说。中年人看看大家，他们举起了手中标枪，喊道："入族！入族！"中年人说："鲤鱼族加入你的部落，请接受我们吧。"

于是，伏羲部落增加了一个新的氏族。它愿意在鲤鱼之外把龙也作为自己的图腾。为了表示各氏族是一个整体，伏羲在龙的图案上添加了鲤鱼的某些特征，结果，龙的身上长出了鱼鳞片，嘴上还飘着两根肉胡须。

与鲤鱼氏族情况类似的还有虎、鹰、鹿、马等氏族，它们也都由于希望得到伏羲的帮助加入了龙的部落。于是龙的形象更丰富了，离蟒的原型也就更远了。它长出了虎的四条粗壮有力的短腿，挥舞着鹰的锋利坚硬的爪子，脖子上和背上飘扬着威武的马鬃，头上顶着一对美丽的鹿角。因为角和原来的辛不协调，就把辛的部分去掉了。就这样，伏羲一边行进一边扩大他的队伍，终于到达了淮河和古济水之间的地带，属于今天的江淮平原。这里四季分明,水源丰富,植物茂盛,土地肥沃,是理想的栖息地。伏羲决定不走了,就在这里安家落户。

然而,这只是伏羲单方面的愿望。当地的土著居民并不欢迎,谁也不愿意看到一个强大的部族突然出现在自己世代生活的土地上。当地最有势力的族群是牛氏族,他们来到了伏羲的驻地。

"这是我们的土地。"牛氏族首领说。

"是你们的,也是我们的。"伏羲说。

首领:"不,你们的土地在遥远的西方,而这里是东方,请你回到西方去吧。"

伏羲:"土地是上天赐给所有人的,人人都可以在这里生活,就像鸟儿可以在天上飞,鱼儿可以在水里游,野兽可以在地上跑一样。"

首领:"它们本来是我们的,但现在却被你夺走了。"

伏羲:"我们可以互相帮助,共同生活在这片土地上。"

首领不想再说下去,朝后一招手,人群"唰"地从中间分开,一个人出现了。他的个子比一般人足足高出一头,发达的筋肉好像要撑裂皮肤,有棱有角的头颅像是一块岩石,他手中拿着一根粗大的木棒,棒的一端绑着一张边沿锐利的大石斧。

他迈开大步"咚、咚"走来,这哪里是人,分明是一座移动的山!寻寻和根根觉得脚下的土地都在晃悠,惊叫一声,藏到伏羲背后。女娲虽然还站在原地,但脸色变了,问:"你——你要干吗?"

"比赛,谁赢了听谁的。"首领说。

"比什么?"女娲问。

首领走到旁边的一片树林前,指着其中的两棵树说:"砍树。"

这两棵树差不多粗,寻寻张开双臂勉强能抱住。

伏羲走过去,从腰后拔出青铜斧,对巨人说:"动手吧。"

巨人挑了一棵看上去稍微粗一点的树,抡起石斧砍下去。顿时木片四处飞扬。伏羲围着树绕了一圈,选好了部位,一斧接一斧地砍起来,木片纷纷落到地上。

没多久两个人抬着大石斧跑上前,巨人换了把斧头接着砍。树上的口子眼见着扩大,砍到一半时,巨人已经换了三把石斧,而伏羲用的还是那把斧头。

"咱们好像落后了。"根根担心地说。"伏羲有后劲儿。"寻寻倒是信心十足。哟,干吗掐我呀,一阵疼痛从胳膊传来,寻寻侧眼一看,女娲的手正紧紧地握在上面,眼睛瞪得大大的。突然,女娲一跺脚,大声叫道:"伏羲!伏羲!"人们愣了一下,随即跟着她喊起来,声震云霄。

还真让寻寻说着了,巨人越砍越慢,而伏羲还是原来的速度。又过了一会儿,巨人的胳膊软了,而伏羲的手臂还是那样有力。再过了一会儿,巨人的斧头砍出去歪歪斜斜的,而伏羲的斧头仍然准确地砍在茬口上。终于,伏羲那棵树"轰"地倒下了。巨人丢下石斧,一肩膀朝树撞去。大树晃了晃,"咔嚓"一声折断了。巨人垂下头朝外走去。

伏羲喊道:"你没输,你的那棵树粗一些。"巨人的脚步似乎慢了一下,然后便踉跄地去了。

首领说:"你赢了,我们走。"

伏羲摇摇头,"不,我们都留下来。"

首领:"这样大家都会饿死的。"

伏羲:"这是两回事。要是还靠捕鱼打猎生活的话,走还是不走,早晚都要饿死。"

首领:"那怎么办?"

伏羲说:"只有一个办法,改变我们的生活。"然后他吩咐道:"把牛羊赶过来!"

一群牛和一群羊走了过来,牛氏族的人惊讶地瞪大了眼睛。有人看见了那头黑牛,"扑通"跪了下去。牛是他们的图腾,他们特别崇拜黑色的牛。

首领:"它们听你的?"

"也听你的。我教你们养羊喂牛,牛用来祭祀,羊用来吃肉。这样,大家就都能活下去。"伏羲说着,又拿出一根狗尾草,"它的籽可以吃,我们可以把它种到地里,能收获更多的籽粒。"别小看这颗草,后来人们赖以生存的谷子也就是古人说的粟子,就是从它发展演变来的。

首领:"连牛都听你的,我们也听你的。请允许我们加入你的部落吧。"

于是,龙的图案又一次改变了,蟒头变成了牛头,原来的秃尾巴加上了一团毛,那是牛的尾巴。自此,龙的形象大体确定下来。当然,后代也有加工,直到我们今天看到的各种艺术形象。史书上说伏羲是蛇身人面,牛首虎鼻,说女娲是蛇身龙形,其实指的并不是他们自己,而是他们的图腾。伏羲死后,女娲接任了部落首领,同时继承了龙图腾,但把黑色改成了青色,因为她的氏族图腾是条青蛇。历史由此进入到女娲时代。

伏羲在江淮平原站住脚后,安排蛇氏族到西边的汝水一带去发展。女娲让寻寻和根根考虑,是和她一起走还是留在伏羲这里。他们想了半天,谁也舍不得,最后决定既不走也不留,而是去看看凤是怎样产生的。

他们对魔鞋下达了指令。

二　凤

一阵风吹来，寻寻和根根觉得身上凉飕飕的。

风潮乎乎的，带着股腥气。天刚刚亮，蛋青色的天穹只留下浅浅的半轮月影和几颗淡淡的星星。下面是一望无际的大海，灰色的水面静静的，没有涌起的波涛，也看不到掠过的海鸟。

"咱们到了海边啦。"根根缩着脖子说。他虽然不再光着上身了，像寻寻一样穿了件麻布做的袍子，但还是抵挡不住清晨的海风。

这里是今天黄海边上的连云港一带。

"太——太冷了，怎么把咱们弄——弄到海边来了，魔鞋也真是的，也不多给几——几件衣服。"寻寻抱着肩膀说，嘴唇直哆嗦。

"这就不错了。你忘了？在伏羲那儿我连这点衣服都没有。古时候东西少，有一件长袍穿就不容易了。"根根来回倒着脚说，活动一下可以暖和些。

"生堆火吧，我快受……啊嚏！受不了啦。"寻寻央求道。

根根浑身上下摸了摸，"没带——带火柴。"他也开始打寒战。

"你不是会钻木取火——火吗?"寻寻提醒道。

"行。我去找木头,你去捡点儿干苔藓。"根根分派任务。

寻寻朝四周看了看,"哪有苔藓?"

根根伸手一指,"海边岩石上。"

寻寻哆里哆嗦地朝海边跑去。

不大一会儿,突然传来寻寻一声尖叫,"妈呀,有鬼!"

根根正好拾到一根粗树枝,举着就冲了过去。"哪儿?在哪儿?"周围静静的,不光看不到鬼,寻寻也不见了。根根心头一紧,头皮直发麻,"寻——寻寻!"压着嗓子叫了一声,还是没有回音。这时,也不知是哪儿发出"哧"的一声,没错,是寻寻抽鼻涕的声音。根根的眼睛仔细扫了一圈,发现一丛灌木后有团黑影,便双手举着树枝轻轻地走过去。黑影动了一下,又是"哧"的一声。这回根根看清了,是寻寻。"你藏在这儿干吗?"

"小声点。有鬼。"寻寻在灌木丛后缩成一团。

"在哪儿?"根根四处瞧瞧,不由得也躲到灌木后。

"那儿。"寻寻朝峭壁上一指。

那里一动不动地立着一个人,脸朝向东方的大海。他的相貌和表情都很特别,又大又圆的眼睛半睁半闭,似乎正在从睡梦中醒来;鼻梁高高隆起,像是鸟喙(huì);也许是因为鼻子太明显的缘故,嘴显得很小,似乎躲到了鼻子后面。现在,他的嘴唇正慢慢蠕动着,好像在和谁说话。他披散着一头长发,瘦骨嶙峋的身上套了件染得红红绿绿的长袍,袖子特别宽大,几乎垂到地面。他就这样平伸着双臂站着,一阵风袭来,头发扬起,衣袖飘飘。从侧面看去,像是一只大鸟。

"说他是鸟还差不多,绝对不是鬼。"根根肯定地说。

寻寻渐渐平静了,"他站在那儿干吗?练功呢吧?"

这时,传来几下"咚——咚"声,迟缓而沉闷。"鼓声。"寻寻说,她学过打鼓,一下就听出来了。为了能看清楚点儿,他们站起身,爬上一块岩石。

海天相接处慢慢泛出红晕,那人的眼睛睁开了,嘴唇动得快了些,鼓点也密了。海面现出长长的一抹橘红,那人的眼睛睁大了,嘴唇动得快了,鼓点也紧了起来。一点鲜红露出水面,海水变成了粉色,那人瞪大了眼睛,嘴唇动得更快了,鼓声急促。一轮红日跃起,海面顿时像燃烧起来一样,阳光瞬间照亮了峭壁,把人和岩石都变成了金色。那人说了几句便停住了,陶醉地望着太阳,脸上充满热情,鼓声也不再响起。世界又恢复了平静。

那人走下峭壁。寻寻好奇地问:"您在干吗?"

"和太阳对话。"那人说。

"您跟它说的是什么?"寻寻又问。

那人说:"最初我叫它起床,在它耳边轻轻地说,天亮啦,该起了,万物等着你呢。

"叫醒它后,我开始赞美它——因为太阳也和小孩子一样,爱听表扬——谁也没有你漂亮,最明亮的星星比不上你,就连雨后的月亮也不如你。你给世界带来了光明,给大地送去了温暖,给万物注入了生命,没有你就没有一切。

"然后趁它高兴,我就给它提点意见,指出他昨天的不足。我会这样说:你可能是累了,谁都知道,在天上运行一周不容易,所以你提前回家休息了。可是大家还没晒够阳光呢,他们会感到寒冷的,就像那两个孩子,冷得直流鼻涕。

"接着,它要出门了,我就叮嘱它,一定要小心运行,别一会儿快一会儿慢,由着性子来,要是困了倦了,就躲到云彩后头打个盹。记住,大家离不开你呀。"

寻寻和根根笑了,他说得对,太阳一出来,他们就不冷了。

根根:"您是谁?太阳能听到你说话吗?"

"人们叫我少昊,认为我是太阳的父亲。我知道我不是,我只是夷人部落的首领,而太阳曾是组成这个部落的那些氏族的图腾,于是首领就成了太阳的父亲。虽然我不真的是太阳的父亲,但我的话它能懂,它想什么我也知道。因为自从我打记事起,每天这个时候都来这里跟它对话,它也确实照着去做了。比如,我让它晚点收工,果然它落山的时间就推迟了一些。当然,也有不听话的时候,小孩子都任性嘛。"那人说。

哦,愿来是少昊。昊字的另一种写法就是人摆成大字形姿势站着,头是太阳形状。

少昊叫挚,后来有人把他列为五帝之首,也有人说他是五帝之一帝喾(kù)的儿子,按后一种说法他也还是帝。他的时代距离今天大约五千年,离伏羲开辟的三皇时期过去了好几百年。

和太阳对话,多神奇呀,听着就诱人。寻寻和根根也想加入进来,就缠着少昊带他俩一块玩儿。见少昊犹豫,寻寻说:"我们会打鼓,可以当鼓手。"这话一半是真,一半是假。寻寻参加过学校军乐队,老师看她身体壮实,就安排她专攻打鼓。有一次她太卖力气了,一槌下去,鼓面破了个窟窿,结果她就下了岗。根根见过寻寻打鼓,也许出于好奇,大概趁寻寻上厕所的工夫偷偷敲过几下,说他会打鼓那是夸张。

少昊终于同意了,带他们回了家。少昊住的地方是一座四方形的城,被两人多高的厚土墙围着,里面有许多用土和木头盖起来的房子,用墙隔开的那组最高最大的建筑当然是少昊的。院子里的广场上立着一面丝绸制作的旗帜，上面绣了一只昂首挺胸撅着长尾巴的花公鸡。

寻寻和根根左看右看，总觉得哪儿不对劲。看了半天，终于发现了，冠子！它竟然与伏羲的龙图腾头上顶的那个东西一样。

根根："这是您的图腾？"

少昊："是。"

"这么说你们是公鸡的后代啦。"寻寻说。她想，怪不得觉得站在峭壁上的少昊像大鸟呢，其实是像公鸡。

少昊："它原本是公鸡，现在我们称它为凤。因为它头上的冠子换成了……"

"辛！"根根抢着说。

少昊拍拍根根的肩膀，"说得对。"

这个图案就是最早的凤字。

被根根抢了先，寻寻有点不高兴，显摆什么呀？还不是从伏羲那儿听来的，现学现卖。突然，她脑子一亮，说："我知道你们为什么崇拜公鸡了，也知道您干吗和太阳对话了，因为太阳是公鸡叫出来的！"

少昊拍拍寻寻的肩膀，"说得好！我们是以农业为生的部落，太阳对我们来说太重要了。随着鸡的鸣唱，太阳升起，用光明和温暖唤醒禾苗。太阳自己没有翅膀，它要坐在鸟的背上才能跃上天空，因为只有鸟才能飞翔。正是靠着鸟，太阳在空中巡游而过，普照大地。而鸡就属于鸟，鸡是太阳鸟，是丰收鸟，它有这么大的本领，我们怎能不崇拜它呢？"

哦，明白了，原来公鸡和凤之所以成为图腾的原因是在这里。渔猎族群因为捕捉而崇拜蟒蛇和龙，农耕族群因为收获而崇拜公鸡和凤。

后来，由于龙被赋予了降水的本领，也被农耕族群日益接受。

少昊接着说："鸡不光本事大，它还具有高尚的德行。第一，它守信用。雄鸡每天准时报晓，不管刮风下雨，从不耽误，所以人们相信它。

"第二，它有仁爱之心。一旦发现吃食，不是独吞，而是发出咕咕之声，呼朋唤友，大家一起享用。

"第三，它注重仪表。雄鸡头上顶着高高的红冠，身披五彩衣，羽毛永远是那样的整齐光鲜，步态永远是那样的庄重自信，对自己的仪态从不马虎。这不光是对自己敬重，也是对别人敬重。

"第四，它有责任心。雄鸡长着坚硬的喙和有力量的脚，还有锋利的爪子。这不是为了装扮自己，而是为了履行保卫鸡群的职责，如果敌人因为它有这些利器而不敢进犯最好，如果一定要铤而走险，它就挺身而出。

母鸡每年都要孵蛋，不管天气多热，也不管外面有多少好吃的，公鸡都不会离开，这就是责任。

"第五，它勇敢向前。面对来犯之敌，公鸡奋勇拼杀，用喙啄，用脚踹，用爪挠，不惜力，不惜命，从不退缩，一直拼到最后，就是被打倒在地也要用眼睛狠狠地瞪着对方。母鸡也一样，每当老鹰从天而降时，她一定张开双翅把小鸡紧紧护在下面，拼死抗争。尽管它的喙又短又钝，远不如鹰的锋利，它的力气也很小，但面对强敌一点儿都不胆怯。

"鸡是有德之鸟，我们怎能不崇拜它呢？"

"嚯，还有这么多讲究呢，这么说鸡都可以成为人的榜样了。"

少昊说："那当然。"最后总结道："凤是从鸡演化而来的，所以凤是太阳鸟、吉祥鸟、道德鸟。"

寻寻和根根当了鼓手，特别兴奋。他们也换上袖口宽大的袍子，走起路来把双臂架在胸前，昂首阔步，大袖飘飘，活像公鸡。他们还用稠米汤把头发粘成鸡冠子形状，这么一来，更像公鸡了。为了和太阳对话，就得这么打扮。少昊看着他俩的怪模样，笑了。根根问什么时候教他们和太阳对话？少昊说先打好鼓。但要真的和太阳对话，也不容易，首先要过的就是起床关，因为必须要赶在日出之前登上峭壁。尽管他们困得睁不开眼，还是强打着精神起来了。

这回寻寻不会再把鼓打破了,因为鼓面是用牛皮绷的,特别结实,发出的声音雄浑有力,与太阳初升的情景非常协调。根根不会打鼓,开始只是照寻寻的样子拿起鼓槌敲两下,反正是好几个人一块敲,他少敲几下不碍事,后来慢慢地也就能跟上大家了。

太阳升起后,大家走下峭壁。根根追上少昊,说:"我们已经打完鼓了,教我们和太阳对话吧。"少昊摇摇头,"你们得用心体验,和太阳建立感情,这样才能和它交流。"根根问:"要多长时间才能和太阳建立感情呢?"少昊说:"也许三年,也许五年,也许十年,也许一辈子。关键是看你用不用心了。""啊,要这么长的时间呀!"根根和寻寻心里不相信,以为少昊在考验他们。好多故事都是这么讲的,要学会高超的本领,一定要接受各种各样的考验,首先就是耐心。

回到住处,一个老人迎上来,他是少昊的助手。老人说:"鹿氏族的首领来了,就在议事厅里等候。"少昊点点头,略一思索,就进了大厅。

鹿氏族在少昊凤部落的西边,是一个以放牧为生的部族。那里的土地广阔而平坦,有几条河缓缓流过,是理想的农耕地域。但他们就是不愿意种地,过着逐水草而居的游牧生活,有时竟然把牛羊放到了凤部落的土地上。

鹿氏族的首领是个中年壮汉,他招呼道:"您好,少昊。去看您的儿子了吗?它还好吗?"他说的儿子就是太阳。

少昊:"谢谢您的问候。太阳很好,按时起来了。您还好吧,牛羊怎么样?"

首领:"我还好,"迟疑了一下,"牛羊也还行。"

少昊:"那就好。你来看我,我很高兴。我早就想去看你,可是你居无定所,不知道你在什么地方。我们是邻居,应该多走动、多交流,互相帮助。"

首领拍了下大腿,吓了寻寻一跳。"说得好!我今天来就是这个意思。哦,是这样,我们的牛羊吃不了,想跟你们换些粮食。人不能总是吃肉呀,也要换换口味,您说是不是?"

少昊微微一笑:"是。怎么个换法?"

首领:"还按原来的惯例,一份肉对五份谷子。"

这时,少昊的助手用力咳嗽一声,悄悄摆了下手。

少昊摇摇头,"这不合理。"

首领一愣,试探着说:"一份肉对四份半谷子怎么样?"

助手又摆了摆手。

少昊还是摇头,"这样你就更吃亏啦。一对五已经不合理了,一对四份半就更没道理,谷子哪有这么贵?往常都是你们吃亏,今年不能再这样下去了,一份肉我给你六份谷子,你看行不行?"

助手以为少昊搞错了,连忙小声对根根说了一句话。

根根马上走到少昊身边，伏在他耳旁把话传过去。

少昊做出惊讶的样子，"是吗？啊，谷子还要贱。这样吧，一对六份半，一口价，就这么定了。"

首领有点懵了，张嘴想说什么。少昊制止了他，"我比你年纪大，就让我一回吧，你也别还价了。这六份半里有一份是种粮，现在还不误农时，你把它种上，秋天就能吃上自己的粮食啦。"

这哪里是做生意？分明是在散财！助手绝望地闭上了眼睛。

送走了鹿氏族的首领，助手埋怨道："我一个劲儿地提醒您，您怎么就是不理呀？"

少昊："你是怎么想的？"

助手："是他们上门来求咱们，看得出来，鹿族现在特别需要粮食。这正是做生意的最好时候，咱们应该提高粮食价格，四份粮换一份肉他们也会接受的。"

少昊："去年冬天一连下了好几场雪，大雪覆盖了草场，牛羊没吃的，饿死了不少。今年偏偏又赶上春寒，羊羔冻死了很多，加上草发芽晚，牛羊的损失很大。鹿族的日子不好过呀，没有大量食物他们是熬不过春荒的。粮比肉便宜，用肉换粮是他们唯一的选择。但是，他们手里没有多少肉，你把粮价提那么高，他们受得了吗？"

助手："我们只管做生意，水涨船高，有人需要粮食，粮价就升高了，又不是我们强加给他们的。鹿族的牛羊是不多了，可他们还有土地呀。咱们的人口越来越多，需要大量的土地。您不是一直劝说鹿族拿出一部分地来耕种吗？现在机会来了，我们用粮食换他们的土地！"

少昊："这是乘人之危！是我少昊最不齿的行为！别忘了，我们是凤族，凤是仁义之鸟，我们的所作所为要符合道义。别人有难，我们应该尽自己的能力帮一把，哪能借机大捞不义之财？这和抢掠有多大区别？退一步说，就算是鹿族把地换给了你，他心里能服吗？他们会永远记着这件事，不一定是土地，而是耻辱！耻辱会变成仇恨，早晚是要找回来的。我宁可蒙受损失结交朋友，也不愿为了利益制造仇人。"

助手退了下去。寻寻和根根虽然弄不懂其中深奥的政治道理，但能体会到少昊光明正大的气派和悲天悯人的情怀，自然站在少昊这一边。寻寻问："这是您跟太阳对话培养出来的吧？"少昊说："是的，太阳把光和热给予了万物。"

过了没多久，鹿族的首领又来了，他的粮食吃完了。少昊打量着他带来的瘦弱的牛羊，说："把他们赶回去吧。"

首领惊讶地问："怎么？您不换了？"

少昊："上次换的牛羊还没吃完呢，它们被养在圈里，有足够的草料，正上膘呢。"

首领不好意思地说："这回的牛羊是瘦了点，可是……"他不知道说什么好。

少昊拉着他的手,"走,我带你去看看。"

在羊圈外,首领看到羊果然恢复了体力,一个个精神十足,不像他带来的那样蔫头耷脑的。首领叹了口气,羡慕地说:"还是你这里好啊。"

少昊:"这就是农耕的好处。种庄稼不光可以收获粮食,秸秆还可以喂牛羊。哦,对了,我给你的种子播到地里了吗?"

首领:"没有。都进了人的肚子,大家缺吃的呀。再说,我们没种过地,谁也不知道怎么播种。还有,人们已经习惯了自由自在的放牧生活,不愿意种地。"

少昊:"放牧养活不了多少人,抗灾能力也不强,这个道理大家慢慢会明白的。这样吧,我再给你些种子,再派些种地高手跟你一块回去,教你的人种庄稼。"

首领:"好,太好了……可是,您还是把我这回带来的牛羊收下,换给我一些粮食,要不我们连种地的力气都没有啦。"

少昊:"我收下牛羊,你们拿什么去放牧?放心,你们必需的口粮我借给你。"

首领一下拉住少昊的手,嘴唇哆嗦了半天,最后憋出了一句:"大恩不言谢。"

少昊:"我帮了你是不假,可我也没吃亏。冬天的大雪对你们是灾,对我们却是福,今年一定是丰年。该腾清仓库了，要不打下的粮食往哪儿放？库里的粮你运走，帮我清了仓，而你拿走的是陈粮，还回来的却是新粮。我该感谢你才是。"

首领："您——您对我们比对自己族人还好，我们加入您的凤部落！鹿族的人和土地都是您的。"

就这样，凤部落开始了扩张。凤图案的后半部分换成了鹿，变成鸟和兽的综合体。随后，蛇、鱼、鹳、燕、猫头鹰、鹤、鹰等氏族也加入进来，凤图案也就一变再变，终于成了大体上我们今天看到的样子。对于这个图案，后世古人总结说，凤的前面像鸿雁，后面像麒麟（鹿），脖子像蛇，尾巴像鱼，脑门儿像鹳，腮帮子像鸳鸯，下巴像燕子，嘴像鸡，眼睛像人，耳朵像猫头鹰，脚像鹤，爪子像鹰。凤图案变化太大了，就剩下鸣叫和进食的嘴是原装的，其余的全都换了。后来作为"四灵"之一的朱雀也是凤的一个变种。

少昊前往那些加入凤部落的氏族指导农业，让寻寻和根根留下来学习与太阳对话。他们的新鲜劲儿早就过去了，打鼓也不如刚开始时那么卖力气。

一天，太阳升起来后，根根说其实哪里都能看到太阳，不一定非得在黄海边上的这座峭壁上。寻寻说那当然。根根说咱换个地方吧。寻寻说行啊。他们决定去寻找虎图腾的感觉。

于是，他们对魔鞋发出了指令。

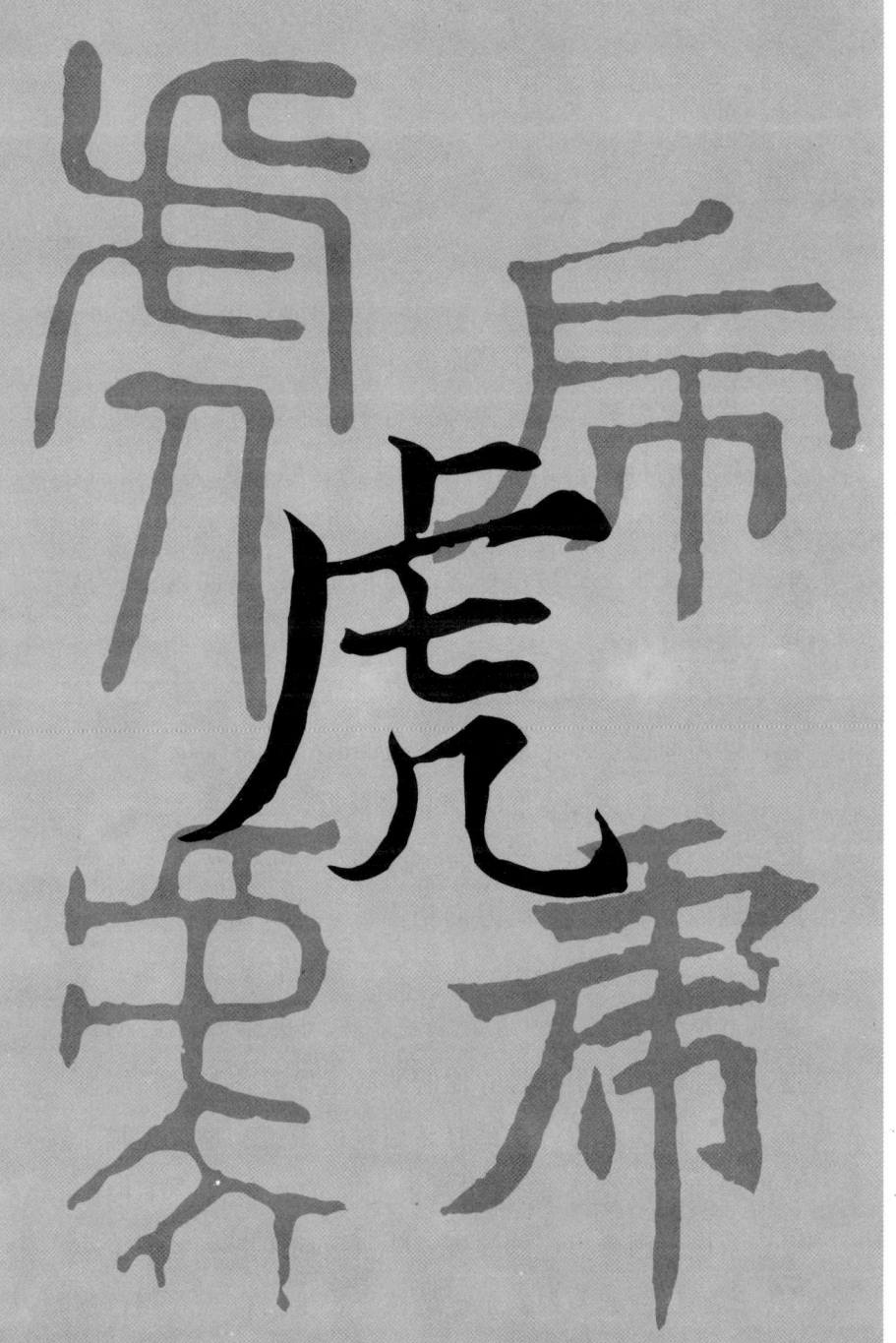

三　虎

寻寻和根根来到了草原。

草绿得发黑，一直伸展到看不见的远方。尽头处是连绵起伏的群山，山是淡淡的紫色，峰顶覆盖着白雪，静静地浮在天边。天空蓝幽幽的，几朵棉絮般的白云在半空中迅速扩大，被拉扯成旗帜的形状。这叫旗云，是高原所特有的。

他们没换衣服，还是一身麻布做的袍子，谈不上好看，遮体而已。看来现在和少昊的时代差不多。

一阵"咚、咚"的声音由远及近，迟缓而凝重。鼓声！他们听出来了。怎么，难道这里也有人和太阳对话？他们朝鼓声传来的方向望去，一队人出现了。他们光着身子，只在腰间围一块涂着黑条条的黄色麻布，全身上下横着画满了一道道黑纹，中间夹杂着黑色的圆点，就连脚丫也不放过。他们的脸上涂着白粉，沿眼眶画了重重的黑圈，好像戴着一副宽边眼镜，嘴角还描了几根胡须。每个人都举着两根细长的木棍，一手握一根，木棍上画着黑色的纹斑。队伍后面跟着一辆单辕小车，车厢中立起一根剥了皮的树干，上面也画着黑色横线和斑点。

"驱傩!"寻寻和根根不约而同地叫出来,他们想起了唐朝老祖家除夕夜的仪式,那一次玩得最痛快了。他俩想都没想,一头扎进队伍。立即有人把白颜料抹在他们脸上,又画上黑眼眶和胡须。仿佛中了魔似的,他们一上装,立即进入狂热状态,忘了自己是谁,跟着大家一起跳跃起来,嘴里还发出阵阵吼声。

一行人边走边跳,来到了一座圆鼓鼓的石头山前。山的周围是碧绿的草滩,草滩两侧是雄伟的青山雪峰。这座山虽然不高,形势也不险要,但由于平地拔起,反而更让人感到有一股不可抗拒的强大力量劈头压来。

石山正中有一扇石门,人们列队站好,鼓手上前站在门两侧,一声紧过一声地敲起鼓来。石门慢慢地开了,一个人轻盈地走出来。鼓声更响了,人们也跟着大声吼叫。这个人的脸也涂成了白色,黑色条纹以鼻子为中心向四面辐射;乌黑的长发倾泻而下,头顶花冠,上面插满了各种颜色的野花;秀丽的脖子上围着一串古怪的饰物——穿在一起的一颗颗牙齿,这些牙又长又尖,一看就是从猛兽嘴里拔下的犬齿;圆润的肩膀上文着一个线条奇特的图案,手臂上箍着绿玉环,手腕上戴着白玉镯。这个人不像大家那样光着身子,而是穿一件白色的虎皮背心,最怪异的是背心的后面竟拖着长长的一条尾巴,但又不像是虎尾,而是带斑点的大尾巴。

在人们的欢呼下，这个人走进队伍，然后和大家一起跳跃着进入营地。一声尖利的呼哨响起，人们立即散开，纷纷闯进一座座兽皮帐篷。他们四处搜索，什么也不拿，只要切好了的肉。其实肉早就准备好了，就摆在进门的地方，但还是要假意寻找一番。他们像野兽一样用嘴叼起肉，然后迅速跑回穿虎皮背心的人那里，做出一副摇头摆尾的邀功状，把肉放在脚下。寻寻和根根也学着众人样子，叼了几块肉献上。

不大一会儿，肉堆了不少。寻寻和根根跳了半天，觉得肚子饿了。寻寻说："肉真新鲜，烤着吃一定特香。"根根咽了口口水，"再放点孜然辣椒面什么的。"那人眨眨又黑又大的眼睛，笑吟吟地看着他们。根根建议："这么多的肉您一定拿不了，我们帮您拿吧。"那人浅浅地点点头。寻寻和根根马上跑到帐篷里，找了两条口袋，装好肉，跟着那个人回到石山。

那人就住在石门后的石屋里，等洗去脸上的油彩，原来是一位非常美丽的年轻女子。寻寻摸着她的头发羡慕地说："你真漂亮，我猜出你是女的了，可没想到是一位大姐姐。"根根可没那么啰嗦，他坐在火塘旁烤上了肉，但不时好奇地瞥一眼，后来终于憋不住了，问："大家干吗把肉都给你呀？"

"因为我是首领啊。"女人坐到火塘边。

"首领？"根根怀疑地打量着她。他见过的部落首领都是中年男子，比如伏羲和少昊，哪有青年女子当首领的？

她笑了笑，露出两个酒窝，说："我们是羌人的一个部落，由女人当家，首领都是女的。我母亲去世早，大家拥戴我做首领，我就当了，就这么简单。大家都叫我西王母。"

"王母？你那么年轻就当母亲啦？"寻寻惊讶地说，她四下瞧瞧，似乎在找婴儿。

西王母咔咔地笑起来，"这只是一个称呼，和有没有孩子是两码事。——肉烤好了，快吃吧。"

根根吞下一块肉，问："这里是哪儿呀？"

西王母："昆仑之丘。这里的山叫昆仑山，丘就是四面高中间低，这一带周围环绕着高山，中间是平地，所以叫昆仑之丘。"

原来他们来到了西部高原，就是后来被叫做青海的地方，怪不得天上飘着旗帜形状的白云呢。

这时距离今天有五千年左右。

寻寻歪着头审视西王母肩上的图案。它太抽象了，琢磨了半天，她也没认出来，就问："这是什么呀？"

西王母："虎。"

经她一提示，寻寻看出来了，图案的前面是虎头，张开的大嘴朝天怒吼，好像要把天吃掉；中间是带条纹的身子，四条粗壮有力的腿牢牢地蹬在地上；后面一条钢鞭似的尾巴横扫过来。

这个图案就是最初的"虎"字。

"哦,明白了,虎是你们部落的图腾!"寻寻说。他们豁然开朗,闹了半天,那些人身上、脸上、脚上画的是虎的花纹,跳来跳去是模仿虎走路,用嘴叼肉是效法虎捕食,手中举的木棍和车上拉的木柱是虎的图腾柱,而西王母脖子上挂的则是虎的牙齿。

可是还有一点疑问,就是那些人的身上不光画着横的条纹,还有圆的斑点;西王母衣服后面拖着的尾巴也有金钱状的花纹。

西王母说那是豹子的特征。老虎和豹子本来就是一家。那个时候的人常常把人和图腾动物混为一谈,她说的一家,其实是以虎为图腾的氏族和以豹为图腾的氏族结成同盟,其中虎族是主体,就像伏羲的龙族和女娲的蛇族一样。为了体现这种同盟关系,西王母就在虎皮衣服上装了根豹尾巴。所以,他们的图腾形象与龙、凤一样,也是组合图案。

根根问:"你们干吗崇拜虎呀?"他有点奇怪,伏羲和女娲的老家也是西部的,可他们却把蟒和蛇当作自己的祖先。

西王母："高原上什么最厉害？虎！它力大无穷，能把黑熊扑倒；它的牙和爪子比刀斧还锋利，能够咬穿和撕裂牦牛皮；它跑起来像风一样快，可以追上雄鹿。它是百兽之王。我们就是虎的后代，这么伟大的祖先，我们当然要崇拜啦。"

根根："我知道你为什么叫这个名字了，你住在西方，是百兽之王的后代，又是女的，所以叫西王母。"

姑娘哈哈大笑，点了下根根的脑门儿，说："就你聪明。——虎不光生养了我们，世界都是它创造的。虎头做天，虎尾成地，左眼为太阳，右眼是月亮，根根胡须就是刺目的阳光，颗颗牙齿洒作满天繁星，虎皮是飘浮的彩云，虎的呼吸是风，胸怀是无边的大海，肠子是江河，血液就是流淌不尽的水，虎毛化作树木、草和庄稼。就连百兽也和它有关，它们是虎身上的跳蚤变的。你们说，虎伟大不伟大？"

寻寻和根根连连点头，要是这样，当然了不起啦。

西王母又说："虎是我们的保护神，它使我们免遭战争的杀戮（lù）和瘟疫的侵袭，保佑百兽、树木和花草生长兴旺，使我们有取之不尽的猎物和牛羊，使我们的家园永远洋溢着蓬勃生机。"

根根："驱傩就是祈求虎的保护吧？"

西王母："什么驱傩？"

根根站起身，做了个跳跃的姿势。

"哦,那不叫驱傩,叫'於菟'(wū tú),意思就是老虎。跳於菟是为了驱逐妖魔鬼怪,老虎一露面,它们就吓跑了。这些日子有的地方出现了瘟病,就是妖魔捣乱。我们都是虎的后代,画上虎的花纹,像虎一样地走路和吃肉,就具有了虎的威力。所以,那些於菟每家每户都要去,如果漏掉了,妖魔就留在了他家,瘟疫就会降临,全家人和牛羊的生命就保不住,还会把瘟病传染给别人。"西王母说。

寻寻:"怪不得家家户户进门的地方都摆着肉呢,是为了吸引老虎去呀。"

根根:"原来我以为老虎在房子里转来转去是为了找肉,还奇怪肉不是就在那儿放着吗,找个什么劲儿呀?现在才明白,是怕妖魔鬼怪躲藏在角落里。"

寻寻:"姐姐,明天还跳於菟吗?"

西王母:"跳呀。还有一些营地没去呢。"

根根:"带我们一块儿去吧。"

西王母同意了。这下可对了他俩的心思,他们不仅可以疯玩,还可以放开了吃烤肉。

可是,没两天,他们就高兴不起来了。

因为瘟疫发生了。最初是一家一户,后来是一个营地,再后来就是一片地方。染上病的人身上热得烫人,但自己却觉得彻骨的寒冷,好像掉进了冰窟窿,过不了几天就不行了。

寻寻胆子小，慌了，抹了把鼻涕，问根根怎么办。根根看了一眼冥思苦想的西王母，说这时候离开合适吗？寻寻觉得也不应该，特别是西王母对他们那么好，拿他俩当亲妹妹和亲弟弟对待。可是留在这儿又能干什么呢？他俩除了和一帮子人跳於菟外，不会干别的，而妖魔鬼怪根本不怕他们这些假老虎，照样肆虐，到处传播疾病，待在这儿只能给人家添乱。

寻寻的话有道理，但根根觉得现在西王母最需要的就是镇静，决不能慌神，一旦乱了方寸，拿不准主意那就等于向妖魔投降了。他俩确实干不了什么，但只要能让西王母看见，就可以增加她的信心。再说了，瘟疫也许没那么可怕，西王母和部落里的一些人不是没病倒吗？他俩不是也没事吗？

寻寻决定去问西王母，看她有没有办法。西王母说只剩一条路了，就是去找白老虎。

在两世前的西王母时代，曾出现过一只白色的老虎。以前也听说过白老虎，但那只是在传说中存在，并没人亲眼见过。这回许多人都看见了，西王母也看见了，它就从人们眼皮底下走过，昂首阔步，目不斜视。有人惊呆了，傻站在一边看着；有人吓得转身狂奔，生怕被一口吃掉；反应快的赶紧跪倒磕头，祈求保佑平安。但它对这一切视而不见，自顾自地走它的路，仿佛是说，你们有你们人类的事儿，我有我虎的事儿，互不相干，该干吗干吗去，别在这儿瞎耽误工夫。

慢慢的人们也就习惯了，有时遇到它便让到一边，或者继续干自己的事，最多好奇地打量它一眼。据说，它住在昆仑山深处，具体的地方谁也说不准。它用了好多天沿着草原周边走了一大圈，隔一段撒泡尿，留下自己的气味，以此对百兽宣布，这里已经被它收为领地啦。这一招还真灵，其他的猛兽都跑掉了，只留下鹿、獐、骆驼、牦牛、黄羊、野马、野驴、羚羊那些食草动物和狐狸等中小型食肉动物。当然，在这里生活的还有人类放牧的牛羊和他们的狗。

一天，白虎和西王母迎面碰上了。互相看了一会儿，西王母笑了，说："您好，亲戚。"白虎点了点头。人们认为自己是虎的后代，和白虎自然也就有了血缘关系。西王母又说："欢迎你来这里，因为你可以保护我们。往后咱们各管各的，我不干涉你，你也别打搅我们的生活，好吗？"白虎低低地"呜"了一声，算是同意了。于是，一个地方就出现了两个世界，虎的世界和人的世界。白虎从来不去动人们的牛羊，狗也不朝它叫；如果双方在打猎时相遇，就各自避开，当然人更主动些，因为他们还有牛羊可以果腹。

过不了多久白虎就来它的领地巡视一番，但从不留下过夜，每次都是当太阳沉没到地平线之前便赶回昆仑山深处。有人算过，这里离它的家很远，人要整整走上四天三夜，也不知道它是怎么走的。大家相信它会在天上飞，因为它是白虎，而且是人的亲戚。

自打白虎来了以后，人们的牛羊再没丢过，结果人和狗都放松了警惕。渐渐地人们发现情况不对了，牛羊开始丢失，不过都是这一群少两只，隔很远地方的另一群又少两只，由于丢失的不多，又很分散，也就没太在意。终于有一天，惨剧发生了，牧人早上发现，自己的一群羊连同凶悍的牧羊犬全部倒在地上，它们的脖子上有两个犬齿咬的深洞，血都被吸干了，肚子被开了膛，内脏都被掏空了。显然，这是一群凶残的狼干的，而且领头的狼一定有着超常的智力和经验，因为它们起初只是小打小闹，既吃到了羊又不引起人的注意；而到贪欲急速膨胀而大开杀戒时，连狗都来不及叫一声。

白虎来了，晚上没走。沉沉黑夜中，人们听见了虎的咆哮和狼的嗥叫，虎狼大战开始了。白虎决不允许别的猛兽到自己的领地上打劫，而狼也决不放弃肥美却又没有抵抗能力的羊群。人们也想加入战争，帮自己的虎亲戚一把，但根本找不到战场。刚才明明听到叫声在南边，气喘吁吁地还没赶到，几十里地外的北边又隐隐传来吼声。人们明白了，狼在使诡计，它们打斗占不了上风，就凭着数量多的优势用四面开花的办法拖垮白虎。

第二天人们捡到了几只死狼，同时发现白虎走路的姿势挺特别，再仔细一瞧，老天，它肚子里怀着小虎，而且就要生了。狡诈的狼，怪不得挑这个时候偷袭虎的领地呢。

夜幕降临了，白虎走进石山中的石屋。好像约好了似的，西王母早就铺好了兽皮和新鲜的干草，准备了许多肉和奶，还拉了道帘子，上面画着虎的图案。白虎躺在帘子后面，生下了一只小白虎。它把小虎浑身上下仔仔细细舔了一遍，然后就走了，临出门还回头望了一眼。西王母永远忘不了那目光，忧伤、爱怜、期待、无奈……

吼叫声和奔跑声响了一夜。草原上没有人睡觉，连牛羊和狗都大睁着眼睛。人们站在帐篷外，不安地朝传来声音的方向张望，默默祈祷着，恳求他们虎祖先的保佑。天蒙蒙亮，一切终于沉寂下来。人们找到了白虎，它就站立在草原正中心的地方，两只圆眼睛瞪得大大的，脚下牢牢地踏着一只狼，周围横七竖八地躺着许多死狼。人们叫它，它不应；拍拍它，它不动；把肉和奶放在它面前，它不理。它已经死了。那只被踩在脚下的就是头狼，而且也是一只母狼。

这就是白老虎的故事，已经过去两代人了，人们仍然没有忘记它。所以，在部落危难时刻，西王母决定寻求白虎的帮助。

寻寻："那只小白虎呢？"

西王母："一年后我祖母把它送回了昆仑山深处。"

根根:"我们去找的就是它吗?"

西王母:"不,是它的女儿。"

可是,昆仑山那么大,有无数的山峦、雪峰和无边的森林,茫茫之中能找到它吗?能,西王母说,只要心诚就一定能找到。于是,他们出发了。

西王母脱下了那身只有在祭祀和重大事件时才穿的服装,换上了一件和他俩一样的短袍,斜背着弓箭。但她爱美,头上仍然戴着用各色鲜花编织的花冠,脖子上挂着象征部落首领地位的虎牙,手臂和手腕上佩戴着用昆仑玉打磨的玉饰。她还编了一个花冠给寻寻戴上。

五千多年前的昆仑山区可不像如今这么寒冷荒凉,那时的气候要暖和一些,降水也多。人的数量很少,而且他们像对母亲一样敬畏大地,从不到处乱采乱挖。所以,平地上长满了草,山坡上遍布着树,溪河潺潺流过,到处是鸟语花香。面对如此美丽的景色,他们却没有心思欣赏,只是匆匆赶路,为的是尽早到达昆仑山深处,找到白虎。

几天后,他们到了目的地。寻寻和根根又累又饿,他们哪儿受过这罪啊,一下躺倒在草地上,再也不肯起来。西王母摘下弓箭,走到小溪边,蹲下洗脸、喝水。

寻寻说要是有辆汽车就好了。根根说想什么呢你?这路能走汽车?走人都难。寻寻继续做梦,那就来架飞机。根根驳道,飞机也要按照航线飞,这儿的周围尽是大山，飞机过不来。寻寻说别蒙人啦，我在电视上见过飞机在大山里飞。根根说那是直升机。寻寻说别管直升的还是斜升的，反正是飞机。

正抬着杠，突然听到急促的脚步声，坐起来一看，西王母正飞奔过来。她的前面是一只褐色的兔子。也许是慌不择路吧，兔子竟直对着寻寻冲过来。寻寻吓得抱住了脑袋，根根伸手一抓，兔子竟从他头上越了过去。兔子被放掉了，西王母却被他们挡住了。她一猫腰，接着手一挥，兔子一头栽倒。根根跑过去一看，兔子的后脑破了，旁边还有一块带血的尖石头。寻寻擦了把鼻涕，赞道："跑得比飞机都快！"根根说："打得比导弹都准！"

西王母升起一堆火，把兔子架在火上烤。寻寻说它还发愁吃完了带的肉干要饿肚子呢，这下用不着担心啦，有你这本事就是再在这深山老林里待上十天半个月的也没事。西王母说那可不成，瘟疫可不等人。根根问怎么找白老虎？西王母望着大山，说它就在山里，吃完了你们到小溪边好好洗一洗，咱们干干净净地去见白虎。

他们在山上找了一天，什么也没看到。又找了一天，还是一无所获。连一向神闲气定的西王母也有点急了，要是再找不到白虎，那些病人就没救了。寻寻说先找虎窝，因为它一定要回家的。根根说白虎一定要喝水，咱就在河边等着它。一连出了好几个主意，没一个能操作。虎窝更隐蔽，比虎还难发现。溪流有好多条，而且都很长，哪里是虎喝水的地方？唉，脑袋都快想炸了。

忽然，隐隐传来吼声——是虎的吼叫。世界顿时安静下来，鸟停止了鸣唱，兽停止了奔跑，就连鱼儿也停止了游动。山这么大，它到底在哪儿呢？他们你看看我，我看看你，寻寻嘟囔了一句，"这要是在叫咱们就好了。"西王母的眼睛瞪得大大的，突然说："好主意！"弄得寻寻和根根莫名其妙，盯着西王母直发愣。

西王母说："咱们大声喊，叫它出来。"

寻寻拍了下手，说："对，人到不了的地方声音能到。"

根根怀疑她俩因为过于着急而判断力出了问题，问："老虎能听懂人话？"

寻寻："直觉告诉我它能听懂。"

西王母："白虎通人性，她的祖母和我的祖母就对过话。"

于是，他们爬上山顶，把手放在嘴前做成喇叭形状，一起喊："白虎姐姐，我们找你有事！""白虎姐姐，你快出来吧！"急切的呼唤在山中回荡，声音被放大了，传出很远很远。

一阵风猛地袭来，草低下了头，树弯下了腰。仿佛闪电划破天空，白虎出现了，一双绿莹莹的眼睛望着他们。西王母热泪盈眶，"姐姐，可找到你了。"白虎的眼睛眨了眨，好像在问："有事吗？"西王母说："妖魔鬼怪在草原作乱，到处传播可怕的瘟疫，我的族人、你的亲戚正在遭受前所未有的灾难。请你施展神力，使草原恢复安宁和繁荣吧。"

白虎点了点头，转过身去，慢慢迈开步子。他们跟在它的后面。翻过几座山，来到一块谷地。真是太美了，大山深处竟然隐藏着这样神奇的地方！满眼都是各色各样的花朵，鲜艳娇嫩的花瓣上闪烁着晶莹剔透的露珠；空中弥漫着一种特殊的香气，从四面八方渗进人的身体，然后又渐渐扩散开来，好像注入了无穷活力，令人顿感神清气爽，精神百倍。

"药！"他们三人同时叫道。白虎消失了。

这里简直是草药的宝库，有后来被人们叫做藏红花、麻黄、大黄、灵芝草、人参果、冬虫夏草等的各种植物。西王母采了许多，把它们按一定比例配在一块，治好了族人的病，赶走了瘟疫。

西王母的名气越来越大，都说她有不死药。结果不少人跋山涉水不远千里找上门来求药，其中就有大英雄羿。据说飞上月亮的嫦娥偷吃的就是这种药。

寻寻和根根帮助西王母战胜了瘟疫，在族人眼中成了神奇人物，大家一致拥护他俩当巫师。根根问什么是巫师？寻寻说就是身上挂好多铃铛，还缀着许多种动物的尾巴，手里拿一面鼓，边敲边跳，嘴里还得念念有词，跟后来的跳大神有点像。根根问都说些什么？寻寻说你当上巫师不就知道了？根根说，得了吧你，害我呢！要是真跳上大神学校还不开除我！

他们决定去体验龟图腾，龙、凤、虎都体验了，就剩下龟了。于是，他们对魔鞋下达了指令。

四　龟

寻寻和根根被眼前的景象惊呆了。

水，到处都是水，从脚下的土坡一直到极目之处都是混浊的黄汤。太阳好像也被染黄了，显得暗淡无光，无精打采地吊在半空中。水浪泛着白色的泡沫冲击着土坡，一大块土"哗"地塌下来，落进水里，立刻就消解不见了。

寻寻连忙后退一步，说："海水怎么变成黄色的了？"他们在海边和太阳对过话，在她印象中，海水是蓝色或灰色的。根根又望望周围，说："好像不是海，海边是沙滩和岩石，这里尽是黄土坡。看上去倒是挺眼熟的，对了，我想起来了，咱们跟着伏羲女娲他们从这儿走过。"

根根的感觉很对。这里属于今天的河南西部，是中岳嵩山到黄河之间的地区。伏羲带着他的部落向东南进发时曾经路过这里。

"不对吧，咱们走过的地方哪有这么多的黄水呀？"寻寻说。她左看右看，发现那边过来一个人，"咱们问问他。"

一个男人从土坡的另一边走来。他的步子迈得很大,好像一边走一边丈量土地。他看上去有几分消瘦,但特别结实,粗手大脚的,像一个终日劳作的老农。他的相貌有点儿可笑,细长的脖子挑着一颗圆乎乎的脑袋,眼睛和鼻子都很小,但嘴却很大,本来就厚的嘴唇再加上大龅牙,显得嘴部更加突出。他的头发跟别人也不一样,伏羲他们都是披着,而他则是挽起来用一根簪子固定在头顶上。

"请问,这儿是什么地方?"根根迎上前问。

那人眨眨小眼睛,厚嘴唇默默地动了动,弯腰在地上用粗糙的手指头画了几条长短不一的道道,然后直起身说:"夏原。"

根根看着地上问:"您记下的是数字吗?"

"对,"那人点点头,伸手朝来的方向指了一下,说:"从那座土包到这里有280步。"那个时候的人还不会计数字,用长短线来做记录。他又摇摇头,"唉,这些数真不好记,稍一分心就忘了。弄不好又得重新量过。"

他俩明白了,刚才问话的时候他为什么先不答话,而是动动嘴唇,原来是在重复数字。打断了人家的工作,怪不好意思的。根根说:"我们会算术,我们帮您计数吧。"

"好啊。"那人嘴上虽然答应着,但目光中却充满了怀疑，不大相信这两个娃娃有那么大的本事。

根根蹲下身子，随手捡起一根细树枝，"您说吧。"

那人也蹲下来，"从西往东数，第一座土丘到第二座是460步，第二座土丘到第三座330步，第三座……"他记性真好，说了十多组数字没有一点含糊的地方。他一边说一边惊讶地望着根根写下的一连串阿拉伯数字，在他心目中那和天书差不多。

他说完了，总数也算出来了，根根报道："3540步。"

"这么快就算出来啦？准吗？"他有些不相信。

"没问题。不信你再算一遍。"根根说。

那人拿过树枝，在地上画来画去，折腾了半天，最后又让根根说了遍数字，没错，一点儿不差。他"啪"地拍了下根根的肩膀，"神了，小子。往后你们就跟我一块儿干吧。"

寻寻问："您量地干吗，是要开荒种地吗？"

那人苦笑一声，"你瞧，这么大的水，原来的地都淹了，哪还顾得上开荒种地？筑堤！我要把水挡住，然后再种地。"

寻寻又问："哪来那么多水呀？"

"天上下大雨，河里涨大水，越积越多，就成了今天这个样子。"那人轻描淡写地说，显然他对水患已经习惯了。

刚开始的时候他还奇怪，老天这是怎么了？也不知道是谁得罪了它，这几年天气一下子就变得比往常热了，黄河里的水猛地多了起来，涌到了岸上。接着就是下大雨，一场连着一场没完没了，好像天漏了似的。结果，大水来了，淹没了农田，吞掉了庄稼，冲毁了房屋。人们纷纷离开自己的家园，逃往高处避难。

其实，那个时期不光在现今的中国大地上发生了大洪水，在世界其他地区也出现了洪水。这场世界性的洪水是因为气候变暖造成的。由于气温升高，青藏高原的冰雪大量消融，大河大江中的水暴涨，再加上降水急剧增多，而排水又不畅通，就形成了洪水横流、四处泛滥的局面。

听那人说要筑堤，寻寻心说：不是说着玩儿吧？她在电视上可看过，修堤筑坝可是大工程，就他，跟个老农似的，能行吗？她问道："筑堤要用很多人吧？"

那人说："是啊，我们有人。我叫鲧（gǔn），是夏后氏的首领。"

夏后氏常被人们称为夏族，是尧帝时期一个实力雄厚的氏族，以它为核心建立的部落是当时最强大的部落之一。据说，它的族名中的后，表示的就是与帝相对应的地位。

这时距离今天大约五千年。

寻寻和根根跟着鲧回到营地。营地设在一个土岗上，鲧的住处和大家没多大区别，都是树枝搭的棚子。寻寻心细，她观察了一番，发现有两个地方挺特殊的。一个是鲧的棚子建在松树下，而土岗上只有这一颗大松树,后来她才知道,夏人崇敬松树。另一个是他的棚子前立着一面麻布做的旗,上面的图案竟是一只龟。它从厚厚的硬壳中探出头,瞪着两只绿豆眼,张开大嘴,一条尾巴弯在身后,四条粗壮的腿有力地支撑着地面,好像正使出全身的力气把什么东西抬起来似的。怎么,难道夏后氏的图腾是龟?寻寻觉得不大好理解,因为在今天,龟时常是和骂人连在一块。

后来,这个图案演化成最初的龟字。

根根也注意到了旗子上的图案,冒冒失失地说:"原来你们是龟的后代。"让寻寻没想到的是,鲧特别自豪地说:"是啊。"鲧的这种态度让寻寻放心了。

寻寻问:"您干吗崇拜龟呀?"

鲧说:"说起来话长。我们是黄帝族人,人们叫黄帝轩辕,其实他的本名是'天鼋(yuán)',鼋就是元鱼,轩辕是转音。我们是从遥远的北方过来的,那里水草丰美,林木茂盛,龟是水性,草场上和森林中只要有龟,就不会着大火。正是靠着龟祖先的护佑,我们强大起来,南下中原,战胜蚩尤(chī yóu)。黄帝并不以征服者自居,为了与中原各族和谐共处,改崇拜龟为崇拜龙,但也不是原封不动,而是变黑龙、青龙为黄龙。然而,作为龟的后代,总不能完全丢掉这个标识吧,于是我们夏后族就保留了龟。"

哦,原来龟图腾是这么来的,过程还挺复杂。

鲧继续说:"别看龟不起眼,总是不声不响的,其实它是最强大的动物。第一,龟力大无穷。俗话说'龟力大如山',一只拳头大小的龟,能经得住一个孩童的重量,不仅压不垮它,甚至还能挪动几步。路上经常能见到被车轧死的猫呀鼠呀蛇呀什么的,谁见过轧死的龟?

"第二,龟善于打斗。都以为龟只会缩着头挨打,不知道这只是它的一种对敌策略。打仗就是保护自己、消灭敌人,龟上下都有硬甲,不怕咬,不怕踩,刀枪不入,任凭什么样的猛兽拿它都没有办法。它看上去慢吞吞的,这是假象,一旦猎物出现,它伸出脖子完成捕获只是一眨眼的工夫,快得让人都看不清。龟不仅能根据对手的情况选择守还是攻,它还会斗智。比如,龟蛇相斗,它先让蛇缠住自己,接着把身上的软甲收紧,探出头来逗弄蛇,引得蛇越缠越紧,然后突然放开软甲,蛇来不及放松,立刻被撑断为两截。

"第三,龟的品德高尚。它记恩重义,一旦你喂养过它,就跟你亲近,即使许多天忘了喂,也仍然记着你。它厚道,与世无争,默默地过自己的生活。它不喊不叫,不蹦不跳,从不出风头。它有恒心,有毅力,为了捕捉猎物可以长时间保持一种姿势一动不动。

"第四，龟有顽强的生命力。动物中它的寿命最长，活个几百年是常事，俗话说'千年老鳖万年龟'。龟只要有很少的食物和水就可以存活，就是一年不吃不喝也死不了。龟在水里能活，在陆地上也能活。

"你们说，龟厉害不厉害？"

寻寻和根根伸出大拇指，"厉害，太厉害了。"

鲧高兴地一拍大腿，"还有呢，龟对天下百姓有大功！世人都知道，先天八卦是伏羲创造的，然而，他是如何创造的呢？是受了一只白龟的启发。这只龟有上下甲，上甲朝天，属阳，下甲向地，属阴；上甲的正中有5块甲，象征金、木、水、火、土五行；外面的8块甲意味着八卦；再外面的10块甲表示的是十天干；周边的24块甲指示的就是24节气；下甲12块表示12地支；四条腿就是四象，即春、夏、秋、冬四季。有了龟，伏羲省了多少事！

"另外，你们听说过女娲补天吧？共工和颛顼（zhuān xū）为争帝位而决斗，共工失败了，他是刚烈之人，气性极大，越想越窝火，一头撞向不周山。西北的擎天柱折了，天破裂了，天水倾泻而下。女娲为解救百姓，炼五色石补天。她炼成了36501块石头，每块重几百万斤。石头是有了，可怎么把这么多这么重的石头运到天漏的地方呢？女娲犯了难。这时，龟挺身而出，把石头一块一块地驮了过去。可事情还没完。西北的天柱断了，天是斜的，必须把天再撑起来，否则漏洞就白补了。于是，龟又让人把自己四只粗壮有力的腿砍下来，作为天柱。从此，天就立在龟足这四极上。

"你们说，龟伟大不伟大？"

寻寻和根根频频点头，说要是这样还不伟大就没有伟大的了。

见鲧高兴，根根趁机奉承两句："您领着族人筑堤，弄好了功劳和女娲差不多。"

鲧眨着小眼睛，咧开大嘴哈哈大笑："我哪里比得了女娲大帝，能做一只帮助治水的大龟就不错了。"

寻寻突然发现鲧长的特别像龟，要不怎么老觉得他的相貌怪怪的呢。

根根继续奉承："您比龟可有本事多了，龟哪会领导治水呀？"

鲧收住笑，脸色凝重起来，说："我呀，就是受苦受累的命。尧帝见过我筑的城——唉，那些城都被洪水淹了，可惜了的，多雄伟的城啊——说我的城筑得好，天下第一；又说筑堤跟筑城一样，无非都是把墙垒起来，于是，就把治水的重任交给我，担子重啊。"

根根："没事，您是龟的后代，再大的压力也不过是小菜一碟。"

鲧坐的时间长了，直了直腰。

寻寻想，得，龟又要驮石头了。

龟驮的不是石料而是土。鲧把全部落男女老少都集中起来,凡是能干活的就发一个柳条编的背篓,里面装着土,背到他丈量画线的地方,倒进木板做的模槽中,然后夯实。这一带找不到石头,所以鲧只能用垒土墙的办法筑堤。

一天,鲧正领着人筑堤,几个人找来了。他们中间有个叫修己的姑娘特别显眼,与女娲、西王母那种健壮的美不一样,她的腰身纤巧,体态婀娜,秀美的左肩膀上文了一条红色的盘着身子的蛇;两道眉毛弯弯的,直向鬓角飞去,一双眼睛特别活泛,乌黑的眼珠一会儿滑到眼眶这边,一会儿又滚到另一边。她的服装已经开始分上衣下裙,不过由于当时物资缺乏,衣服和裙子都很短,上衣刚刚遮住胸,露出肚脐和一大段腰,裙子勉强盖住臀部,露出一大截腿。

姑娘走到厚实的土堤前摸了摸,赞道:"真棒!"
根根眼都直了,说:"真酷!"
寻寻白了他一眼,嘟囔了一句:"重色轻友!"
他们的发式和夏族人不一样,无论男女都披着。他们是夷人,属于祝融部落的蛇族,就住在夏后氏的东南边。那时,以蛇为图腾的氏族很多,女娲是蛇族,少昊部落也有蛇族加入,但他们之间不一定有什么关系。

鲧也注意到那个姑娘,小眼睛一个劲儿地朝她瞄,姑娘倒一点儿也不回避,大大方方地冲鲧一笑,露出一口整洁的白牙。寻寻凑到根根耳边小声说:"得,你没戏了。"

领头的是蛇族的族长,他说:"鲧,您光顾着筑自己的堤了,我们的怎么办?"

鲧收回目光,说:"夏后氏在上游,您在下游,大水来了先淹我们,所以我得先把上游的堤筑好。"

族长:"尧帝命你负责治水,可不是让你只管自己的事,而是管大家的事。"

鲧:"这我知道。筑完了上游的堤,我马上就去你那里,帮你们筑堤。"说着,瞥了姑娘一眼。

族长:"洪水来了可不管什么上游下游,到时候就怕来不及了。"

"就是,"修己开口了,"您的堤那么结实,把大水挡住了,跑到我们这里的水就更多了。"

鲧:"放心,误不了你们的事。其实我跟你一样急,巴不得早点和你们一块干呢……"

寻寻插嘴道:"他比您还急呢。"

姑娘笑了。

鲧定定神,接着说:"要不,你们先干起来,等这边告一段落我就过去。"

修己:"鲧,您的责任不是给夏后氏治水,而是给天下人治水,不能先己后人。"

"您说得对,我也是这么想的。但我们大家都没有筑过这样大的土堤,我想还是摸索出一些经验,然后再推广,这样更有把握些。"姑娘再次恳求，鲧还是不松口。

没法子，蛇族的人只好暂时回去。

根根提醒鲧留神蛇族的美人计。寻寻打岔说你怎么知道人家使美人计？他们跟你商量啦？根根说这是明摆着的，部落之间的谈判是首领的事，干吗叫一个漂亮的姑娘掺和？鲧是一个光棍汉，这谁都知道，联系起来看，不是美人计是什么？

鲧笑眯眯地说，美人计好啊，就怕他不使美人计。

根根："原来您明白呀，我说你怎么就是不答应呢。"

鲧："修己说的在理，我把水挡住了，大水就流到他们那里，这和我治水的宗旨不符合。特别是她说的给天下人治水，这种话不是一般人能说得出来的，一个姑娘家有这么高的见识，真是了不起。所以，我应该去。"

根根想，还是中了美人计了，正给自己找台阶呢。美人计就是厉害，明明知道是圈套，可还是愣往里钻，而且心甘情愿。

寻寻："那您干吗不答应啊？"

鲧："我得帮着他们实现美人计呀。你想，我要是痛快答应了，说不定美人就跑了，这么好的计策不就半途而废了？我是不见兔子不撒鹰，先给他们碰个软钉子，促进促进，他们等不急了就会主动把修己姑娘嫁过来，那时我再去。其实，我跟他们说的也是真话，筑这么大的堤就是头一回嘛。"

寻寻和根根你望望我，我望望你，真想不到，表面上看来那么朴实甚至木讷的人，竟然隐藏着这么深的心机。其实，是他俩少见多怪，一个强大部落的首领能用平常眼光来衡量吗？鲧比他们现在想的还要深，迎娶修己不光因为她漂亮和有见识，而且还是为了与蛇族联姻，然后以此为纽带进一步与夷人发展关系，从而壮大夏后氏的力量。这一决策极其英明，为下一代人也就是禹治服洪水和统一中华大地铺平了道路。

果不其然，蛇族把修己送来了，龟蛇联盟形成。为了充分体现这种同盟关系，鲧在龟图案上面加了一条蛇，它细长的身子紧紧缠绕着硕大的龟。这个新图形既表现了双方的联姻关系，又明确了龟的主体地位。

后人把这个龟蛇一体图案叫玄武。由于鲧的祖先来自北方，龟和蛇又识水性，所以人们认为玄武是主宰北方的水神。

不久，鲧带着寻寻和根根前往蛇族的驻地丈量设计，指导筑堤。寻寻和根根过了把专家瘾，终于体会到了众星捧月的感觉。可惜好景不长，他们的大堤不堪一击，洪水袭来，土堤就像雪遇到了开水，瞬间就融解坍塌了。

鲧在新婚的妻子面前真是丢尽了脸，他觉得对不住老百姓，特别是蛇族的人。大家那么信任他，付出了那么多劳动，到头来都泡了汤。他明白土挡不住水，因为它缺少硬度和韧性。有人出主意在土堤中加入木头，可是上哪儿找那么多木头？又有人出主意用巨石筑堤，但这一带根本就不产石头。这时，龟族的一位首领和猫头鹰族的一位首领商量了一个办法，在土中掺进"息壤"。息壤类似今天的水泥，水泥是用硅酸岩烧制而成的，当时的人们还不会制造水泥，但是可以在火山灰中找到它。

两位首领把办法跟鲧说了。鲧筑城时用过息壤，知道它的神奇，但难在自己并没有息壤，这种东西在尧帝的领地上。而为尧帝看守领地的是一个野心勃勃的家伙，他一心想接尧帝的班，把鲧视为政敌。最可怕的是尧帝已经老了，变得特别固执，就爱听这个人的话。所以，如果鲧去向他们要息壤，肯定会碰钉子。

鲧作出了一个令人震惊的决定：盗取。他想，要是不被发现最好，一旦败露，就说是你尧帝命令我负责治水的，我拿息壤正是为了完成你交付的任务，由于时间紧、任务重，来不及报告，只好先斩后奏。

息壤被盗来了，掺进土里，筑成新的大堤。新堤果然结实得多，大家对抵御洪水充满了信心。然而，后来事情的发展与鲧的意愿正好相反。息壤也没能挽救大堤，水灾继续吞噬着人民的生命和财产，而鲧自己也因为盗息壤触犯了尧帝的权威被押解到羽山下杀害了。他死的时候，修己已经怀上了他的孩子，后来生下一个男孩，就是禹。禹接着治水，他的方略不是简单地用筑堤来堵水，而是疏通河道，把洪水导入大海。这个工程更浩大，牵涉到许多部落，需要建立更大的联盟。因此，这既是治水，也是治人，结果他在两个方面都成功了。这是后话。

眼看新堤就要建成了，鲧把寻寻和根根叫到一边，说要送他俩到西王母那里去学习。他们奇怪鲧是怎么认识西王母的？鲧说西王母部族和黄帝族是世交，当年黄帝就是在西王母的帮助下战胜蚩尤的。还说，西王母治理政事很有一套，以后他有了孩子也要送去学本事。（史料记载，禹曾在西王母处学习过。）

根根对寻寻说，不是让咱们去学跳大神吧？这不是害我吗？寻寻说活该，谁叫你天天围着修己转呢。其实他们不知道，这时的西王母早就换了别人了。但他俩本来就是从西王母那里跑出来的，不能再回去了。

于是，他们对魔鞋下达了回到现代社会的指令。

尽管寻寻和根根回来好多天了，可总是忘不了那些图腾形象，庄重自信、豪气冲天的龙，浪漫自由、展翅欲飞的凤，威镇四方、仰天长啸的虎，敦实厚道、任劳任怨的龟，都时不时地浮现在眼前。从这些图案产生的过程他们深深懂得了，今天生活在中华大地上的人民是多族群融合的结果，龙、凤等图腾也是民族团结的象征。

第五章 在过去做人

德育课上,老师讲了一个既是历史又是发生在大家身边的故事。在北京东花市斜街一所中学操场的角落,有一个青砖墙围起来的小院,里面不是房子,而是一大一小两座坟茔。大坟中埋的是明末抗清英雄袁崇焕。

他本来是广东的一介书生，中了进士后当的也是文官，本来可以舒舒服服地待在繁华的京城一级一级地升上去。可他却固执地走上了一条凶险的道路。1622年，当时还叫作后金的清兵不断侵扰边关，守将抵挡不住，朝廷中也没人愿意接这个烫手的山芋。但他却当仁不让，毛遂自荐镇守辽东，并提出了一套战略构想。也不知怎么就打动了皇帝和权臣，竟同意了他的请求。

袁崇焕到前线后，采取以守为攻的战略，在宁远（今辽宁兴城）等军事要地筑城防御，重挫清军，后来取得宁远大捷，升任兵部尚书，督师蓟辽，成为清军挥师南下、入主中原的不可逾越的障碍。清首领皇太极使用反间计，散布谣言说袁崇焕拥兵自重而有异心。这一招还真对本来就整天疑神疑鬼而又自以为是的崇祯皇帝的胃口，他下令逮捕并关押袁崇焕。

1630年农历八月十六日，背负谋反叛国罪名的袁崇焕被处以"凌迟"极刑。这是最重的一种刑罚，通常用在十恶不赦的罪犯身上，行刑时刽子手用快刀将犯人身上的肉一片片割下来。由于北京的许多百姓遭受过清兵的蹂躏，对勾结敌人的内奸恨之入骨，竟然争先恐后拿银子买他身上的肉。一个大英雄就这样去了，这是中国历史上最惊心动魄也是最令人汗颜的一幕。

刽子手最后把袁崇焕的头颅挂在木杆上示众。然而，就在半夜，那颗头颅不见了。它去哪儿了呢？155

年后，清朝乾隆时期重修明史，袁崇焕终于得到昭雪，他的头颅去向之谜也就有了答案。

原来，袁崇焕的头颅是被他的一位姓佘（shé）的谋士深夜盗走的，并埋藏在北京自家的后院里。后来，他辞去官职，一心守护着英雄的遗骨。临去世前，他留下遗训，把他埋葬在英雄身边，与其永远相伴。英雄是为国家壮烈而死，没有留下后代，佘家世世代代要为他守墓。子孙忠实地执行了他的遗愿。那座小一些的坟就是他的。

佘家每一代都有人为袁崇焕守墓，甘受清贫和寂寞，无怨无悔。到2005年已经过去了375年，历经17代人。

现在这一代守墓人是佘幼芝老太太。为守卫忠魂，她全家挤在当年的羊圈改成的一间阴暗潮湿的房子里，多次谢绝搬迁到条件更好的住处去。

老师问："佘家以及佘幼芝老人的所作所为反映了哪些中华传统美德？"

"唰"的一声同学们都举起了手。

一个同学站起来说："信守诺言。佘家每一代都有人为袁崇焕守墓，甘受清贫和寂寞，就是兑现诺言。"

另一个同学说："讲义气。佘谋士不顾个人安危，把袁崇焕的遗骨埋藏起来，后来又放弃自己的前途，隐姓埋名地守墓。"

还有的同学说："孝敬长辈。先人留下的遗训，每一代人都自觉遵守。"

一个同学接着说:"忠心。佘家世代为袁崇焕守墓是忠于朋友,也是忠于国家,因为英雄是为保卫国家和人民而死的。"

根根腾地站起来,说:"勇敢。佘谋士从刑场盗走头颅,又埋藏起来,说明他勇敢。佘幼芝老人忍受各种流言蜚语守墓,也需要勇气。"

寻寻刚要发言,下课铃响了。

老师说:"佘家的行为体现的传统美德太多了,概括同学们的发言,最主要的是四点,这就是信、孝、忠、勇。下课后要求同学们围绕这四个传统美德规范,收集资料、事迹,然后进行课堂讨论。希望到时候大家积极发言,特别是这节课没来得及发言的同学要更加踊跃,老师根据发言情况打分。还有,收集到的资料作为作业交上来,老师也要打分。课堂讨论和作业的分数相加,就是这门课的考试成绩。"

根根紧赶慢赶,在学校门口追上了寻寻,"等等我,着什么急呀?"

寻寻不理他,嘟着嘴继续往前走。

根根知道,寻寻是因为没发上言不高兴,就说:"我又不知道快下课了,要是知道的话一定让你先说。"

寻寻的眼睛翻了翻,没接话茬儿。

根根追在后头解释说:"又不是我非要发言,是老师点的名……"

"得了吧,"寻寻打断他,"老师还没叫你呢,你就先站起来了。"

"不就是发言吗，至于吗？下回你全包了……这是上哪儿呀？"根根发现不是回家的方向。

寻寻："上图书馆！"

根根："去那儿干吗？"

寻寻："收集资料。"

"那你自己去吧。没我事儿，我都发过言了。"根根说着就要离开。

寻寻："想得美，你不交作业啦？"

根根："什么作业？"

闹了半天，根根连老师布置作业的事儿都不知道。下课铃一响，他的心早飞了，光顾着收拾书包了。寻寻把作业的事说了一遍，特别强调算考试成绩。这么一说，根根当然要跟寻寻一块去了，不让他去都不行。

到了图书馆门前，他俩傻了眼，一张告示牌立在门口："整顿内部，闭馆三天。"

寻寻一屁股坐在台阶上，沮丧极了。

根根扒着门上的玻璃往里瞧，大厅的墙上挂着好多学者像，里头有孔子，他正笑眯眯地望着自己。"有了，"他对寻寻说，"咱们干吗不自己去找那些古代道德高尚的人？""对呀，"寻寻站起身，"亲身感受比书本上读到的更具体、更生动。"

他们拿出魔鞋，发布了指令。

一　信

一列车队隆隆地行进在通往北方的大路上。最前面的车上插着一面绸缎做成的旗帜，上面绣了一个大大的"吴"字。

中间的车子最大，也最漂亮。宽阔的车厢漆成黑色，上面画着红色的花纹。车厢顶上是圆拱形的车盖，绘成彩色，显得庄重而不沉闷，高贵而不奢华。车厢分成前后两室，前面是车夫，后室正中坐着一位四十岁左右的男人，他的身后是寻寻和根根。

从车子就可以看出主人地位不低。它由四匹红色的马拉着，马脖子上挂着八个铃铛，马蹄得得，铃声叮当，在时刻提醒人们让开大路。按当时的制度，天子的车驾用六匹马，诸侯用四匹马，大夫三匹马，士两匹马，而寻常百姓，即便再有钱，也只能使用一匹马。就是铃铛这样的小物件也不能随便乱挂，只有身份最高的贵族才有资格装饰八个铃铛。

这位主人就是春秋时吴国的公子季札，他和孔子是同时期的人。他正受吴王的委托，北上出访鲁、齐、郑、卫、晋等中原大国。这时是公元前544年。

季札可是当时赫赫有名的人物。他的出名，不在于他拥有显赫地位，而在于他主动放弃最有权势的地位——吴国的王位。季札的父亲叫寿梦，是吴国的第19代国君。到了他这一代，吴国已经从一个野蛮落后的偏僻小邦发展成大国，并开始走上强国之路。寿梦有四个儿子，最小的是季札，最得宠的也是他。老吴王打算把国家交到他手上，不想却碰了个软钉子。

季札说，国家制度规定得十分明确，王位由嫡长子继承，我大哥德才兼备，身体棒棒的，怎么能让我做吴王呢？这不是为了父子私情而违背世代相传的规矩吗？

在古代，妻为嫡，嫡就是正的意思，她生的儿子就是嫡子，也就是正宗，正统的继承人。妾为庶，她生的儿子是庶出，庶就是旁支。上面说的四个儿子都是嫡子。

季札的话在情在理，老吴王没办法，只好把王位传给老大诸樊。但毕竟不甘心，临终前对大儿子说，我可是一直想把王位传给老四的，你可要记住我的话哟。孝顺而又厚道的长子立即表态，您把王位传给老四我没一点儿意见，我可以去乡下种地。老吴王说，好，要的就是这句话，咱们变个法子，从前王位是父子相传，到你这里改为兄弟相传，老大传老二，以此类推，明白不？看着父亲闭不上眼，儿子难过得直落泪，说，您老就放心地去吧，我一定把王位交到季札手上。老吴王觉得这个法子兴许管用,一口气松下来,撒手走了。

在家族史上,说到权力推让,季札并不是头一个。他的先祖是商代周人部落首领的后代,生活在今天的陕西岐山县一带,当时这个地区叫周原。首领古公有三个儿子,小儿子最有能力,品德也好,最重要的是他的名叫昌的儿子也就是古公的孙子十分出众,所以老酋长打算把首领的位子传给老三。然而,这是违反嫡长子继承制度的,古公很是为难。

终于,老酋长想了一个办法,他散布说,能够兴盛我周人王业的,就是这个叫昌的人。接着就把小儿子的名字改成季历。他的长子叫泰伯,次子叫仲雍,两兄弟得知这个信息,立刻就明白了父亲的心思,因为"历"这个字有合适的意思,也就是暗示他们,小儿子当继承人最合适,是正统、正宗。一天,老父亲病了,兄弟俩借口去衡山采药,跑了。他们跑得很远,来到了当时被称为"荆蛮之地"的长江下游,同时也把先进的黄河文明带到了这里。后来,季历继了位,他的儿子姬昌和孙子姬发推翻了商朝,建立了周王朝。而泰伯和仲雍的后代也把太湖流域开发成日渐繁荣的地区。

季札就是仲雍的后人,先人的事迹一定对他和哥哥们影响很大,所以他们才你推我让。诸樊信守诺言,当了13年吴王后把位子传给二弟;老二在位17年把国家交给老三。季札出使北方诸国就发生在他三哥当吴王的时候。下一个吴王就轮到他了，所以，他不是一般的使臣，也不是一般的公子，而是铁板钉钉的未来的吴王。

然而，这位未来的吴王有一个缺陷，就是不会讲"雅言"。当时，黄河流域各诸侯国流行一种区域性共同语言，这种语言就叫雅言，相当于今天的普通话。季札说的是吴语，这种方言在北方几乎无人能懂。后世的孟子对此深有体会，用鸟语来形容南方话，说它像是鸟叫。说着鸟叫般的方言去和北方各先进国家开展外交，显然是不行的。季札正在犯愁，突然发现一个男孩和一个女孩站在路边请求搭车，他俩的雅语别提多好听了，不光音色美，而且每个字都咬得清清楚楚。于是吩咐停车，亲自把两人迎上自己的车子，请他们当通译。这两个人就是寻寻和根根。寻寻的老家在苏州，她是爷爷和奶奶带大的，也是听着吴语长大的，所以对季札的方言并不陌生。

就这样，寻寻和根根当上了吴国使臣的翻译官，享受超豪华车厢待遇。虽然由于车辕辘是木头做的，加上路又不平，坐在车上有点颠，但比当年给孔子当学生、给白起当勤务兵时坐的车子强多了。寻寻更高兴一些，因为那个时候还不太歧视女性，她们参加社会活动的范围比较大，所以寻寻不用女扮男装。她穿着丝织的长袍，棕红色的底儿上绣着绿色的凤凰花纹；袍子的下缘一侧较低，另一侧高一些，成三角形垂下来。这身衣服比根根穿的那件方领圆袖的深衣丰富多了。寻寻一个劲儿地偷着乐。

　　前面行人渐渐多了起来，路两旁的房舍也越来越稠密。季札请寻寻下车问了一下，说是到了徐国的都城。季札下令停车，吩咐大家整理衣装车驾。寻寻问，我们不过是路过这里，干吗这么隆重呀？季札说，徐国虽然不是我们出访的目标，但它是一个诸侯国，应该得到尊重。于是，不管是官员、随从还是车夫，都仔细整理一番，大家扶正帽子，抚平衣服，又把车子上的灰尘擦掉，然后驱车不紧不慢地进了城。

　　一轮又大又红的太阳正在西边的城头沉下去。

　　季札端端正正地坐在位子中央，直起身子，头微微低下，手扶在车厢前面的横木上，眼睛注视着前方。那根横木叫轼，扶轼低头是一种行车礼，用这种姿势来对当地的人和物表示致意。前面传来车夫的声音："过徐国宗庙，请公子下车！"车子停在一块石头旁，季札踩着踏石下了车，对着供奉着徐国祖先的宗庙恭恭敬敬地行了礼。上车没走多远，又传来车夫的声音："遇齐牛，请公子行轼礼！"齐牛就是祭祀祖先和神灵时用的牛。季札把头低了低，在车上行了礼。

　　又走了一段路，车队停了下来。一个徐国的官员出现在季札的车子旁。他奉徐国国君之命请吴国的公子前往馆舍歇息,并说徐君将亲自到馆舍拜访。那时,各国人员来往频繁,经常可以见到使臣、商人、学者风尘仆仆地赶路,为方便旅人住宿,各国都设立了许多馆舍,最好的建在都城。季札请官员上车同行,前往馆舍。

远远地就瞧见馆舍门前聚集着许多人。那位官员望了望,突然说,哟,敝国的国君已经到了,正迎候公子呢。季札急忙吩咐停车,连下车蹬踏的木几都来不及用,腾地跳下地。他微微低着头,腰稍稍弯着,迈着小步,双臂架在胸前,大袖飘飘,快步朝等候的人走去,像是一只展开翅膀急切飞过去的鸟儿。这叫"趋",是一种走步的礼节,用以表示对尊贵者、前辈和宾客的恭敬之意。

一个头戴高冠、服饰华贵的中年人走出人群,迎了上来。季札估计是徐君,急行两步,正立拱手说:"不知国君驾到,未能恭迎,失礼了,请恕罪。"寻寻把话译成雅语,季札要行晋见国君大礼。徐君连忙拉住,说:"您是大国储君,不可如此。"季札说:"您是一国之君,我是使臣,臣子见国君怎能不行大礼?这不光是对您不恭敬,也是对贵国不尊重。"寻寻翻译了他的话(为节省篇幅,下文凡是寻寻的翻译不再标示),徐君只好后退一步,接受了季札的跪拜礼。

徐君拉着季札的手走进馆舍,季札始终错后半个肩。徐君请季札先去更衣，然后进宫赴宴。见季札这么小心翼翼，寻寻觉得有些过分，就说，见面的时候表示一下对徐君和徐国的敬意也就差不多了，干吗连坐车走路都得讲究礼仪呀，太累了。季札说，遵守礼仪不光是对别人的尊重，也是对自己的尊重，是把自己当成有修养的人来看待，当作君子来对待。如果一个人不知礼，那就是把自己降到愚昧和野蛮的地步了，别人也会看不起他的。所以，被人轻视往往是自己造成的。

宴会非常隆重，光"豆"就摆了24个。豆是专门盛放熟肉、调料和腌菜的器皿，它像带盖子的高脚盘。按当时的制度，只有宴请拥有子和男的爵位的诸侯才能用24个豆。季札说："国君礼重了，如此丰盛的宴席我怎么配享用呢？"

徐君说："怎么不配？吴国的国君本来就应该是你嘛，只不过被您推掉了罢了。贵国和敝国都是周王封的子爵诸侯国，所以寡人用宴请子爵的规格招待您。"周朝实行分封制，诸侯分为公、侯、伯、子、男五等。

献过酒后，徐君又说："虽说我们都是子爵，但有很大不同，您和周天子同族，都是姬姓，而寡人姓嬴；贵国是大国，雄踞江南，而敝国是小国，偏居淮北一隅；贵国的国君早已称王，开疆拓土，而寡人没有这个实力，在大国吞并小国、强国兼并弱国的今天，能守住这么一点点家当就不错了。但是您不以大国强国自居，路过敝国的宗庙下车行礼，就连见到齐牛都行轼礼，给足了寡人和徐国面子。因此，在寡人心目中，您比任何国君都高贵，用这一档次的宴席接待您，寡人觉得还远远不够呢！"

礼多人不怪，这不，见到成效了，寻寻和根根想。趁他们交心，他俩放开肚皮大吃。

钟鼓齐鸣，乐曲奏响了。那时，诸侯、贵族的宴会都有乐舞相伴，徐君也用中原的乐曲招待从闭塞的南方远道而来的贵客。

乐工亮开嗓门儿唱起来，唱的是《诗经》中的《大雅·民劳》。第一段歌词是：

"百姓辛苦受累多，
只求安宁过小康。
理应奖励我中国，
做出治国好榜样。
切莫放纵贪官吏，
老鼠坏了一锅汤。
乱臣贼子要严查，
地痞流氓一扫光。
安远亲近和睦处，
不愁国家不富强。"

（"民亦劳止，汔可小康。惠此中国，以绥四方。无纵诡随，以谨无良。式遏寇虐，憯〈cǎn〉不畏明。柔远能迩，以定我王。"）

季札赞叹道："美妙极了，多宽广的曲子，多宽阔的胸怀呀！高低错落、委婉曲折中体现的是刚健正义的诉求，这大概就是统治者应该具有的德行吧。"

这首歌五段，乐工一段一段地唱下去，季札听得如醉如痴。徐君虽然也坐着听，但一双眼睛却骨碌碌地转，不住地朝季札的腰间瞄去。

寻寻和根根已经吃得差不多了。寻寻碰了下根根，低声说："徐君趐（xué）摸什么呢？"根根来回瞧了半天，终于看明白了，徐君注意的是季札腰上挂的那口剑。

佩剑是春秋时代的社会时尚，也是权位、等级的外在标志。贵族男子都佩带剑，使臣也必须随身佩剑，否则被视为失礼，是一件很丢面子的事情。季札是贵族男子，又代表吴国出使各国，当然要佩剑。季札的剑根根早就琢磨过，它差不多有两尺长，一寸多宽，插在鲨鱼皮包裹的木鞘中。剑鞘的装饰极为讲究，金丝和银丝编的凤鸟花纹中点缀着五颜六色的宝石，剑格——剑身和剑把相连接的地方——上刻着兽面纹，镶嵌着绿松石，剑把上也镶满了大大小小的宝石，显得高贵、典雅、神秘。剑身什么样根根没见过，因为季札压根就没有拔出过它。

好不容易等到乐工唱完《民劳》，徐君献过酒，说：

"有一事相求,不知您是否答应?"季札拱手说:"请吩咐。"

徐君:"剑是众兵器之首,贵国的铸剑术首屈一指,制出的剑锐利无比,威力无穷。据说,名剑出世,惊得老天都变了颜色,阴云翻滚,雷电劈空;鬼神避让,号叫不止;猛兽凶禽四处奔逃,唯恐慢了半步。寡人对吴国名剑倾慕已久,只是无缘一见。您是吴国王储,想必所佩之剑一定是剑中极品。不知可不可以借寡人一观?"

根根想,徐君不傻呀,又是亲自迎接,又是高级宴会,好话说了一大车,原来埋伏就在这里呀。

寻寻用苏州话对季札说:"他在算计您的剑。"

季札好像没听见,站起身解下佩剑,双手奉上。

寻寻和根根心说,连我们都看得出来他的目的,您怎么就看不出?就这种判断力将来还当一国之君呢?看来国君也不难当。

徐君接过剑,迫不及待地就要拔剑观看。季札急忙止住:"此剑乃是吴王剑,为先王所佩,后传于敝人。剑刃过于锋利,猛一观之恐怕剑芒惊了您大驾,请先观看外部。"

徐君止住手,细细欣赏剑鞘,嘴里一个劲儿地"啧啧"赞叹,"好!真好!太好了!"

寻寻凑热闹说:"酷!真酷!酷毙了!"

徐君手上一用力，终于拔出了剑。亮光一闪，徐君不由得打了个冷战，紧紧地闭上双眼，两手伸直，尽量把剑推到远处。过了好一会儿，徐君才慢慢睁开眼睛，小心翼翼地把剑从鞘中拔出。

寒光逼来，寻寻和根根本能地向后仰去，跟着一人打了一个喷嚏。再看那口剑，竹叶形状、呈三角形的剑脊微微凸起，上面布满了暗色的菱形花纹；剑刃又硬又薄，随着手的颤动，青白色的光芒在锋刃上游走。寻寻和根根被白起拉去当兵时佩带过剑，对兵器并不陌生，那些剑和吴王剑相比，简直就是破铜烂铁。

突然，徐君大喝一声，挥剑向面前矮几上的爵劈去。爵是一种青铜铸造的三条腿的酒杯，前面有凹槽，后面是角状的尾。"咔"的一声，爵分成两半，中间的切口整齐光滑。徐君眯缝着眼睛对着爵发愣，半晌才缓过劲儿来，叹了口气，问："像这种剑贵国多吗？"

寻寻和根根想，得，张口要了。

季札："不多，只五口。"

徐君："都带在身边了吗？"

季札："只带了这一口。"

行，季札不傻呀，寻寻和根根看了他一眼。

徐君慢慢地把剑插入剑鞘，翻来覆去地又看了一遍，然后捧剑送回季札手中。

这时，鼓乐又起，乐工开始唱《诗经·小雅》。徐君和季札静静地听曲子。

第二天,季札离开徐国前往相邻的鲁国访问。徐君一大早就到馆舍相送,一路送出很远,直到徐国的边界才止步。看来,徐君并没有因为没有得到吴王剑而改变对季札的态度。

然而,自打送走季札,徐君便闷闷不乐,茶饭无心,对什么都提不起兴趣,就连平时最爱听的编钟也懒得听了。之后,便一病不起,不久就去世了。

季札结束出访各国再次经过徐国,见国君已经换了新人,十分惊讶,这才知道徐君已经不在了。景物依旧,但故人已逝,往日的情景一幕幕浮现出来,不禁歔欷(xī xū)不已。他解下吴王剑,双手奉上。

新君惊讶地望着那口剑,弄不清是怎么回事。

寻寻和根根也愣住了。

季札说:"我曾经答应过要送给徐君这口剑,但因为我是使臣,出访各国不能不佩带剑,所以当时没能交到他手上。如今我的差事已经办完,用不着在正规场合出头露面,可以把剑留给他了。然而却见不到他了。您是他的继承人,就请您替他收下这口剑吧。"

寻寻和根根面面相觑,季札和徐君会面,他俩始终在场,真不知道季札什么时候答应过把剑送给他?

新君连连摆手,说:"这件东西乃是贵国的国宝,我怎好接受?况且,我从来没听见先君说过有这件事,所以不敢从命,请原谅。"

季札执意要把剑留下,对方坚决不受。季札没有办法,就请对方带他到徐君的坟墓前看一看。

高大的坟墓上已经长出了青草,四周环卫着柳树。一阵风拂过,柳枝飘荡,小草摇摆,好像故人在向朋友打招呼。季札围着坟绕了三圈,又默默地站了许久,似乎在与徐君交流。然后解下吴王剑挂在树杈上,转身走向等在远处的车队,登上马车。车渐渐地去了,墓地一片宁静,人走了,情谊留了下来。徐君的愿望实现了,有那把价值连城的剑陪伴着他,也许从此不再孤寂。

寻寻回头望望坟地,根根也回头望望,就连车夫也恋恋不舍地瞥了一眼,他们放不下那口剑,只有季札一动不动。终于,寻寻憋不住了,问:"您的话都是我们翻译的,没听您说要把剑送给徐君呀?"

季札:"见他这样喜爱这口剑,当时我心里决定送给他。出使诸国,前路漫漫,不知道会发生什么事,所以我嘴上不好说出来。"

根根:"可是,徐君已经去世了,为什么还要把剑留下来呢?"

季札:"一旦许下诺言,不管发生了什么,都要一定兑现。会写'信'字吗?"

"会。单立人加一个言字。"寻寻和根根回答。

季札:"好,这个字形表示的再明白不过了,信是人之言,也是对人言。这就是说,承诺的时候,是把对方当作人来对待,同时也是把自己当作人。人不是畜类,而是有着无上的尊严。所以,兑现诺言,既是尊重别人,也是尊重自己。不能因为对方人不在了就不讲信用,这是对死者的不敬;况且,你自己还活着,也要对得住自己啊。"

寻寻:"可那口剑毕竟是国宝呀,难道就这样留下了?"

季札:"不错,它是国宝。吴国最好的铸剑大师率领上百个最好的工匠苦干多少年才造出有数的几口利器。我的先人佩带它驰骋疆场,浴血奋战;我又佩带它出使诸侯,展示吴国风采,这样好的东西我怎能不珍惜?但你们想过没有,对一个人来说,是有形的物贵重还是无形的信誉贵重?物失去了还可以再造出来,信用丢了怎么办?一旦形象损坏了,再修复可就难了。无信不立,人靠信用立足于世,信誉比什么都重要。"

根根:"比生命还重要吗?"

季札:"当然。一个人如果失去信用,谁还愿意跟他打交道？到时候说话没人听，做事没人信，大家都离他远远的。在人们心目中他已经不配做人了。这样活着还有什么意思？还不如死了呢！"

寻寻："但是，想把剑送给徐君是您心中的秘密，要不是您说出来没有人知道，所以您不兑现诺言根本影响不了您的信誉。"

季札："谁说没人知道？自己的良心就知道。要是不兑现这个诺言，我的内心将永世不得安宁。再有，守信是一种德行，不管承诺的事是大还是小，别人知道还是不知道，都要去做。千丈之堤，以蝼蚁之穴而溃。只要在一件事上放任自己，德行的大堤就打开了缺口，就埋伏下隐患，有朝一日可能会溃堤呀。"

寻寻和根根不说话了，季札的话要好好想一想，古人的行为在现代人眼中是不大好理解的。

季札一行回到吴国后，他的吴王三哥去世了。按照兄弟们对父亲的承诺，三哥把王位传给季札。然而，遵循不做吴王的诺言，他坚决不接手。这在为了争夺权位而司空见惯了的父子兄弟相互残杀的春秋时期真是件稀罕事。人们都瞪大了眼睛注视着吴国，想瞧瞧究竟是权力和富贵的诱惑力大还是诺言的力量大？结果，季札跑了，祖先因让位而逃跑的历史一幕重新上演。

寻寻和根根的身份是翻译官，季札已经不是使臣了，用不着翻译了。而且，他们也不愿意跟季札跑到乡下去忍受寂寞。他们决定去体察一下古人是怎样实行孝道的。

于是，他们对魔鞋下达了指令。

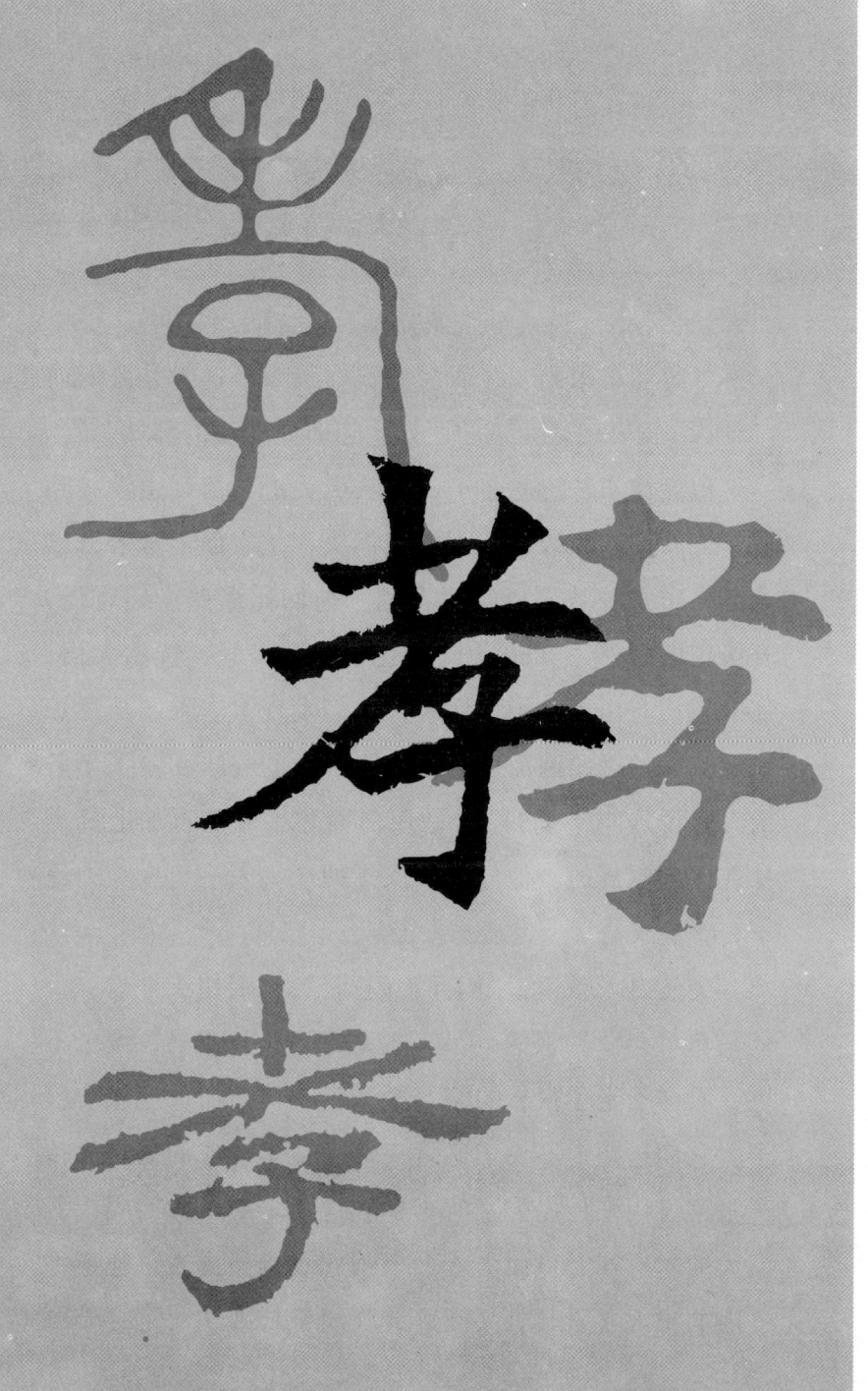

二 孝

寻寻和根根出现在西汉的长安街头，这时是公元前175年。长安就是今天的西安，当时是西汉的都城。

他俩饿了，想吃包子，可从街头走到街尾也没找到包子，问了几家饭馆，人家直摇头，从字面上琢磨，以为那一定是种特别奇怪的食品。他们比那些人还奇怪，开饭馆的居然不知道什么是包子！想一想，恍然大悟，那时还没有出现包子。后来，他们发现了一种刚从烤炉中拿出来的饼，两面焦黄，一股香甜的气味弥漫了半条街。听说这叫"髓饼"，是用白面和牛骨髓再加上蜂蜜揉在一起制成的。他们一人买了两个，咬一口，嘿，绝了，又脆又香。

突然有人喊道："闪开！闪开！"他们扭头一看，一辆马车"隆隆"驶来。驾车的是四匹杂色瘦马，疲惫不堪，看样子走了很长的路，尽管车夫"啪啪"地甩着鞭子，它们还是走不快。这是一辆用传车改成的囚车，传车是官府用来传递公文的车子。这辆车的车厢四周围着粗大的木栏杆，里面坐着一个戴着木枷的男人。他不像一般的犯人衣服又脏又破，满脸胡子拉碴，而是穿着整洁，脸上收拾得也挺干净。他抽抽鼻子，大声说："啊，京城的髓饼，好长时间没吃过了。"

栏杆外面的车板沿上，坐着一个十二三岁的女孩，黝黑的脸上有一双大大的眼睛，忧郁而又清澈的目光望过来，扫过寻寻和根根的脸，最后落在他们手中的饼上。他们看到，姑娘细细的喉咙"咕噜"蠕动了一下。

一个衙役催马从后面赶上来，对着行人大叫："去去，靠边！说你呢！"他用马鞭朝根根一指，"怎么着，是不是想到槛（jiàn）车里坐坐？"根根挪了一步，心说狂什么狂？季札的超豪华马车我都坐过，瞧你那几匹破马，比人家的差远了。

寻寻咽下一口饼，呆呆地望着姑娘，突然拔腿跑过去把饼塞在她手里。姑娘感激地点点头，然后举起饼放在男人嘴边。男人咬了一口，嘴里快速地咀嚼着，含糊不清地说："好，嗯，好。你也吃。"接着又张嘴咬下一块。女孩说："爹爹吃，缇萦不饿。"

根根举着饼追上来，"等会儿，我这儿还有一个。"衙役勒转马头，挥了下鞭子，呵斥道："就你小子捣乱，我盯你半天了，再靠近槛车一步，我就锁了你，去去，一边去！"很快，马车在一座衙门前停了下来。衙役打开囚车，把犯人押进门，小女孩也跟了进去。

根根看着大门上方的匾额，念道："御史府"。又问："御史府是干吗的？是关押犯人的地方吗？"寻寻看的书比根根的多，当然知道的也多，就说："御史府管的不是一般人，是专门监察官员的机构，官员犯了罪就要交给御史处理。"

根根："这么说那女孩的父亲是个官儿啦，也不知犯了什么事，把她也给抓来了。"

寻寻："难说。古时候的法律和今天的不一样，一个人出事全家受牵连，没看电视剧里演的，动不动就把犯人的孩子发配给别人为奴。"

寻寻和根根不禁为女孩的命运担起心来，那么小就被迫做奴隶多可怜呀。正等得着急，女孩和一个官员走了出来。根根想，完了，女孩发配给这个官了。于是就跑上前去，把饼递给她，"吃吧，吃饱了好干活。"

女孩接过饼咬了一口，眼中噙满了泪水，背过身去把饼吃了。官员叹息了一声。

根根觉得官员挺和气，就问："您不会打她吧？"

官员奇怪地望着他们，摇摇头，"我干吗打她？"

根根："那您也不会让她干重活了？"

官员："当然不会。"

寻寻一听急了，不让她干活那要她干吗？不是想卖给别人吧，就说："你是不是要把她卖了？告诉你，贩卖人口可犯法！你不能带她走，我们要报案。"

官员怔了怔，突然哈哈大笑，说："误会了，你们把我当成坏人了。缇萦，你跟他俩说说。"

缇萦开口了,"多谢你们关心我,一路上尽遇上好人了。——这位大人是御史,姓张,他是我爹爹的朋友。爹爹的案子要等一段时间才能判下来,张伯父送我去传舍,让我在那儿等候。你们跟我一块去吧,住在那儿不用花店钱。"

传舍是官府设立的旅馆,只有过往官员和办公事的人才能住,开支由官府承担。缇萦是押解人员带来的,又有张御史出面,所以就住了进去。寻寻和根根也沾了光,传舍的官员以为他们是一起的。

本来孩子们凑一块儿,应该有说有笑,但缇萦心里有事,怎么也高兴不起来。寻寻安慰她说,别发愁了,不是还有张御使吗,他是你爸爸的好朋友,不会袖手旁观的,要不也不会带你来传舍等着。缇萦说,御史府是个大衙门,有好多御史,长官叫御史大夫,张伯父只是一个普通御史,只能在旁边帮一把。再说了,爹爹的案子是皇帝亲自点的,最后怎么判还得看皇帝的。

寻寻和根根吓了一跳,问,你爹爹犯了多大的罪,竟然惊动了皇帝?

缇萦叹了口气,讲述了事情的经过。

缇萦的父亲姓淳(chún)于,叫意,是齐国(今山东一带)主管粮食的官。西汉初年,地方行政制度采用郡国并行制,也就是把国家划分成若干个郡,同时又建立若干个诸侯国,双管齐下,共同治理。齐国就是其中的诸侯国之一。当时全国共划分了54个郡，各诸侯国占了39个郡，而齐国就占了7个，朝廷直接管的只有15个。淳于意的具体职务是齐国的太仓令，太仓就是国家粮库，令是长官，相当于粮食局长。民以食为天，可见这个职位有多么重要。别看他只是一个诸侯国的粮食局长，但他管的粮食却相当于全国的八分之一，中央政府的二分之一。

这么关键的领导工作应该找一个可靠的人来担任，但齐王不知怎么想的，竟举荐了淳于意，也许是被他的名气迷惑了，或许是因为他治好了齐王的母亲和孙子的疑难症。这个淳于意本来是个半吊子江湖医生，后来投入一位名师门下才走上正道。学了三年，医术精进，找他瞧病的患者大多数都被治好了，判断病人的生死也还挺准。于是，名声日渐隆盛。然而，他的江湖习气却没改多少，他喜欢背着药箱子四处漂流，很少着家，心里大概也很少装着妻女。对待患者也由着性子来，高兴了怎么都成，一旦气不顺，就拒绝开诊，将病人拒之门外。所以，有人感激他的救命之恩，也有人恨他。张御使就是他治好的病人，后来成了他的朋友。

把这样的人推上领导岗位是害他。当上太仓令没多久，老毛病一样一样发作了。刚才还好好的，突然就莫名其妙地发起怒来，跟下属拍桌子瞪眼；说过的话没有两天就忘了，又开始下达相反的命令，搞得部下无所适从，把人们折腾得够呛。慢慢地也就没人真听他的了，大家都对他阳奉阴违。他也不在乎，甚至觉得这样也挺好，当官不管事，又有地位又清闲，索性大撒把，放任自流了。

这可了不得，官吏有人看着还变着法子贪污呢，一旦没人管，敢把粮库搬空了。果然，出大事了。有关部门发现粮食大量丢失，而太仓令根本说不清，一笔糊涂账。这可是影响国计民生的大事呀！于是，就上书皇帝举报淳于意。皇帝震怒，下令用传车把他押到长安，治他的重罪。

地方官抄了淳于意的家，把值钱的东西都拿走了。押解差役让他家出一个人，路上照料犯人的饮食起居，因为他是钦犯，身披重枷，自己什么都做不了。淳于意没有儿子，只有女儿，而且还不少，一溜五个。姑娘家跟着犯人和差役一起行路，不要说丢人现眼，就是安全也难以得到保证。淳于家无人可派，女儿们扯住父亲的衣襟哭成一团。

淳于意大怒，说："生一堆女儿有什么用？关键时刻一个也用不上！老天怎么不给我一个儿子呀。"这时，最小的女儿缇萦擦了擦眼泪，挤到前面说："我去。"

"你？"父亲十分惊讶，上下打量了一番小女儿，她的个子刚刚到自己胸前，单薄的肩膀哪儿担得起那么重的担子？便叹了口气，微微摇摇头。缇萦恳求道："爹爹，让我去吧。"淳于意的目光停留在女儿脸上，面对着一双清澈而坚定的眼睛，他有些犹豫了。

"不行，不行，好几千里地呢，一个半大女子哪儿能干得了？到时候反倒连累我们。"差役在一旁插嘴说，又问："你家在本地算得上大户，没个侄子什么的？"

淳于意苦笑一声，"要是去京城当官，不用招呼，肯定有人跟了去。这是受审问罪，生怕沾包，躲还嫌两条腿跑不快呢，恨不得再生出两条腿来，上哪儿找人去。"

"实在不行，掏钱雇人，要是不方便的话，你出钱我们出面。"差役出主意说。

"钱？哪儿还有钱？你们也看见了，家里都抄空了，我身上连上路的盘缠都没有，拿什么雇人？"淳于意说。

结果，缇萦跟父亲上了路。临走前，淳于意治愈的几个病人凑了点钱，总算有了些盘缠。按规矩，犯人家属的交通问题自己解决，但淳于家实在没有这个能力，而跟来的又是一个小孩子，差役动了恻隐之心，破例允许缇萦挤在车厢的后面。

缇萦生长在大户人家，从来没有受过这么大的苦。那时的路是黄土路，坑坑洼洼，车轮子是木头做的，四匹马拉的传车跑得又快，坐在车厢后面就像坐在浪尖上，"嘭"地一下被高高地抛起来，紧跟着又狠狠地落下去，颠得肠子都快出来了。这还算是好的，最让人受不了的是太阳。热辣辣的阳光明晃晃地投下来，没处躲没处藏，半天的工夫，脸上被烤得就脱了一层皮，红中发黑，看着都吓人。父亲心疼地闭上了眼睛，说："连累你了，孩子。"缇萦从包袱里拿出一件小花衣，遮在父亲头上，淡淡地说："没事。"

她也从来没干过这么多的活。晚上车停下来，她要服侍父亲上厕所，完了到灶上做饭，晒一天毒日头接着再忍受烟火的熬煎。然后端着大碗一口一口地给父亲喂饭。等父亲吃完了，自己匆匆扒拉上两口，赶紧去洗父女俩换下的衣服，要不天一黑就什么也干不成了。给父亲洗完脚，总算可以歇着了，但身上累得像散了架，没有一个地方不难受，想哭又不敢哭，怕父亲听见难受，只好咬牙忍着。有时一阵头晕，天旋地转，她一点都不害怕，甚至想就这么过去了才好呢，省得再遭罪。可又一想，自己不在了也就算了，可爹爹怎么办？还得挺着。

就这样，他们到了长安。缇萦了换了个人似的，白白嫩嫩的官家小姐变得又黑又瘦，像个乡下丫头，但一双大眼睛却依然那样清澈，只是多了几分坚毅和成熟。住进传舍后，缇萦每天都要去御史府打听消息，寻寻和根根陪着她。他们进不了大门，只能在门口等张御史。不管多久缇萦都固执地等着，不见张御使的面决不回去。一连许多天都没有确切的结果，缇萦别提多着急了。

一天,张御史说判决快下来了。缇萦问给什么样的惩罚?回答是有可能处死,最轻也要受很重的肉刑,即使熬过刑罚,身体也残废了,得做最坏的准备。缇萦哭了,说要是这样爹爹就完了,张伯父请您想办法救救他吧。

张御史摇摇头,说国家刑律写得明明白白,这种罪就该接受这样的惩罚。主持审案的御史大夫是位非常耿直的人,眼里除了刑律没有别的,跟他求情是没有用处的。

根根问:"还有比御史大夫大的人吗?"

张御史:"有,皇帝。"

寻寻:"那就求皇上。"

张御史:"没用。这个案子是皇帝亲自抓的,谁敢唱反调?当今天子的脾气你们不知道,量刑一贯偏重。有个叫魏尚的人,是云中郡的郡守,在上报与匈奴作战的战果时,不知怎么搞的,多报了六个斩首的数目,结果被皇帝交给御史治罪,判了一年徒刑不说,还剥夺了他的爵位。"

他们回到传舍后,缇萦说爹爹不是贪官,罪不该死,况且他医术高明,对国家和百姓都有用,这么惩罚他我不甘心。寻寻说,那就给皇上写信,他的官最大,你爸的案子又是他点的,找谁也不如找他。缇萦点点头,说只有这么办了,可是信怎么送到皇帝手上呢?

寻寻说,这还不容易?我们把信交给皇宫警卫,请他把信转呈皇帝。要是他不管,我们就把信顶在头上,嘴里喊着"冤枉啊"去拦皇帝的车子。皇帝就会命令太监把信接过去,说不定他还会下车亲自接见你呢。她记得电视剧里有人用过这个法子,好像挺管用。缇萦怀疑地问:"这行吗?"

寻寻吸了下鼻涕,信心十足地说,行。根根觉得没那么简单,猛地想起了魔鞋,他和寻寻就是靠它的帮助给白起、谢玄刺探过军情,还给戚继光送过战报呢。就凑到寻寻耳边提醒道"魔鞋",然后对缇萦说:"你就写吧,送信的事儿包在我们身上。"

缇萦上街买回些竹简,跪坐在矮几旁写信。她咬着笔杆想了许久,然后一个字一个字地写起来。写完一行就歪着头琢磨一气,发现错字和不合适的地方就用湿布擦掉,重新写过。反复了好几次,信终于写完了。

半夜,寻寻和根根取出魔鞋,下达了去皇帝办公室的指令。他俩把竹简放在皇帝处理公文的案子正中间,皇帝只要往案前一坐,一眼就能看到信。办完事后,根根有些不甘心,问:"就这么走啦?"寻寻左看看右瞧瞧,说:"要不然咱们在白墙上写字,送信者寻寻和根根也!"她想起"水浒"中的武松就是这么干的,敢作敢为嘛。说着,就去抓案子上皇帝的笔。

根根想了想觉得不妥,他们是来送信的,不是来下战书的,就说:"别给缇萦找麻烦。"寻寻放下笔,

"哧"地擤了把鼻涕抹在皇帝的座位上。皇帝年纪大了,眼神不好,肯定看不出来,到时候沾他一身,让他带着自己的鼻涕接见大臣,说不定里头还有御史大夫呢。寻寻越想越得意,竟然笑出了声。根根想撒泡尿,就像孙悟空跟如来佛斗法撒尿做记号一样,可又怕目标太大,就叫寻寻先出去,然后响响地放了一个屁。

早晨皇帝来上班,他就是汉文帝。他大大地打了个哈欠,抽抽鼻子,然后一屁股坐下去,顺手拿起案子上的竹简,漫不经心地看起来。扫过两行,眼睛睁大了。又看了两行,目光跳过去,落在最后的签名上,举着竹简凑到眼前看了看。接着翻回前面,从头开始仔细读起来。看完信后,他皱起眉头想了一会儿,吩咐道:"把御史大夫叫来。"

御史大夫一溜小跑地来了。文帝让他看信。

信中写道:我父亲做官,获得了齐国廉洁公正的评语,他现在犯了法理应受到惩罚。但让我特别悲哀的是,人被处死是不能复活的,人被施以肉刑身体残废了也不可能复原。尽管他深刻地认识到错误,一心一意地重新做人,但是却没有自新的路可走,甚至找不到改过的机会。我心甘情愿地没入官府当奴婢,去为父亲赎罪,以换取他新生的资格。

"怎么样?"文帝问。

御史大夫:"臣不能同意。"

文帝:"一个小女孩千里迢迢地陪伴着父亲到京城接受审判,现在又冒死上书,这份孝心就打动不了你?你的心是石头做的?"

御史大夫:"缇萦说的是情,而臣讲的则是理。审案定罪不能从情出发,只能从理出发。臣是严格按照本朝的刑律定的淳于意的罪,臣没有错。陛下说臣的心是石头做的,这是夸奖臣,当御史的就是要有铁石心肠。"

文帝:"这里就没有理?孝顺父母和长辈是什么?朕实行的以孝治国又是什么?是理,是通行天下的大道理!没有比孝更大的了。在家里是孝敬父母,在国中就是忠于君王,以孝为忠,懂不懂?朕要表彰缇萦,让大家都学习她。只有臣民都尽孝尽忠了,大汉的江山才能永远稳如泰山。"

御史大夫低头不语。

文帝:"你怎么不说话?"

御史大夫:"陛下俯视的是全局,而臣看到的则是刑法。臣无话可说。"

文帝:"那好,你马上改判。"

御史大夫:"臣不敢奉诏。"

文帝:"为什么?"

御史大夫:"臣只能按刑律办事,刑律是陛下亲自制定的,不能因为淳于意一人而破坏了刑律。如果在他这里开了口子,别人怎么办?同一种罪过不能用两把尺子来衡量。"

文帝:"那朕就再做一把新尺子。从今年起废除肉刑。……去传诏啊,愣着干吗?"

张御史得到了消息,立即跑去告诉缇萦。缇萦"哇"的一声哭了,这些日子经受的所有苦难和委屈都涌上心头。过了一会儿,又笑了,鼻子里冒出一个大泡泡,比寻寻的还壮观。

张御史赞扬道:"缇萦救父,定能流芳千古,了不起,了不起啊!"说着,拿起缇萦的手,提笔在她手心写了一个大大的篆体"孝"字。

"你们看,"他说,"'孝'字由'老'字和'子'字组成,老在上,子在下,是年轻人搀扶老人的形象,以此来表示儿女对父母尽心尽力。缇萦的行为就是对'孝'字的最生动的诠释。"

其实,缇萦不光救了自己的父亲,同时还挽救了许许多多和她父亲情况一样的人,使他们也获得了改过自新的机会,她功德无量。

淳于意被开除公职,清理出官吏队伍。皇帝让他回山东老家发挥余热,好好行医,治病救人。他和缇萦邀请寻寻和根根去山东做客。名医说他俩资质不错,是可造之才,打算把他们网罗到门下做传人,将来好有人接他的独门秘方。

寻寻和根根决定开溜。他俩一想起四匹瘦马拉的传车就恐怖,坐着它走几千里地不把屁股颠成八瓣才怪呢。于是就让魔鞋送他们去体验古人是怎样做到"忠"的。

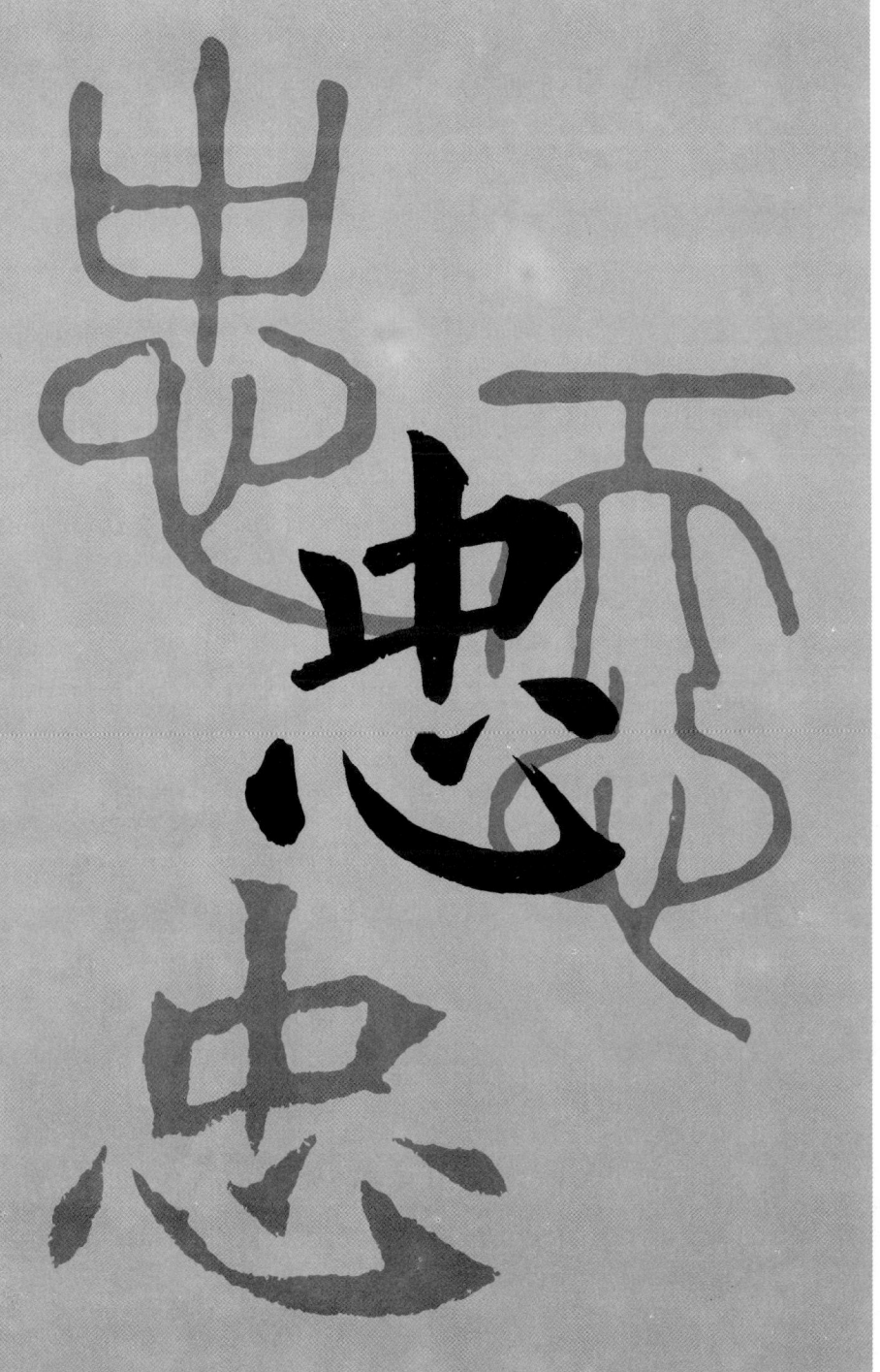

三　忠

寻寻和根根站在一间房子的南墙下。这是一座两进院的宅子，院子不大，格局紧凑，所以房屋显得很高。

"未央宫！"根根指着远处的建筑物说。他们和缇萦住在传舍时，一抬头就能见到皇帝的宫殿，是不会认错的。这么说他们仍然在长安。

这是谁家呀？他们发现墙上有一个窗子。那时还没有发明纸，窗子上当然也就没有像后来那样糊着纸，所以透过窗户上的木头格子可以看到室内。这间房子的窗子比传舍的大，传舍的窗子是斜方格，而这个窗子是直棂，就是用几根木棍竖着平行镶嵌在窗框上，这显然是为了增加采光。看来，屋里住的是读书人。

他们扒在窗棂上往屋里瞧，一个男人侧身跪坐在席子上，面前摆着一张木案，案上是铺开的竹简，旁边放着几支笔。一束阳光从窗子里射进来，正好照在他脸上。消瘦的脸苍白得没有一点血色，稍稍有些发黄的眼球直视前方，目光好像穿过厚重的墙壁望出很远很远。一些细小的灰尘在光束中飞舞、飘荡。他一动不动，像尊雕塑。

有人拍了下他们的肩。回头一瞧,一个老人摆摆手,示意他俩别出声,然后拉着他们到了外院一间屋里。老人问:"你们两个是皇帝赏给先生的吧?"

寻寻和根根丈二和尚摸不着头脑,不知道说什么好。

"唉,"老人没等他俩回答,长长地叹了口气,"皇帝也真是的,给你两巴掌,又胡噜你一下,害完了人,再给点东西。别说两个书童了,就是封个侯也补不上先生的损失啊!"

"什么损失?"寻寻和根根问。

"这么大的事你们不知道呀?也是,朝廷大事,哪能让两个书童知道。往后你俩就是先生的人了,这里的事你们得心里有数。"于是,老人把事情的经过挑要紧的讲了一遍。

原来,这里是司马迁在长安城的住宅,屋里坐着的男人就是司马迁,老人是管家。这时是公元前97年的春天,汉武帝刘彻当政。他是处理缇萦父亲一案的汉文帝的孙子。

司马迁在青年时就是汉武帝的近臣,深受信任。武帝雄才大略,一心要创造历史;司马迁学高识卓,立志要描述历史,两人算碰到一块儿了。只举一件事就可以看出司马迁在武帝心目中的位置。武帝喜欢在他统治下的国家四处巡游,在位54年,到他走不动路为止,出行34次。其中除两次外,每次都叫上司马迁。也许正是出于这种关系,公元前108年他父亲太史令司马谈去世时,武帝才同意他接班出任太史令。哪一个统治者不希望记述历史的笔握在偏爱自己的人的手里呢?

然而,事情的发展却让武帝非常震怒。九年后,李陵事件发生了。为彻底击溃匈奴,武帝命令贰师将军李广利率主力从酒泉出击敌方右贤王,派名将李广的孙子李陵率五千步兵策应,另外又派老将路博德带一万骑兵作为李陵的后援。李广利是武帝宠妃李夫人的哥哥,国舅爷的身份,其实没有多少真本事,但因为会来事,很讨皇帝的喜欢。

按照武帝的安排,李陵这一路是偏师,它的运动纯粹是为了分散匈奴的力量,好让李广利以优势兵力歼灭敌方主力。没想到右贤王根本没上这个当,他先发制人,选择敌人的薄弱环节,把主力部队调到李陵这一线,用三万精骑围住了汉军,而后又增兵五万。李陵且战且退。这时,作为援军的路博德应该主动接应李陵,谁知武帝听了他的一面之词竟然下令按兵不动。经过十几天浴血拼杀,被围汉军矢尽粮绝,失去了战斗力,李陵投降。那么,李广利的情况又如何呢?他并没有找到敌人主力,主力都集中到了李陵这边,然而他也一样遭到了惨败。武帝的战略就这样泡了汤。

武帝沮丧极了。大臣们为了掩饰皇帝指挥失误和李广利兵败的责任，一股脑地把过错都推到李陵身上。司马迁可不是跟在别人后面跑的人，史官的职责造就了他耿直的性格和正直的处世态度。所以，当武帝咨询他的意见的时候，他毫无隐瞒地谈出了自己的看法。他的见解主要有两点：第一，李陵以五千步兵对匈奴八万骑兵，杀敌一万，虽战败投降，但功可抵过；第二，李陵是有德之士，他的投敌是被迫的，一有机会肯定会回到汉朝。

司马迁的话还真起了作用，皇帝疑心受了路博德的蒙蔽，后悔当初没有命令援军接应李陵。于是派大将率兵深入敌方想把李陵接回来。但万万没有料到，带回的消息却是李陵正在教匈奴人对付汉军的办法。显然，李陵不是假投降，而是死心踏地当了汉奸。

武帝恼羞成怒，气昏了头，根本没想到去核实一下情报，就下令诛灭李陵全族。后来才知道，为敌人出谋划策的是降将李绪，而不是李陵，俩人差了一个字。然而已经晚了，李陵的老母和妻子都被杀掉了，结果逼得李陵真的走上了投降之路。

武帝还不解气，是谁影响他做出接回李陵的决定从而让人看笑话的？是司马迁！于是下令治他的罪。结果，司马迁被定"诬罔"（wū wǎng）罪，就是用虚假的东西蒙蔽皇帝，这是欺君之罪，是死罪！按照规定，有两种办法可以免死，或者拿出50万钱来赎命，或者通过残忍的"腐刑"而接受最重的羞辱来换命。男人受腐刑就是割去男根,这种刑罚原来是专门对付淫罪的,万恶淫为首,接受腐刑就等于把自己摆在淫恶之徒的地位上。对司马迁来说,要钱,没有;要命,可是他还有重大的使命没完成,他的《太史公书》(后世学者将其更名为《史记》,下称《史记》)还没有完成。命运只给他留下了一条路,就是接受腐刑。就这样,司马迁蒙受了奇耻大辱。这年他49岁。

受刑后,司马迁被送进治疗室养伤,满100天出狱,被任命为中书令,也就是皇帝的秘书长。这个职务一向由宦官(太监)担任,因为要跟着皇帝出入后宫。当这个官等于又往他的伤口撒上一把盐。

这就是事情的经过,寻寻和根根听得惊心动魄。

老人说,别愣着啦,去给先生送一壶酒去。寻寻和根根走进书房,司马迁仍凝视着前方,一动不动。根根倒了一杯酒,寻寻捧到司马迁面前,他接过酒杯,一饮而尽。根根又倒了一杯,他又喝了。一壶酒很快就喝光了。

老人说,先生心里苦啊。寻寻和根根想,受了这么大的委屈也不知道他后悔不后悔?老人又让他们送饭。

还是那样,给他盛饭他就吃,不盛就不吃,也不说话,一副听天由命的样子。老人松了口气,说看来脾气改了。紧接着又担心起来,说要是心灰意懒,人可就毁了。

司马迁要进宫,寻寻和根根帮他换衣服。老管家一会儿进来,一会儿出去,折腾了好几趟。"有什么事你就说吧。"司马迁终于开口了。

"您——您如今在皇帝身边,一定要多加小心,可不能像先前那样直——直言了。"老人把憋了多少天的话说了出来,他觉得这是自己的责任,如果再得罪皇帝说不定要灭族的。

司马迁伸出手指掸了掸袍子,——其实那上面没有一点灰尘,衣服是新洗过的,"你,"他看了根根一眼,"捧竹简。"又望一眼寻寻,"你,捧笔砚。"然后面对老人,"往后只用笔,不用口。"

"对,少管闲事,写好《史记》比什么都强。"寻寻接过话头说。

司马迁:"你后半句话说得对,前半句大错。李陵一案怎么是闲事?"

寻寻看有机会,立刻插嘴问:"您那么为李陵说话,你们是好朋友?"

司马迁:"不是,我们志趣不同,不过是认识罢了,见面点头的交情。李陵一案涉及对敌军事战略,涉及朝廷风气,是大事,不是闲事。"

"那您可以不说话呀。"根根也插了进来。

司马迁:"我拿着朝廷俸禄,怎能装聋作哑?再说了,不是我争着说话,是皇帝问到了我头上。"

根根:"您可以随大流呀,干吗非得怎么想的就怎么说?我们班有三十多个同学,大家的看法常常不一样,多数意见就是错了也没事,少数意见就是对的也不落好,早晚得倒霉。"

老人附和说:"出头的椽(chuán)子先烂嘛。"

司马迁一言不发,从寻寻手中接过笔,又从根根手中拿起竹简,写了一个篆体的"忠"字。

司马迁:"你们谁来讲讲这个字。"

根根:"心的上头是个中,就是在心中的意思。"

"嗯,"司马迁点点头,"心表示的是用心,中就是内部、里面。忠的本意就是放在心里最重要的位置上,可以理解为全心全意。也就是说,你的心中已经被国家的事、别人的事占满了,没给自己留下任何空隙,所以想问题、办事情一定是从公字出发。因此,忠就是至公无私。那些人身为国家大臣,阿谀逢迎,颠倒黑白,完全是从私心出发。我司马迁要做的是堂堂正正的君子,怎能与这等小人为伍。要真的沦落到这种地步,我还写什么史!"

寻寻:"可是,李陵毕竟投降了敌人啊。"

"说真话是一回事,事情的结果又是另一回事。我在政治上错了,但我在道德上站住了,我问心无愧。李陵的事即使被那些人说中了,他们也还是小人,因为他们心术不正。"说着司马迁就往外走,一副昂然的样子。尽管受刑不久还迈不开步子,但神态中却回荡着一股逼人的浩然正气。

老人的眼中流露出几分担忧,先生的沉默只是表面的,他的内心依旧风雷激荡,但愿别出什么事才好。

寻寻跟在后面说:"我知道了,您和季札一样,是个把做人看得比生命更重要的人。"

"是吗?"司马迁的脚步突然放慢了,这个孩子的话无意中触动了他内心深处的剧痛:他活下来了,然而做的是什么样的人呢?一个被腐刑夺去了人的尊严的人,一个辱没祖宗遭人嘲笑的人,一个与宦官为伍的人……顿时,血液涌上脑门儿,冷汗浸湿了后背,连怎么上的车都不知道。

他好几次想到自杀。他是史学大家,熟知那些宁折不弯、舍生取义的英雄事迹。远的不说,眼前就有李广,他还专为这位本朝名将写了"李将军列传"收入《史记》。李广随大将军卫青出征,走另一条道路,行军途中向导逃跑,害得他迷了路,贻误了战机。卫青命令李广到大将军幕府接受讯问。李广忍受不了与卫青手下那伙刀笔吏对质的羞辱,拔剑自刎,以死保持了自己的尊严。然而，历史上还有一些相反的例子，他们为了事业而饱受侮辱和磨难，往上数有春秋时期的越王勾践，为取得夙（sù）敌吴王的信任竟然去尝他的大便；向下看有汉朝初年的韩信，为息事宁人竟然从一个无赖的胯下钻过去。哪一种更值得敬仰呢？

司马迁倾向于后者。其实，死并不是一件很难的事情，关键在于是否死得其所，是否死得有价值。他曾说过："人固有一死，或重于泰山，或轻如鸿毛。"如果一个人只为自己一时的羞愤去死，而把对祖先、家人、国家的责任抛在一边，这种死是没有多大意义的。他选择了生，因为他背负着重大的责任。

他们司马氏是史官世家，当文明的曙光刚刚升起的时候，他的远祖就开始了这项工作。到了春秋时期，由于诸侯纷争，先祖曾一度离开史官的位置，或驰骋疆场，或管理经济。到了父亲司马谈这一代，立志恢复先人的事业，经过刻苦学习和不懈努力，终于成为史学大家，被汉武帝任命为太史公，重新回到史官的岗位，并开始了《太史公书》（《史记》）这一震古烁今的鸿篇巨著的创作。

然而，令司马谈忧心忡忡的是，儿子尽管很早就帮助他修史，但在太多令人头晕目眩的世俗诱惑下，能继承史官这个甘受寂寞的职位吗？要知道在司马谈临去世前，儿子正好处在仕途辉煌的时刻。司马迁 28 岁任郎中，给汉武帝当侍卫；35岁做到郎中将，成为高级侍从官。这时他刚刚出色地完成了皇帝交付的前往西南前线视察的任务，有可能受奖升迁。不说以后，就是目前这个郎中将一年的俸禄就是1000石，而太史令才600石，品级上低得多。

所以，处于弥留之际的老史官拉住儿子的手，流着泪，用几乎恳求的口吻一再说："我死了以后，你一定得当太史。"还特别提醒他别忘了继续完成自己的论著。司马迁是孝子，深明大义，答应了父亲的要求，肩负起父亲未竟的事业。

这就是司马迁。为了继承修史的历史使命，他牺牲了荣华富贵；为了完成这个使命，他又牺牲了尊严。他的生命不属于自己，而属于事业，他必须像勾践、韩信他们那样接受屈辱，也一定能像他们那样实现自己的志向。这是什么？是忠，是对事业的无比忠诚！在他的心里，事业占据了最重要的位置。因此，他选择腐刑而偷生恰恰证明了他的忠心。

由此看来，他确实是一个把做人原则放在生命之上的人。因为忠于事业是做人的准则，而活着则是为了完成事业。想到这里，司马迁的心轻松下来。作为生物的人，他是残缺不全的，但作为人格的人，他却进一步完善了。

受刑后，司马迁心绪极乱，无心修史。现在心情好多了，从宫里回来后，坐在案前提起笔来修改书稿。

寻寻把一盏灯放在他面前。探头一瞥，眼中闪过"今上"的字样，就问："是当今皇帝吗？""是呀。"司马迁说。

寻寻大喜，"这下他可犯在您手里了。"

"怎么？"司马迁不解地望着她。

根根插进来说："说他坏话呗，让后人看了书都骂他。"

司马迁："这怎么可以？"

根根："怎么不可以？他把您害得那么惨，您还不趁机出口恶气。"

寻寻："又不是造他的谣，只不过不好的一面多写点儿，好的一面一笔带过，或者轻描淡写。笔在您手里，怎么写还不由您？"

司马迁望着手中的笔，半响才说："我给你们讲两个故事。"

寻寻和根根最爱听故事了，立即席地坐在司马迁面前。

司马迁："春秋时，晋国的国君灵公荒淫无道，主事的大臣赵盾苦苦相劝，他不仅不听，反而想除掉这颗眼中钉，好几次差点杀了他。逼得赵盾没法子，只好离开晋国。他的手下赵穿趁灵公去桃园游玩的机会杀了他。这时赵盾还没走出国境，被接回来继续主持政务。

太史董狐记录道,'赵盾弑其君',并在朝廷上公布。所谓弑,就是本国人杀死自己的国君。这可是载入史册的坏名声啊,赵盾急了,分辩道:'事情不是这个样子。'太使正色说:'怎么不是?您是国家主政大臣,当时还在国内,回来后又不惩办凶手,说您弑君并不过分。'

"第二个故事也发生在春秋时期。齐国有个权臣叫崔杼(zhù),他曾经与公子光合谋除掉太子,从而帮助公子光当上国君,就是齐庄公。后来,庄公与崔杼的妻子私通,两人闹翻了。崔杼又杀掉了庄公。齐国的太史在史册上记下:'齐崔杼弑其君光。'光就是从前的公子光,后来的齐庄公。崔杼心毒手辣,连太子、国君都敢杀还有什么不敢做的?于是就杀了太史。继任的是前太史的弟弟,在史册上写的还是这句话,结果又被杀了头。他们的弟弟——第三个太史来了,仍然如实记下这件事,崔杼又把他杀了。第四个太史也就是他们的小弟弟早早地等在一边。崔杼问他打算怎么写,他说写'齐崔杼弑其君光',一个字都不带走样的。崔杼没辙了,太史们前仆后继,再杀下去也还是这样,只好听之任之。这时,南史氏拿着竹简赶到了齐国,如果第四个太史也被杀掉的话,他就顶上去。"

一片沉默,谁都不说话。

许久,根根才说:"当太史就得不怕得罪人。"寻寻说:"还得不怕死。"

司马迁点点头,"说得对。然而,不怕得罪人、不怕死必须要有一个前提,这就是公正。否则就是匹夫之勇。作为史官,你的记录一定要符合事实,不粉饰,不歪曲,既不夸张好的,也不掩盖坏的。只有做到了公正,追求的是真理,得罪人、不怕死也才有更大的价值。公正是什么,其实就是'忠'。"说着,提笔在竹简上又写了个"忠"字。

他接着说:"忠就是在心的正中间,也就是心要摆正,不偏不倚。做到公正是最难的,它要求你不能有私心,不能以个人好恶进行取舍。比如,皇帝先前对我好,我就心存感激,一个劲儿地说他的好话;后来,他惩罚了我,我就记恨他,把他说得一无是处,这就是不公正、不忠,不光违背了史家的职业道德,也违背了做人的道理。你们说是不是?"

寻寻和根根点头称是,他们更敬佩司马迁了。

在对汉武帝刘彻的记述和评价中,司马迁确实做到了公正无私,没有把个人恩怨掺杂进去。他如实地记录了武帝一生的所作所为,高度评价了他的丰功伟绩,例如,对外,北击匈奴,南平夷越,交通西域,开疆拓土,争取到了相对和平的局面;对内,发展儒学,振兴经济,改革体制,创造了空前强大的国力。但同时也批评了他的错误,例如,为支付巨大的开支而横征暴敛,痴妄迷信,好大喜功,等等。

尽管汉武帝对司马迁的创作抱着比较宽容的态度，也不干涉他的工作，但最近似乎有些敏感，语言中有意无意地流露出些许担忧，怕司马迁在写作中给他使坏。伴君如伴虎，最难预料帝王心，谁知道他哪天翻脸？司马迁心中不安，让老家人赶紧带着寻寻和根根躲到他在夏阳县高门里（今属陕西韩城市）的乡下老家去。

要是真来个灭族，寻寻和根根也保不住，没法子，他们只好离开。

于是，他们对魔鞋发布了去考察古人是如何做到"勇"的指令。

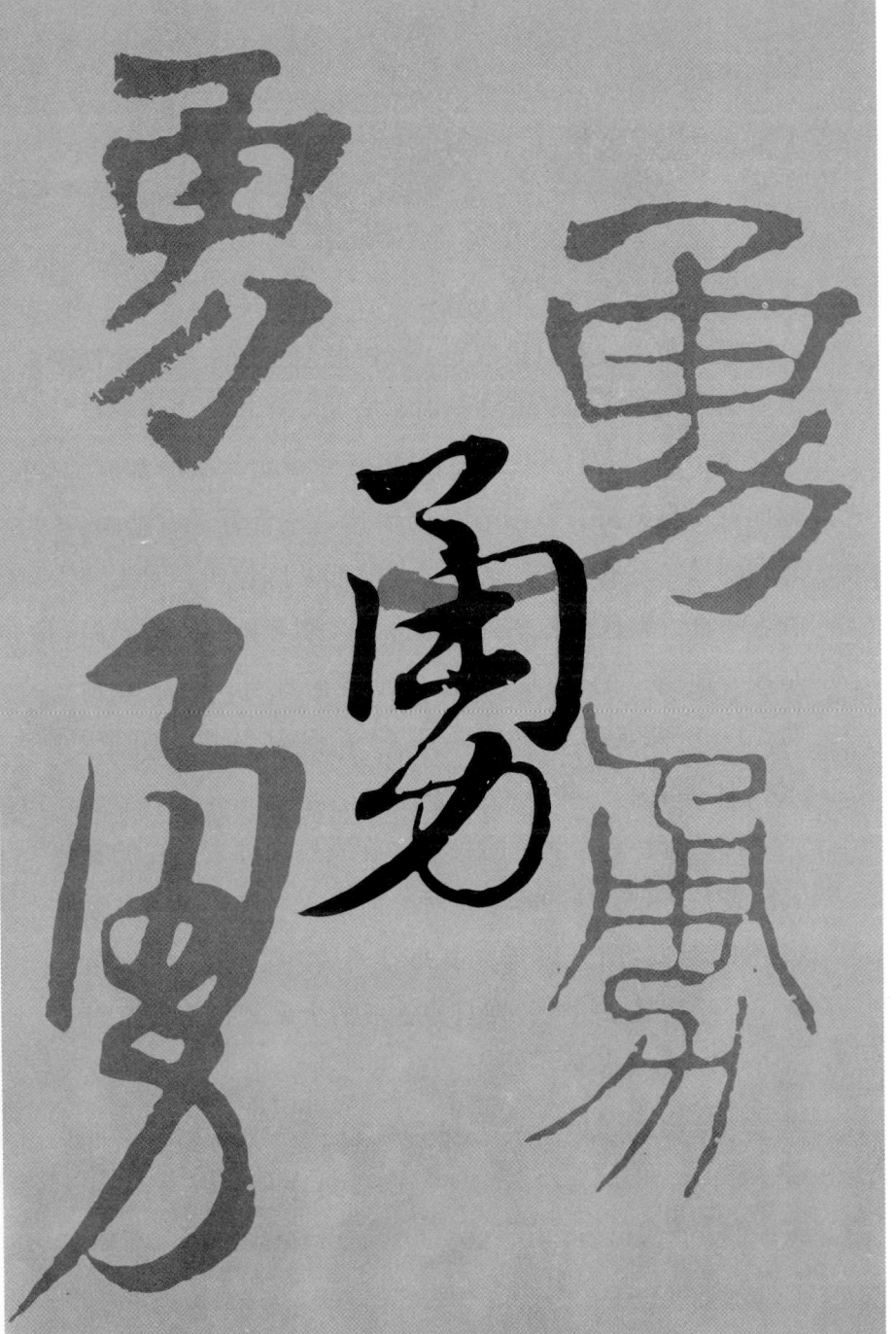

四 勇

魔鞋把寻寻和根根带到了三国时期吴国义兴（今江苏宜兴市）的一个镇子，这时是公元270年。

镇子不大，只一条街，但很繁华，卖什么的都有。他们觉得挺新鲜，就沿着街闲溜达，左看看，右瞧瞧，想发现没尝过的好吃的。突然，响起一阵惊叫，回头一看，一群人朝他俩跑来，边跑边喊。刚开始还以为人们是冲着他俩来的，心想自己没招谁惹谁呀。正站着发愣，一个人飞奔而过，顺手拉了根根一把，叫道："快逃！"

再一看，一个灰色的大家伙旋风般冲过来。它低着大脑袋，两只坚硬的弯角正对着前方，一双发红的小眼睛瞪得溜圆，凶光闪烁，嘴角挂着一串长长的白色黏液，呼呼地喘着粗气，四只铸铁般的大蹄子把石板路面踏得山响。原来是头疯牛。它是见人就顶，见东西就撞，凡是挡了路的，统统扫光。一个水果摊子拦在面前，它一扬角，摊子飞上了天，金黄色的枇杷、紫红色的杨梅、青色的杏子下雨般落下来，在石板路上滚来滚去。一个馄饨挑子阻住了去路，被它一头撞翻，又在铁锅上踏一脚,"砰"的一声,铁锅穿了一个洞,汤汁、馄饨四溅。

等寻寻和根根反应过来再想逃跑,已经晚了。他们站的地方一面是店铺,一面是墙,必须拐一下才能到街上。疯牛把他俩当成下一个目标,硕大的身躯直逼上来。他俩吓得拼命大叫。有一个青年试图把牛引开,提起煮馄饨的小火炉扔过去,正砸在牛背上,通红的炭火飞溅,顿时燃起一股青烟。但这个疯家伙竟毫无知觉,仍然没有停住脚步。眼见着牛就要顶着他们了,却猛地掉过了头,朝店铺撞去。原来这是一家布店,门前摆的样品中有红色的丝绸。它一角挑翻布摊,把红绸狠狠踩在脚下,然后歪着头打量寻寻和根根。

趁着疯牛对付那块绸子,根根拉着寻寻贴着墙根慢慢地往外移动,生怕惊动了牛。其实,就是让他们撒开了也跑不快,寻寻的两条腿早就软了,吓得连鼻涕都流不出来了。牛眼中白光一闪,好像明白他们要逃,把头一低,对着他俩冲过来。寻寻"哇"的一声哭了,根根闭上了眼。人们扭过了头,不忍再看下去。

绝望中就听"嗵"的一声巨响,有什么东西落了下来。睁眼一看,一个人骑在牛背上,双手死死握住牛角,旁边还站着一匹长鬃黑马。看样子,他是从马背上跳到牛背上的。牛又蹦又跳,疯狂地甩着脑袋,那人一边用脚后跟踢牛的肚子,一边大叫:"去,一边去!"寻寻和根根赶紧溜到街上。那人还在叫,原来是在命令他的马。黑马扬了扬闪着缎子般光泽的脖子,走到街边。

刚才还大喊大叫的人们突然安静下来,纷纷躲到远处观看,似乎眼前的一切跟自己毫无关系,那神态好像在欣赏斗牛表演。这时,牛带着人已经跳到了街道中间。寻寻急了,对着围观的人喊道:"帮帮他呀!快来人呀!"一个年轻人挪动了一下脚,又被旁边的人拉了回去。寻寻的叫声都变了,也没人上前。根根抄起一把扫街的竹笤帚,大喝一声,高举着冲上前,隔老远拍过去。不想牛一跳,把背上的人送到笤帚下面。那人骂了一声,头一偏,笤帚擦着脸落下来,正打在牛屁股上。牛一踢后腿,屁股猛地一抬,那人"嗖"地一下从牛头上飞了出去。

完了,寻寻和根根想。正准备拔腿逃命,不想那人在空中一个后滚翻,稳稳地站在地上。他虎目圆睁,狠狠地盯着面前的牛。根根提醒道:"快跑!"那人根本没听见,"呸、呸",往手上啐了两口,搓搓手,摆出一副跟牛死磕的架势。牛朝后一坐身子,猛地前冲,一头顶过来。"快躲!"根根又提醒道。那人一个侧身闪过,甩过一句:"你小子瞎掺和什么?再咋唬打烂你的嘴!"

说着,那人向后一跃,又站在牛的前面。牛喘了会儿粗气,一晃头又冲过来。那人不退反进,闪电般伸出双手,劈面抓住粗壮的牛角。牛使劲摆头,想甩掉人手,那人死命攥住,就是不撒手,憋得满脸通红。

寻寻和根根连气都不敢喘,生怕搅了局。那人还在跟牛较劲,只是手开始哆嗦。牛大概也察觉到了,使出浑身力气把头扭过去。突然,那人一松劲,牛因为巨大的惯性猛地朝一侧歪去,那人趁势飞出一腿,正扫在牛的支撑脚上,就像摔跤下绊子一样。"轰隆"一声,仿佛一座山倒下来,牛重重地摔在地上。它的力量太大了,把自己摔伤了,再也爬不起来。

这时,寻寻和根根才有工夫打量那个人。看长相很年轻,还不到二十岁,但身体异常健壮,属于古书上说的熊腰虎背类型,要不然怎么能把疯牛制服呢。他的穿着很随便,头发上包着块红丝巾,下身是一条刚过小腿肚子的黄色裤子,上面却披一件遮住屁股的黄色长衣服,说披着是因为他敞着怀,似乎在向人们炫耀发达的胸肌。他冷笑一声,踢了一脚喘息的牛,打了个呼哨,黑马"得得"地走过来。

寻寻和根根忙跟过去,说:"谢谢您救了我们。"

"有什么好谢的?我又不是有意救你们,是这头畜生挡了我周大公子的路。"哦,原来他姓周,这个周公子真怪,明明救了人却不愿承认。刚才疯牛又没站在路中间,怎能挡住他的路?他的马那么好,一下就冲过去了。

"看甚看?没见过周大爷是不是?"他突然朝围观的

人嚷道。好家伙，这个周公子真凶，也不知哪来的邪火，做了好事还要骂人。不过，这些人也该骂，刚才那么凶险的局面竟无一人搭把手，哪怕是喊几嗓子助助威也好啊。

"周公子，您的这身衣服真酷，上长下短，又是杏黄色，今年最流行啦。"寻寻羡慕地说。

"是吗？"他的脸笑开了花，虽然不知道什么是"酷"，但听得出来一定是好词，关系一下就拉近了。"听口音，你们从很远的地方来吧？"

"嗯。"他俩点点头。

"你们喜欢我这身衣裳？"他又问。

"喜欢。"他们答。

"这是我自己设计的，他们——"他抬手指了一下周围的人，"说我这种穿法没礼貌，我偏这么穿，气死他们老古董！走，跟我家去，我给你们一人做一身，咱仁一块儿气他们。"说着，也不等他俩同意，一把提起寻寻放在马鞍后，跟着一骗腿从前面跃上马背，接着一哈腰伸手抱起根根放在鞍前，呼啸着去了。

他叫周处，父亲周鲂曾经在吴国的鄱阳郡当太守。那个地方离这里挺远，所以打小就没人管他，整天野马似的疯跑，养成了不拘小节、为所欲为的坏毛病，专门喜欢与大伙儿作对，成了为害一方的混小子。人们对他是又恨又怕，要不怎么就没人帮忙呢？人们等着他倒霉呢。

寻寻和根根刚好进入青春期，逆反心理特强，周处的脾性正对他俩胃口，这仨凑一块儿可有热闹瞧了。周处对他俩进行了包装，根根的也还罢了，和他的差不多，只是小一号。寻寻的足以惊世骇俗，走的是时尚加性感的路子。又硬又黑的头发立在头顶，梳成凤头状；额头敷黄粉，眉心和脸蛋各点一个红点，成品字形分布；上穿一件藕荷色无肩紧身窄袖过臀长衣，外套红色披肩，下穿绿色过膝百褶短裙。

说时尚是因为如此发型和面饰在当时已有流行势头，她不过是张扬一些罢了；说性感是因为着装过于暴露。虽说三国时期女性不像后来特别是宋代以后那么受压抑，但身体是不宜过多显露的。她的小腿毫无遮掩地赤裸着，肩部虽有披肩遮住，然而一动起来难免有些缝隙，若隐若现的更透着一种诱惑力。尽管她还是一个小女孩，但却令年轻人忍不住多看两眼。所以，当她招摇而过时，老者们就会高唱："闭眼！"然后自己带头合上眼皮，至于别人是否闭上眼或者看着像闭眼实则睁条缝，那就不知道了，因为他看不见别人的样子。反正寻寻清楚怎么回事，因为人家瞧的是她。

周处经常带着他们跑马兜风。寻寻和根根不会也不敢骑马，好在那匹黑马神勇，驮着三个人毫不吃力，仍然奔驰如风。他们呼啸而来，又呼啸而去，我行我素，全不把众人放在眼里。昨天踩了人家的菜地庄稼,今天撞飞了饭铺的锅灶,明天就该捉看家的狗、抄下蛋的鸡了。老百敢怒不敢言,谁也惹不起周处这个活阎王。

一位老人坐在村口的大树下,见他们过来,低头大哭三声,接着又仰脸大笑三声。马已经跑了过去,周处觉得古怪,勒转马头又跑了回来。他今天心情挺好,玩得高兴,想跟人聊上几句。"哎,你又哭又笑地搞什么名堂?"

老人把脸一沉,"有您这么说话的吗?谁是'哎'?"

周处对寻寻和根根嬉皮笑脸地说:"嘿,老爷子火气还蛮大,好,我今天就给你俩做个榜样,演示一下怎么跟老人说话。"他跳下马背,把敞开的衣襟系上,正正头巾,然后对老人抱拳一揖,拿腔拿调地问:"请问太公,方才为何先哭后笑?请不吝赐教,小子愿洗耳恭听。"

老人拄着拐杖站起来,也揖了揖,说:"不敢。有道是,男儿有泪不轻弹,只因未到伤心处。我哭是因为难过呀。"

周处扶老人坐下,说:"今年风调雨顺,庄稼长势喜人,看来又是一个丰收年,高兴还来不及呢,又能有什么事惹您老伤心呢?"

老人叹了口气:"'三害'为非作歹,猖狂之极。

老百姓的命都快保不住了，整天生活在恐惧中，吃饭都没有味道，谁还有心思管庄稼的好赖。"

什么"三害"？把老百姓吓成这样？周处好奇地问："'三害'是什么？"

老人用拐杖敲着地一字一顿地说："白额猛虎、蛟龙，还有……嗯，以后你就知道了。"

"哦，"周处点点头，"那您又为什么笑呢？"

老人抬头望着周处，"这么大的义兴，充壮士的数不胜数，称英雄的也有好几位，然而却无一人站出来与'三害'斗争，他们的勇气跑到哪里去了？这样的壮士、英雄，难道不可笑吗？"

周处点点头，"可笑。但是有一个人没有挺身而出，不是因为胆子小，而是因为不知道。"

老人昏花的眼睛骤然一亮，"谁？"

周处解开衣服，拍了下胸脯，"在下！"

老人做出失望的样子，摇摇头。

"怎么？您不相信？我空手斗过疯牛，不信问问他俩。"周处有些急了，一指寻寻和根根。

"不是不相信，是你太年轻，不知道虎和蛟龙的厉害。疯牛再怎么说也是家畜，虎和蛟龙可是猛兽，怎能同日而语？"老人慢条斯理地说。

周处的浑劲又上来了，"看不起我是不是？告诉您，我周处天不怕、地不怕，还怕什么地上走的、水里游的？不知道罢了，既然听说了这回事，我就要与猛虎、蛟龙比比到底谁更厉害。这两个畜生在哪儿？快讲！"

老人沉默不语。

周处耐住性子，换了种口气说："请赐教！"

老人说："猛虎在南山中，蛟龙在长桥下。"

周处转身跃上马背，两腿一夹，绝尘而去。

根根问："你真的要斗猛虎和蛟龙？"

周处："对。"

寻寻："不知道第三害是什么？"

周处："管他是什么，除掉两害，下一个就是它！"

说干就干，第二天周处背着一张大弓带着寻寻和根根来到南山。他让他俩牵着马等着，自己进山去找白额猛虎。傍晚时分周处回来了，手心里攥着老虎的四颗尖牙。

蛟龙就是大蟒。斗蟒和斗虎不一样，斗虎是在陆地上，而斗蟒是在水里。蟒平时生活在水中，而人则生活在陆地上，在水性上人就吃了亏，所以必须智取。周处的办法是跟他拼耐性，等到它的力气消耗殆尽，一击致命。他让人做了几百只粽子，里面包进鲜肉和鸡蛋，准备在水中食用。又在腰上插一把匕首当武器。

这件利器大有来历。前面讲过春秋时期吴国公子季札的故事。季札为践行不当吴王的诺言，跑到乡下藏了起来，大臣们没有办法，按照没有嫡子就由庶长子继位的规矩，拥戴季札的同父异母哥哥名叫僚的当吴王。但是，季札大哥的儿子也就是前吴王的儿子不服气，秘密指使一个叫专诸的侠士刺杀吴王僚。吴王僚爱吃鱼，专诸把匕首藏在鱼肚子里，躲过盘查，借献鱼之机摸出匕首刺进穿着重甲的吴王胸膛。这把匕首就叫鱼肠剑，窄如韭叶，锐利无比，和季札挂在徐君墓前树上的那把剑一样，同为吴国宝物。周处的父亲当鄱阳太守时得到了鱼肠剑，又把他传给周处。

他们来到长桥。自从蛟龙出现以后，不仅没人过桥，就连河边也没人敢靠近，据说它老远就能把小孩子吸到嘴里。听说周处要与蛟龙决一胜负，来了不少人看热闹，但都站得远远的，胆战心惊地望着河面。见人们怕成这个样子，寻寻也受了感染，腿不由得发软，越来越不听话。一个眼睛不老实的人哆嗦着嘴唇指着她裸露的腿肚子说："瞧——瞧，她——她直发——发抖。"

周处让寻寻和根根在河岸上停下来，嘱咐他俩只要见自己招手，就往河里扔粽子。根根强打起精神开玩笑说："你可得回来呀，别——别变成屈原。"周处微微一笑，"那是我的荣幸。我要是上不来了，乡亲们一定会像纪念屈原那样对待我。"

他走到河边，混浊的水面静静的，什么也看不见。他大声喊道："畜生，怎么不敢露面，怕我了么？"声音震得桥洞嗡嗡作响。回声未落，水面突然涌起巨浪，

"轰"地一下，一个黑影蹿起，腥风卷着水雾迎面扑来。黑马扬起前蹄，鬃毛直立，马背上的粽子滚了一地。寻寻"妈呀"一声，坐在地上。根根回头想跑，可胳膊被寻寻死死拽住。看热闹的人发出一阵惊叫，早跑得没影了。

巨蟒露出半截身子，足有水桶般粗，黑色的皮上布满了红白两色花纹，斗大的头两侧镶着一双阴冷的眼睛，细细的分叉舌头伸出一尺多长，在空中飘忽不定，发出可怖的"咝咝"响声，让人浑身上下直起鸡皮疙瘩。

周处"唰"地拔出匕首，微微弯下身子，一动不动地盯着蟒的眼睛。蟒的身子一摆，奔雷般袭来。周处闪过，顺势一剑，蟒已缩回。对峙片刻，巨蟒发起第二轮攻击，又被周处躲过。接着又是一袭。三击不中，巨蟒失去了锐气，一摆尾退回水底。周处大喝一声，一个猛子扎到河里。顿时，水面像开了锅似的浪花翻滚。

不大一会儿，周处的头露出水面，抹把脸，深吸一口气，一头又扎下去。没多久，水面"哗"地分开，巨蟒的头伸出来，刚一吸气，面前白光一闪，周处的匕首刺过来。巨蟒闪过，张开大嘴对着周处就是一口，两颗带钩的长牙白森森的。但毕竟因为氧气没有吸足，速度慢了一些。周处看准机会，双手握住匕首，脚猛地一蹬，箭一般刺向巨蟒的脖子。蟒把头一低，钻进水中。

寻寻和根根不那么害怕了，有周处在，巨蟒伤不了他们。他俩手里抓着粽子，眼睛牢牢地盯着河面，眨都不敢眨一下，生怕错过了周处的信号。看了半天，终于明白了，周处用的是死缠硬磨的办法，仗着身体灵巧和武器锋利，逼得对手不能从容换气，当然也不给它进食和休息的机会。蟒的身体巨大，加上活动剧烈，自然要消耗大量氧气和能量。周处的法子使蟒的优势变成了巨大负担。

终于，水面伸出一只手摆了摆，周处要吃饭了。寻寻和根根赶紧把剥了皮的粽子投到周处身边。投粽子是个细活，必须隔一会儿投一个，否则周处没吃完，扔下去的粽子有可能喂了蟒。刚开始他们投不准，使周处多做了些无用功，练了几十个粽子，投得越来越准，后来几乎能落到周处张开的手掌上。

战场最初是在桥下，一天后，移到了十几里之外。双方中肯定有一方抗不住了，且战且走，但另一方紧追不舍。黄昏，水面有缕缕血迹泛起，融进辉映的晚霞中。第三天，格斗地点又移动了二十多里。

一只手露出水面，腕子上有一个大口子，还往外渗着血。手没有摇动，看来没有多少力气了。糟了，受伤的是周大哥，这还是露在外面的，身上看不见的地方指不定怎么样呢。寻寻闭上了眼，不敢再看下去。根根哆嗦着手，勉强投过去一个粽子。

夜里，水面平静了许多，不再像以前那样浪花翻滚，而且半天才响一下。要不是还有动静，人们会以为战斗已经结束了。寻寻和根根紧张得气都透不过来，也不知周大哥怎么样了？他们焦急地等待着天明，也许那时就会有一个结果。

不知不觉中天亮了，水面一片宁静。他们四只眼睛扫来扫去。突然，远处发出轻微的"哗啦"声，光亮中一个人影冒了上来。周大哥！是他，没错！他俩大叫着跑过去，周处晃了几晃，一头扎在水边。在他身旁，巨蟒浮了上来，它被开了膛。寻寻和根根用尽全身力气把周处拖上岸，叫他，不答应；拍他脸，没反应；他双目紧闭，已经没了呼吸。寻寻嘴一咧，大哭起来，边哭边叫："周大哥死了！"根根也跟着哭了。

两条人影从河边跃起，飞快地跑回村子报信。

寻寻的哭声小了，停住了，她发现周处的眼皮抖了一下。她伸出手翻开他的眼皮，老天，眼珠也动了，他又活了！其实周处压根就没死，他在水底待的时间久了，呼吸自然缓慢，再加上疲劳早就超过极限，反应当然也就不同寻常。他俩算是白哭了。根根责备道："你干吗不哼一声，让我们知道你活着呀。"

周处嘟囔了声"睡觉"，头一歪，睡着了。他三天三夜没合眼，困极了。再一看寻寻，躺在地上早睡熟了。他俩虽然轮流歇着，但小小年纪也经不住这么折腾呀。根根一个出溜也睡着了。只有大黑马站着,望着死蟒发愣。

等他们睁开眼,天已经黑了。老远就听到附近的村子里飘来阵阵唢呐锣鼓声。他们骑马朝村子走去。寻寻说:"周大哥,你为老百姓除了害,大家不知道多感谢你呢。""那是,酒随便喝,肉可劲造,想吃什么就上什么。"根根说。睡够了歇足了该吃好的了,他把自己也当成了人见人爱的大英雄。

"这算什么。"周处嘴上谦虚着,但心里乐开了花。他想,要是乡亲们知道他要来,还不迎出三里地?

打谷场上灯火通明,摆满了酒席,人们举杯相庆。大家都向一个老人道贺,有人说:"南山虎、长桥蛟、义兴周处,三害俱除,给您道喜呀!"老人笑着说:"同喜同喜。"

什么?他们怀疑自己的耳朵出了毛病,周处——周大哥,杀了百姓心头大患的猛虎和蛟龙的英雄,怎么竟成了三害之一?这时,又有人说:"周处一死,地方清静,从此无忧。来,喝起来!"没错,另一害就是周处——周大哥。

黑影里的周处晃了一下,差点栽下马。他勒转马头,默默离去。

一连好几天,周处一言不发,也不出门跑马兜风了。寻寻和根根安慰他,甭听他们的,农民意识,忘恩负义。周处摇摇头,这件事给他的刺激太狠太大了,民心向背,使他看到了自己在乡亲们心目中的地位,也终于使他认识到自己从前所作所为的危害性。

他决心悔过,彻底改变形象,可是又缺乏信心,就跑到吴郡(今苏州)去找大名士陆机和陆云兄弟请教。

他见到了弟弟陆云。陆云听罢哈哈大笑,说:"兄台以勇敢闻名东吴,从来就没怕过什么,如今怎么缩手缩脚起来?"说着,扯过一张纸,提笔写了个"勇"字。

陆云说:"请看,勇字由甬和力两部分组成。甬和用相通,力是古代一种农具的形状。勇本来指的是使用农具。手持工具干活必须有力量,所以,勇字表示的就是用力、有力。有力量就不畏惧,正因为如此,孔子才说'勇者无惧'。老兄力大无比,志坚如铁,所以无所畏惧,敢于进山射杀猛虎,下水搏杀蛟龙。当时的勇气如今跑到哪里去了?"

周处说:"我有改正过错的勇气,否则就不会来找您。但是,我现在年龄不小了,已经耽误太久,就怕来不及了。"

陆云说:"怎么会呢?孔子说过'知耻近乎勇'。你为过去的所作所为感到羞愧,敢于正视过错,这比杀虎除龙需要更大的勇气,这不仅说明你在勇德上更加精进,而且说明你已经走上了一条新路。改正过错无所谓来得及还是来不及,古人强调的是朝闻夕改,只要认识到了错误并加以纠正就是好样的。你现在还不到二十岁,前途实在远大得很呀。"

周处恢复了自信,决心结束无所事事的生活,为国家出力。寻寻和根根没有随他去,他俩年纪还小,不符合人家选拔干部的标准。于是,他们穿上魔鞋回到了现代社会。

周处最初在吴国任职,晋统一全国后,他曾在几个地方当太守,为百姓办事,保一方平安。他的官做得很大,当上了御使中丞,掌管国家的监察大权,以铁面无私、敢于触犯权贵而著称。后来,他统兵作战,勇冠三军,亲率少量人马冲击敌方大军,杀敌万人,拼搏到最后,英勇战死。他死后,义兴的父老乡亲给他建造了一座祠堂,陆机作了一篇纪念文章,由大书法家王羲之抄写,制成石碑镶嵌在大殿的墙壁上。这座祠堂俗称"周王庙",今天还在呢。

寻寻和根根回来后,每当想起那些古人就不禁肃然起敬,觉得他们特别高大。他们和今天的人不太一样。在古人眼中,世界上最重要的是做人,而道德则是做人的根本。所以他们自觉地甚至本能地按照道德规范去行动，不惜受苦受累，不避艰难险阻，不怕流血牺牲。寻寻和根根常常听人们谈起"人性"这个词，学者们说，人性就是人之所以为人的东西，是人区别于包括动物在内的万物的东西。如果人性确实存在的话，今人和古人谁离人更近一些呢？这个问题太深奥了，等长大了再细细琢磨吧。